UPADŁA ANIELICA

Anioł, rycerz Fae i złodziej o zmiennym obliczu

Caryssa Cole

SHENANIGANS PRESS

SPIS TREŚCI

1. Rozdział pierwszy ... 1

2. Rozdział drugi ... 19

3. Rozdział trzeci ... 38

4. Rozdział czwarty ... 54

5. Rozdział piąty ... 68

6. Rozdział szósty ... 80

7. Rozdział siódmy ... 98

8. Rozdział ósmy ... 115

9. Rozdział dziewiąty ... 130

10. Rozdział dziesiąty ... 142

11. Rozdział jedenasty ... 153

12. Rozdział dwunasty ... 165

13. Rozdział trzynasty ... 178

14. Rozdział czternasty ... 195

15. Rozdział piętnasty 208

16. Rozdział szesnasty 212

17. Rozdział siedemnasty 219

18. Rozdział osiemnasty 227

19. Rozdział dziewiętnasty 235

20. Rozdział dwudziesty 248

21. Rozdział dwudziesty pierwszy 259

22. Rozdział dwudziesty drugi 271

23. Rozdział dwudziesty trzeci 282

24. Rozdział dwudziesty czwarty 292

25. Epilog 307

Inne książki autorki Caryssa Cole 315

Rozdział pierwszy

Careena

Komnata pulsowała światłem tak jasnym, że paliło oczy, ale odmówiłam odwrócenia wzroku. Rada Archaniołów górowała nade mną na tronach z ognia i gwiezdnego blasku, z twarzami zimnymi, nieczytelnymi. Wszyscy poza Raphaelem. Jego spojrzenie tkwiło we mnie jak rana, która nie chciała się zabliźnić.

— Careena Seraphiel — głos Michaela przeciął ciszę jak ostrze. — Stoi Pani oskarżona o nienasyconą ciekawość. O szukanie tego, co powinno pozostać ukryte. Czy Pani temu zaprzecza?

Wyprostowałam się. Żar ich obecności napierał na moją skórę, ale utrzymałam równy głos. — Szukałam tylko prawdy.

— Prawdy? — Gabriel pochylił się, a jego złote skrzydła rozbłysły. — Wtrącała się Pani w siły poza swoim stanem. Naraziła Pani na rozplątanie równowagę, której strzec przysięgaliśmy.

— Pycha Panią zaślepia — dodał Uriel tonem zimniejszym niż próżnia między gwiazdami. — Czy uważa Pani, że stoi ponad prawami, które wiążą wszystkie niebiańskie istoty?

— Dość. — Głos Raphaela był cichszy, ale niósł daleko. Jego smutek oplótł mnie, dławiąc. — Careena, proszę. Nawróć się. Okaż pokorę, a może... może znajdzie się miejsce na miłosierdzie.

Błaganie Raphaela zawisło w powietrzu, kruche jak pajęcza nić. Pozwoliłam mu opaść.

— Pokora? — Mój głos pękł jak lód pod stopami, ostry i kruchy. — Mówicie o miłosierdziu, gdy siedzicie na tronach wyciosanych z pleców tych, którzy ośmielili się śnić poza waszymi klatkami.

— Careena. — Michael powstał, a jego skrzydła rozwinęły się z blaskiem, który szczypał w oczy. — Uważaj, co mówisz.

— A jak nie? — Zrobiłam krok naprzód, dumnie unosząc podbródek. Światło paliło skórę, ale nie drgnęłam. — Spalicie mnie sprawiedliwością? Skrępujecie posłuszeństwem? Nazywacie to równowagą, a to tyrania. Boicie się tego, czego nie potraficie kontrolować.

— Dość! — huknął Michael, trzęsąc samym powietrzem. Jego miecz zmaterializował się, a ostrze żarzyło się bielą. — Pani sprzeciwia się nam nawet teraz. Czy nie dostrzega Pani głębi własnej głupoty?

— A wy swojej nie widzicie? — syknęłam. Rozluźniłam pięści, drżące u boków, ale się nie cofnęłam. — Trzymacie smycz tak mocno, że zapomnieliście, jak to jest być wolnym.

Spojrzenie Uriela przecięło mnie chłodem gorszym niż odmrożenie. — Przekuwa Pani wolność w bunt. W lekkomyślności nie ma cnoty.

— Lekkomyślność? Nie. To — wskazałam na bezkresną komnatę, na strzeliste płomienie ich tronów — to prawdziwe zagrożenie. Ślepe posłuszeństwo. Rada zbyt przerażona, by poddać w wątpliwość samą siebie.

— Careena, przestań — nalegał Raphael. Jego głos był miękki, rozpaczliwy. — Nie spal wszystkiego. Proszę.

Splotłam z nim spojrzenie. Przez ułamek chwili czułam ciężar jego smutku. Napierał na pierś, ciężki, duszący. Ale nie mogłam przestać. Nie teraz. — Wiesz, że mam rację, Raphael. Wy wszyscy wiecie. Ale prawe postępowanie jest łatwiejsze niż refleksja, prawda?

Gabriel wstał, rozpościerając skrzydła jak nadciągająca burza. — W takim razie nie zostawia nam Pani wyboru.

Powietrze zgęstniało, stało się ciężkie. Odebrało mi oddech.

— Careena Seraphiel — intonował Gabriel, a każde słowo uderzało jak młot. — Niniejszym skazuje się Panią na wygnanie wśród śmiertelnych. Pozbawiamy Panią przywilejów. Zostaje Pani strącona z naszego królestwa na wieczność.

— Niech Ziemia nauczy Panią pokory, której niebo nie zdołało — dodał Uriel tonem pozbawionym litości.

— Zaczekaj— — protest Raphaela załamał się, połknięty przez narastający pomruk mocy gromadzącej się wokół mnie.

— Wyrok zapadł — oznajmił Gabriel.

Światło wybuchło z góry, oślepiające i wszystko pochłaniające. Żar szarpał moją skórę. Skrzydła zadrżały, pióra rozsypały się jak popiół. Przeszył mnie ból, ostry i nieubłagany.

A potem — spadłam.

Wiatr ryczał mi w uszach ogłuszająco.

Nic nie widziałam — tylko światło, palące i bezkresne, oplatające mnie jak kajdany. Skrzydła otworzyły się odruchowo, pióra rozsypały się w nicość. Ból przeorał je falą, surową i elektryczną. Próbowałam się ustabilizować, ale pociąg spadania był nieubłagany.

— Spokojnie — wysyczałam przez zaciśnięte zęby. Słowo było tylko dla mnie.

Poniżej chmury kipiały, ciężkie i mroczne, po czym rozstąpiły się, gdy przez nie runęłam. Niebo otworzyło się, bezkresne i rozległe, malowane złotem i purpurą. Ziemia.

Powietrze zgęstniało. Każdy oddech palił. Skrzydła natrafiły na opór, a ostry ból ich uszkodzonych krawędzi zmusił mnie do jeszcze mocniejszego zaciśnięcia zębów. Migotliwe czarne pióra ciągnęły się za mną jak spadające gwiazdy.

— Wytrzymajcie chwilę dłużej — wymamrotałam, niepewna, czy mam na myśli skrzydła, czy siebie.

Ziemia pędziła ku mnie zbyt szybko. Drzewa rozmazały się w morze zieleni, ich wierzchołki drapały niebo. Ramiona skrzyżowały mi się nad głową, gdy przejął ster instynkt. Uderzenie przyszło twarde i nieubłagane.

Gałęzie trzasnęły. Liście eksplodowały we wściekłym wirze. Ciało walnęło o ziemię z siłą, która zatrzęsła kośćmi.

Podłoże zapadło się pode mną, miękka gleba ustępując ciężarowi mojego upadku.

Przez moment — cisza.

Leżałam, dysząc, wpatrzona w połamany baldachim nad sobą. Niebo zaglądało przez szczeliny, blade, nieczułe. Skrzydła słabo drgnęły na ziemi — bolały, ale wciąż były na miejscu. Małe pocieszenia.

Podniosłam się, skrzywiłam, bo każdy mięsień wrzeszczał sprzeciwem. Najpierw uderzył we mnie zapach. Wilgotna ziemia, dzikie kwiaty, coś słodkiego i żywego. To było przytłaczające, ostre i chaotyczne po stuleciach sterylnej doskonałości.

Las otaczał mnie żywy i nieokiełznany. Plamy słońca malowały ruchome wzory na mchu i korzeniach. W pobliżu mruczał strumień, jego głos miękko towarzyszył dalekiemu szczebiotowi ptaków.

Wciągnęłam oddech, bardziej drżący, niż zamierzałam. — Więc to jest Ziemia.

Słowa brzmiały na języku obco, jakby cięższe. Spojrzałam w dół, strzepując ziemię z dłoni. Moje niegdyś nieskazitelne szaty były podarte, umazane błotem. Skrzydła składały się niezgrabnie za plecami, ich blask przygasł, ale uparcie trwał.

To nie było niebo. To nie był dom. Ale było... żywe.

Coś we mnie się skręciło, na pół ze smutku, na pół z buntu. Pozwoliłam palcom przesunąć się po chropowatej korze drzewa obok. Ta faktura była obca, nieidealna, prawdziwa.

— Dobrze — powiedziałam cicho, do nikogo prócz lasu. Głos zadrżał, ale nie miało to znaczenia. — Jeśli tu mnie rzuciliście, uczynię to moje.

Ptak przysiadł nad głową i przechylił łepek, przypatrując mi się z ciekawością. Jego pióra mieniły się niebiesko w słońcu. Odwzajemniłam spojrzenie i ledwie się uśmiechnęłam.

— Przynajmniej tobie upadłe anioły nie przeszkadzają.

Powietrze było tu gęste. Ciężkie i wilgotne, lepiło się do skóry. Przedzierałam się przez podszyt, każdy krok przypominał, że ten świat ma zęby. Gałęzie szarpały mnie za włosy. Ciernie rwały dłonie. Las nie obchodziło, kim jestem ani co zrobiłam. Nie oddawał czci, nie wydawał wyroków. To już coś.

Zatrzymałam się przy strumieniu. Zimna woda toczyła się po gładkich kamieniach, rytmem stałym, nieustępliwym. W nurtach zamigotało moje odbicie. Patrzyły na mnie ciemne oczy, nie mrugając, ostre, pełne celu. Za plecami rozciągały się skrzydła, chwytając rozszczepione światło. Wciąż żarzyły się lekko, fioletowe fraktale pulsowały po czarnych piórach. Okruch tego, czym byłam.

— Praworządna tyrania — mruknęłam, a słowa spiekły się na języku. — Nazywają to równowagą, ale się boją. Boją się każdego, kto pyta *dlaczego*.

Zacisnęłam pięść tak mocno na małej gałązce, że nie zauważyłam, kiedy ją podniosłam. Trzasnęła, rozpryskując się w dłoni. Pozwoliłam jej upaść.

— Dobrze — powiedziałam tym razem głośniej. — Skoro chcą mnie się pozbyć, niech będzie. Ale znajdę prawdy, które pogrzebali. Te, które uznali za zbyt niebezpieczne, byśmy je poznali.

Las odpowiedział szelestem, liście wyszeptały sekrety, których nie dosłyszałam. To nie była ogłuszająca cisza niebios. To było żywe, zmienne, nieprzewidywalne. Z tym umiałam pracować.

Dźwięk przerwał moment — cichy wdech. Podniosłam gwałtownie głowę.

Stał tuż za linią drzew. Mężczyzna. Śmiertelnik. Brązowe włosy miał w nieładzie, ubranie proste — spłowiałą zieloną flanelę, podarte dżinsy. Szeroko otwarte piwne oczy były we mnie wpatrzone, nie mrugając. Nie, nie we *mnie*. W moje skrzydła.

— Czy jesteś— — zaczął, półgłosem, nabożnie.

— Proszę się odwrócić — rozkazałam, cofając się o krok. Mój ton cięło jak stal, dość ostro, by go zamrozić. — Już.

Ale oczywiście nie posłuchał. Śmiertelnicy nigdy tego nie robią. Zamiast tego zrobił powolny krok naprzód, wzrokiem sunąc po mnie tak, jakby chciał zapamiętać każdy szczegół.

— Anioł — wyszeptał. Twarz mu złagodniała, zachwyt spłynął w coś kruchego jak nadzieja. — Jesteś *aniołem*.

— Już nie — powiedziałam pod nosem. Serce kopnęło o żebra. Nie mogłam pozwolić, by widział mnie taką. Nie mogłam pozwolić, by pamiętał.

— Proszę odejść — rozkazałam, unosząc dłoń. Magia wezbrała, ciepła i elektryczna, wijąc się między palcami.

— Czekaj—

— *Zapomnij.*

Słowo uderzyło jak dzwon, zawibrowało między nami. Jego ciało zesztywniało, źrenice rozszerzyły się, gdy zaklęcie przejęło władzę. Przez chwilę stał, lekko się kołysząc, usta mu drgnęły, jakby chciał jeszcze coś powiedzieć. Potem, powoli, rysy mu spłynęły.

— Proszę wracać do domu — powiedziałam. Melodia mocy wplotła się w mój głos, wsączała w jego myśli. — To się nigdy nie wydarzyło. Nic Pan tu nie widział.

Mrugnął. Raz. Drugi. Potem odwrócił się, zataczając w tę stronę, skąd przyszedł, kroki nierówne, ale posłuszne.

Patrzyłam, aż zniknął między drzewami, a jego obecność pochłonął las. Skrzydła złożyły się ciasno na plecach, ich blask przygasł, gdy kazałam im zniknąć, skrywając ostatni ślad mojego niebiańskiego ja.

— Ludzie — mruknęłam, kręcąc głową. Są ciekawi. Zbyt ciekawi. Nas dwoje.

Powietrze zadrżało — ostre, elektryczne. Obecność.

Obróciłam się, bose stopy wbiły się w wilgotną ziemię, gotowe przywołać resztki magii, jakie mi zostały. Las zamarł wokół, wstrzymał oddech. I wtedy wyszedł z cienia, a jego srebrne włosy pochwyciły okruchy księżycowego światła, które przecinało koronę drzew. Skrzydła migotały lekko, chłodnym, metalicznym połyskiem.

Znałam go.

— Aurelius. — Jego imię było jadem na moim języku. Anioł Stróż Sanktuarium, starszy nad wszystkimi aniołami, które żyją na Ziemi. Szeptano, że zaledwie o krok niżej od archanielskiego statusu.

— Careena — powiedział, głosem twardym i nieustępliwym jak kamień. — Utrudnia Pani to bardziej, niż trzeba.

Wyprostowałam się, krzyżując ramiona na piersi. — Co może być trudniejsze niż wyrwanie mnie ze wszystkiego, co znałam? Proszę mnie oświecić.

— Bunt — odparł ostro. Jego przenikliwe spojrzenie spotkało moje, niewzruszone. — Pani niesubordynacja już kosztowała Panią miejsce w niebie. Ma kosztować więcej?

— Ma? — wcięłam się. Słowa paliły. Dłonie zaciśnięte u boków, paznokcie wgryzały się w skórę. — Czy to tylko kolejna groźba owinięta w obowiązek? Daruj sobie kazanie, Aurelius. Już je słyszałam.

— Najwyraźniej nie dość uważnie — powiedział, podchodząc bliżej. Pod jego stopami nawet gałązki nie trzasnęły. Zbyt doskonały, zbyt precyzyjny. Zawsze niósł się jak uosobiony sąd. — Nie chce Pani dostrzec zagrożenia, jakie Pani stanowi — nie tylko dla siebie, ale i dla równowagi, której strzeżemy.

— Równowagi. — Zaśmiałam się, dźwięk pękł w ciszy, ostry i gorzki. — Tak to nazywacie? Ogołociliście mnie ze skrzydeł, bo ośmieliłam się zadawać pytania? Bo chciałam wiedzieć, co trzymacie za tamtymi złoconymi bramami?

— Bo szukała Pani wiedzy, która Pani nie przysługiwała — sprostował twardo. — Wiedzy, która mogłaby rozpruć to, co spaja istnienie. Pani ciekawość uważa Pani za szlachetną, a to lekkomyślność. Niebezpieczeństwo. Ten bunt doprowadzi wyłącznie do zguby.

— Niech więc doprowadzi — powiedziałam, podchodząc tak blisko, że widziałam drobne bruzdy na jego surowej twarzy. — Niech prowadzi, dokąd musi. Nie przestanę szukać, Aureliusie. Nie dla waszej Rady, nie dla nikogo. Jeśli to oznacza zgubę — niech i tak będzie.

— Głupota — powiedział nisko, prawie miękko. Lecz pod tą miękkością leżała stal, nieugięta. — Stoi Pani nad krawędzią otchłani, której nie pojmuje. Proszę odejść, nim pochłonie Panią w całości.

— Odejść? — Przechyliłam głowę, gorzki uśmiech szarpnął mi kącik ust. — To dopiero, słyszeć to od kogoś, kto od eonów stąpa dokładnie po linii. Powiedz, Aureliusie, nie męczy cię to? Nigdy nie zastanawiasz się, co jest poza tą krawędzią?

— Dość. — Jego skrzydła drgnęły, mignęło srebro przecinające mrok. Powietrze między nami się naprężyło. — To nie jest gra, Careena. Moje ostrzeżenia nie są czcze. Jeśli będzie Pani dalej brnęła tą drogą, nie będzie dla Pani odkupienia. Ani powrotu.

— Dobrze — odparłam, nisko, ale pewnie. — Nie chcę odkupienia. Chcę prawdy. A jeśli to Pana przeraża, może powinien Pan zapytać, dlaczego.

Zaciął szczękę, przez twarz przemknął cień czegoś nieczytelnego. Przez moment myślałam, że powie coś więcej. Zamiast tego odwrócił się, składając skrzydła w nienagannym porządku.

— Uparta dziewczyna — mruknął pod nosem, ale wiedziałam, że chciał, żebym usłyszała. — Nie ucieknie Pani przed ciężarem swoich wyborów. Znajdzie Panią, gdziekolwiek się Pani schowa.

— Niech szuka — zawołałam za nim. — Przynajmniej będę wiedziała, że żyłam dla czegoś prawdziwego.

— Idzie Pani? — Nie obejrzał się, a przez chwilę stałam niepewna, czy po prostu mu się nie sprzeciwić i nie ruszyć własną drogą. Ale spojrzenie w kierunku, w którym odszedł śmiertelnik, zdecydowało za mnie; nie rozumiałam jeszcze tego świata ani tego, jak się po nim poruszać, nie ściągając na siebie niechcianej uwagi.

Przynajmniej na razie musiałam trzymać się swoich. Westchnąwszy, rozplotłam ramiona z buntowniczej pozy i pomaszerowałam za Aureliusem, który dotarł już do polany i szykował się do startu, skrzydła rozpostarte szeroko.

Nie zerknął na mnie, nie obdarzył mnie buńczucznym uśmieszkiem mówiącym, że wie, iż nie mam wyjścia, i za to polubiłam go odrobinę bardziej.

Tylko odrobinę.

Milczenie Aureliusa było cięższe niż wycie wiatru wokół nas. Jego srebrne skrzydła cięły powietrze, leciał przede mną smużką światła na tle zacienionych grzbietów. Podążałam, a moje własne skrzydła bolały od wysiłku dotrzymania kroku. Poniżej zębate urwiska wyrastały jak kły, ostrymi krawędziami obiecując brak litości, jeśli się potknę.

— Jak daleko jeszcze? — Mój głos niósł się łatwo w rzadkim, górskim powietrzu.

— Blisko — rzucił Aurelius, nie oglądając się. Słowo urwane, ton chłodniejszy niż kąsający wiatr.

Zacisnęłam zęby i przycisnęłam mocniej, każde uderzenie skrzydeł przeszywało barki tępym bólem. Niebo gęstniało chmurami, ciężkimi od niespuszczonego śniegu, a świat poniżej ciągnął się w nieskończoną szarość. Gdy wreszcie Aurelius zaczął opadać, ulga była większa, niż chciałabym przyznać.

Sanktuarium wyrosło znikąd, wyrzeźbione w zboczu góry jak zapomniany relikt. Blade kamienne mury wystawały ze skały, gładkie i pozbawione cech. Bez chorągwi, bez godła, bez znaku życia. Sama surowość. Miejsce, którego należy nie zauważać. Na dalekim skraju dostrzegłam bramę — jedyne dojście dla tych, którzy nie mają skrzydeł — ale Aurelius nie skierował się tam. Bramy nic nie znaczyły dla tych, co latali. Zanurkował ku gzymsowi przy ścianie wysokiej wieży, za którym ziejący portal prowadził w serce twierdzy.

— Witamy w Pani nowym domu — powiedział Aurelius, gdy wylądowaliśmy na jałowym gzymsie. Złożył skrzydła w nienagannym porządku, ale w oczach palił mu się sąd. — Proszę postarać się nie zniszczyć i tego... swoją ciekawością.

— Uroczo — mruknęłam, mijając go. Wejście było ogromne, łuk ziałał jak paszcza jaskini. W środku powietrze było chłodniejsze, zastane, jakby nie tknęły go stulecia. Zimny kamień kłuł w bose stopy, kiedy szłam w głąb, a Aurelius trzymał się tuż za mną.

— Pani kwatera jest tędy. — Wskazał w dół wąskiego korytarza. Ściany z tego samego bladego kamienia, surowe, martwe. Każdy krok był jak wchłanianie głębiej przez jakąś pustą, bezdenną jamę.

— Oczywiście — mruknęłam pod nosem.

— Proszę mówić głośniej, jeśli ma Pani coś do powiedzenia — warknął.

— Po co? I tak mnie Pan zignoruje. — Nie czekając na odpowiedź, skręciłam w wskazany korytarz. Drzwi do mojego pokoju były zwyczajne, nie do odróżnienia od innych. Pchnęłam je i weszłam.

Było gorzej, niż się spodziewałam. Jedno łóżko z szorstką pościelą, trochę odzieży z burej, nijakiej tkaniny przewieszonej przez jego koniec. Mały stolik i krzesło. Gołe ściany, goła podłoga. Bez okien. Jedynym źródłem światła była słabo świecąca kula zatopiona w suficie. Wszystko kąpało się w zimnej, sterylnej poświacie.

— Przytulnie — powiedziałam sucho.

— Niech Pani tym gospodaruje — odparł z progu Aurelius. — I tak ma Pani szczęście, że ma chociaż tyle.

— Mam Panu dziękować? — Odwróciłam się do niego, krzyżując ramiona. — Za co? Za odebranie mi wszystkiego, co mnie stanowiło, i zamknięcie mnie w tym grobowcu?

— Właśnie to, kim Pani jest, stanowi problem — powiedział. — Ale może czas tutaj przypomni Pani, o czym Pani zapomniała.

— Niech Pan na to nie liczy. — Machnęłam ręką. — Proszę zamknąć drzwi za sobą.

Zmrużył oczy, ale milczał. Po chwili drzwi kliknęły i zostałam sama.

Stałam przez jakiś czas, chłonąc to wszystko. Cisza napierała na uszy, zbyt gęsta, zbyt ciężka. Przeszłam przez pokój, chropowaty kamień drasnął stopy, oparłam się o ścianę. Była lodowata w dotyku, martwa. Jak wszystko tutaj.

Wciąż czułam las sprzed chwili — miękkość mchu pod palcami, ciepło słońca na skórze. To miejsce było jego przeciwieństwem. Chcieli mnie tu złamać. Odedrzeć ze wszystkiego, co pulsuje, co żyje.

— Nie ma mowy — mruknęłam do siebie.

Odepchnęłam się od ściany i zaczęłam krążyć po małym pokoju. Palce musnęły krawędź stołu. Zadrzewiałe drzazgi. Tanie, użytkowe. Przykucnęłam przy łóżku, przesunęłam dłonią po chropawym płótnie. Nawet najprostsze domy śmiertelników miały kolor. Fakturę. Życie.

Wyprostowałam się, determinacja zwinęła się we mnie jak sprężyna. Strącili mnie, zamknęli, ale nie pozwolę, by to miejsce mnie pogrzebało. Nie rozpłynę się w tej szarości. Jakąkolwiek prawdę ukrywają, jakichkolwiek sekretów się boją — znajdę je. I sprawię, że pożałują, iż mnie zlekceważyli.

Szarpnęłam za szary tunik, który wisiał, wiotki i bez życia, na krawędzi łóżka. Materiał był szorstki pod palcami, jakby pił tę nijakość z całego pomieszczenia. Zalatywał uległością. Porażką.

— Absolutnie nie — powiedziałam, strzepując go.

Trzymałam go na wyciągnięcie ręki, mrużąc oczy, jakbym samą wolą mogła go przepalić. Magia zakotłowała się pod skórą, gorąca i niespokojna, spragniona uwolnienia. W powietrzu zaszumiało cicho, gdy się skupiłam. Pomyślałam o czymś nasyconym, odważnym — czymś, co przemówi głośniej niż jakiekolwiek słowa, jakie mogłabym tu wyrzucić.

— Zobaczymy, jak im się to spodoba.

Blady blask zapłonął na opuszkach palców, rozlał się po burej tkaninie jak ciekłe światło. Tunika zadrżała, krawędzie zwinęły się i rozkwitły, gdy sploty zaczęły się przesuwać. Matowa szarość pogłębiła się w karmazyn, który jeszcze ściemniał, aż zapłonął ciepłem krwi i ognia. Aksamit zastąpił szorstkie płótno, miękki i gęsty pod dłonią. Złote hafty same wyrysowały się wzdłuż dołu i dekoltu, skomplikowane wzory rozkwitły jak pnącza.

Kiedy skończyłam, cofnęłam się i uniosłam strój. Uśmiech szarpnął mi kącik ust. — Wystarczy.

Wsuwając się w suknię, poczułam, jak chłodny materiał osiada na skórze. Otuliła sylwetkę, ciężka, ale kojąca. Lustro nad umywalką pochwyciło moje odbicie. Krucze włosy spłynęły luźno na ramiona, ostry kontrast dla żywej czerwieni. Przez chwilę nie wyglądałam jak ktoś wygnany. Ktoś obdarty z mocy i przykuty do tej ponurej banicji. Wyglądałam znów jak ja.

— Careena Seraphiel nie niknie w cieniach — wyszeptałam, wygładzając fałdy aksamitu. — Niech sobie szepczą.

Korytarz na zewnątrz był cichy, gdy ruszyłam do jadalni. W powietrzu unosił się ledwie wyczuwalny zapach kamienia i popiołu, suchy i chłodny. Obcasy stukały o posadzkę przy każdym kroku, ostro i celowo. Trzymałam głowę wysoko, ramiona prosto, wyzywającym spojrzeniem prosząc, by ktokolwiek spróbował mnie zatrzymać.

Gdy weszłam do sali, niski pomruk rozmów przycichł. Głowy się odwróciły. Widelce zawisły w pół drogi.

Szłam powoli, pozwalając ich spojrzeniom osiadać na mnie. Większość wygnańców nosiła te same przygaszone tuniki, jakby już poddała się temu miejscu. Brązy, szarości, biele. Blade. Zapominane. Ich twarze zlewały się, wyrazy od szoku po dezaprobatę. Kilkoro szeptało za dłońmi, głosy ledwie słyszalne.

— Za kogo ona się uważa?

— Dopiero przybyła, a już robi scenę.

— Typowa Careena.

Zignorowałam ich, wybierając miejsce blisko środka stołu. Skrzydła lekko mi zadrżały, swędziały, by się rozwinąć, ale powstrzymałam ten impuls. Nie było sensu dostarczać im dziś więcej amunicji.

Mężczyzna naprzeciw — były Cnota, sądząc po nienagannej postawie — chrząknął. — Czy to naprawdę konieczne? — Spojrzenie zsunęło mu się na suknię, po czym wróciło na moją twarz. Każde słowo ociekało protekcjonalnością.

— Konieczne? — Uniosłam brew, wsparłam podbródek na dłoni. — Konieczne jest przetrwanie w tej norze. Suknia to tylko bonus.

Skrzywił się, ale zamilkł. Wokół nas szepty ucichły, choć spojrzenia wciąż ciążyły. Pozwoliłam im. Niech patrzą.

Niech zapamiętają, że nie przyszłam tu po to, by być złamana.

— Smacznej, mdłej kolacyjki — mruknęłam, sięgając po stojące przede mną jedzenie.

Pierwszy kęs uderzył mnie jak objawienie.

Pikantne ciepło rozkwitło, bogate, niespodziewane. Zastygłam z widelcem w pół drogi, gdy smak się rozwijał — warstwy przypraw, ziół, czegoś dymnego. Śmiertelnicy nazywali to najprościej: gulaszem, ale nie było w nim nic zwyczajnego. Był ziemisty i pełen życia, w przeciwieństwie do sterylnej ambrozji niebiańskich uczt. Tam jedzenie było dodatkiem — pożywieniem bez duszy. Tutaj *śpiewało*.

Zamknęłam oczy i wzięłam kolejny kęs. Powolne ciepło rozlało się po mnie, uziemiające, sycące. Jak mogłam tego nie znać?

— Pani... się uśmiecha? — Głos byłego Cnoty przeciął moje myśli. Pogarda czepiała mu się tonu, ale nie przejęłam się. Niech się kisi w swojej szarej monotonii.

— Być może — odparłam, nie podnosząc wzroku. Następna łyżka, tym razem z kawałkiem kruchego mięsa, który niemal roztapiał się na języku. — To dobre. Może raz w życiu spróbuje Pan coś po prostu polubić.

— Przyjemność nie jest tu sednem — odbił. — Mamy znosić, nie folgować sobie.

— Wytrwałość bywa przeceniana. — Odstawiłam łyżkę, pozwalając, by smaki jeszcze chwilę zatańczyły na podniebieniu. Spojrzenie ślizgnęło mi się po jego nietkniętej misce. Beżowy bulion, nietknięty chleb. Nawet nie spróbował. — Już się Pan poddał, prawda?

— Careena — ostrzegł, nisko.

— Niech Pan tak nie wymawia mojego imienia — ucięłam. — Jakbym była przestrogą. Jakby był Pan lepszy tylko dlatego, że przyjął Pan to wygnanie jak klatkę.

Zesztywniał, ale odwróciłam się od niego, wybierając zamiast tego kolejny półmisek. Patera pieczonych warzyw, skarmelizowane brzegi, ich słodycz przełamana czymś ostrym i kwaskowatym. Nadziałam kawałek i wzięłam kęs, mrucząc cicho, gdy smak zatańczył mi na języku.

— Zawsze tu tak jest? — mruknęłam pod nosem, bardziej do siebie niż do kogokolwiek. Świat śmiertelników — ich jedzenie, ich doznania — był surowy, nieprzewidywalny, nieidealny. A jednak tętnił w nim witalizm, którego nigdy wcześniej nie doświadczyłam. Każdy kęs, każdy zapach przypominał, że to miejsce kipi życiem.

— Careena — szepnął inny głos z dalsza przy stole. Tym razem kobiecy. Brzmiało w nim ostrzeżenie. Troska. — Przyciąga Pani zbyt wiele uwagi.

— Dobrze — powiedziałam dość głośno, by ona — i wszyscy inni — usłyszeli. — Może najwyższy czas przestać udawać, że jesteśmy tylko cieniami tego, kim byliśmy. Może czas przypomnieć sobie, jak się żyje.

Kilka twarzy odwróciło się do mnie z szeroko otwartymi oczami. Inne uciekły wzrokiem, zawstydzone albo może rozzłoszczone. Bez znaczenia. Nie przyszłam tu, by stać się niewidzialna. Każdy tutaj był aniołem; nie było powodu, by ukrywać to, kim jesteśmy.

W miarę jak posiłek się toczył, próbowałam wszystkiego w zasięgu ręki. Chleb jeszcze ciepły z pieca, którego skórka chrupała pod palcami. Kwaśnawy owocowy kompot, który ściął usta, nim uderzyła słodycz. Nawet wino — choć cienkie — smakowało pełniej w zestawieniu z potrawami. Każdy kęs, każdy łyk odłupywał kawałek goryczy po moim wygnaniu.

Pod koniec głód odpuścił, ale w jego miejsce pojawiło się coś innego. Iskra. Uświadomienie.

Jeśli Rada sądziła, że mnie złamała, myliła się. Owszem, strąciła mnie. Ogołociła z doskonałości Nieba. Ale dała mi też to — ten niechlujny, żywiołowy, chaotyczny świat do zbadania. Do smakowania. Do odkrycia.

Oparłam się na oparciu krzesła, palce musnęły nóżkę kielicha. Wokół mnie inni aniołowie szeptali nadal, nadal się gapili. Ich sąd przestał się liczyć.

— Ziemia ma swój urok — szepnęłam do siebie, a usta drgnęły mi w uśmiechu. — I zamierzam skorzystać ze wszystkich.

ROZDZIAŁ DRUGI

CAREENA

Powietrze było ciężkie, wilgotne od zapachu starego pergaminu i kamienia. Wylądowałam bezszelestnie, buty musnęły zimną posadzkę watykańskich archiwów. Ciemność pochłonęła mnie bez reszty, prócz bladego światła księżyca sączącego się przez wysoko osadzone, wąskie okna.

— Pierwsza misja — wymamrotałam pod nosem, głosem ledwie słyszalnym. — Nie zepsujmy tego.

Zwój. Proste zadanie. Wpaść i wypaść. Aurelius mówił o tym tak, jakby nie było warte choćby kropli potu. A jednak stałam oto w sercu teokratycznej potęgi w świecie śmiertelnych—tam, gdzie sekrety kryją się za zamkniętymi drzwiami, a szepty zalegają w cieniach.

Poruszałam się szybko, każdy krok wyważony. Sala zdawała się ciągnąć bez końca, a półki piętrzyły się nade mną po obu stronach. Rękopisy i relikwie spoczywały nienaruszone, emanując wiekami historii i tajemnicy. Przejechałam palcami po jednej z półek, a szorstka faktura przywróciła mi grunt pod nogami. *Skup się.*

Miękki szmer poniósł się gdzieś przede mną. Zastygłam, wstrzymując oddech. Strażnik. Jego kroki były miarowe, rozważne. Wtopiłam się w cień kolumny, pozwalając, by ciemność pochłonęła mnie całkowicie. Puls przyspieszył, ale tylko odrobinę. Śmiertelni są przewidywalni. Łatwo ich ominąć.

Latarka strażnika rozcięła mrok, snop światła prześlizgnął się tuż obok miejsca, gdzie stałam. Poczułam zew moich niebiańskich zdolności, tętniących tuż pod skórą. Cichy pomruk, przypomnienie, co mogę zrobić, jeśli zajdzie potrzeba.

— Kto tam? — rozległ się donośny klos, a ja wypuściłam powietrze. Sięgnęłam po swoje moce, delikatnie spowijając umysł strażnika mgłą.

Nikogo tu nie ma. To tylko przeciąg poruszył powietrze.

— Przeklęte przeciągi — mruknął strażnik, po czym obrócił się na pięcie i odszedł.

Gdy kroki ucichły, wysunęłam się z ukrycia, cicha jak dym. Spojrzenie powędrowało ku misternym drzwiom na końcu korytarza. Zamknięte, rzecz jasna. Zwykłe zamki śmiertelnych rzadko bywały problemem.

Dopadłam ich w kilka sekund, klęknęłam, by obejrzeć mechanizm. Prosty. Przestarzały. Relikt strzegący reliktów. Wargę wygiął mi cień uśmiechu. Pstryknięcie nadgarstka, blady poblask zatańczył po zamku — i zatrzask puścił.

— Zbyt łatwe — szepnęłam, uchylając drzwi.

W środku powietrze stało się jeszcze cięższe. Święte. Taki ciężar, który przykleja się do płuc. Zwolniłam, omiatając wzrokiem salę. Półka przy półce, każda wypchana zwojami, tomami, artefaktami. Gdzieś pośród nich był ten, którego szukałam. Niepozorny, mówił Aurelius. Ale potężny.

— Careena — mruknęłam do siebie, wchodząc głębiej. — Nie roztrząsaj. Po prostu znajdź to cholerstwo.

Najdelikatniejsze drżenie zaszumiało mi pod opuszkami, gdy mijałam jeden z rzędów. Zatrzymałam się, mrużąc oczy. Nie było tego widać — nie do końca. Ale czułam. Puls. Szept. Coś, co wołało do mnie.

— Mam cię — wyszeptałam, a w piersi zapłonęła iskierka triumfu.

Ale wtedy, w oddali, rozległo się echo butów. Kilka par. Tym razem bliżej. Zacisnęłam szczęki, palce zwinęły się w pięść. Tyle z łatwej misji. Czas ruszać — szybko — i wynieść się stąd, zanim będę zmuszona zrobić coś, co mogłoby zostać zapamiętane.

Zwój zadrżał pod moimi palcami w chwili, gdy go dotknęłam. Niski, równy puls, jak bicie serca. To nie był zwykły pergamin — to coś żyło. Ciepło popłynęło z opuszków w górę ramienia i osiadło w piersi. Przez sekundę zapomniałam oddychać.

Słowo „potężny" to było mało powiedziane.

Wsunęłam go do skórzanej torby przewieszonej przez ramię; pomruk mocy wciąż lekko rezonował przy moim boku. Odgłos butów był coraz bliżej. Mięśnie napięły się.

Ruszaj.

Odwróciłam się, wymykając między rzędami, pilnując, by stąpać lekko. Strażnicy byli już blisko, ich przytłumione głosy mieszały się z ciężką ciszą sali. Przykleiłam się do chłodnej kamiennej ściany, tkwiąc nieruchomo, aż minęli drzwi.

— Zbyt łatwe — wyszeptałam raz jeszcze, ledwie dosłyszalnie. Tym razem słowa miały gorzki smak.

Powietrze poruszyło się, gdy wyszłam na korytarz; lekki przeciąg musnął mi twarz. Żadnych alarmów. Żadnych okrzyków typu Intruz! czy Złodziej! Tylko cisza, przerywana miarą mojego oddechu. Coś tu nie grało. Misje nie miały być takie... proste. Zwłaszcza nie pierwsza.

To próba. Aurelius musiał mnie testować.

Otrząsnęłam się z tej myśli i skupiłam na odtwarzaniu drogi. Każdy korytarz zlewał się z następnym, ale poruszałam się z celem; ciało pamiętało, nawet jeśli umysł nie. Po kilku minutach byłam już na zewnątrz i wzbiłam się w nocne niebo, czarne skrzydła niewidoczne w ciemności.

— Wróciłaś.

Jego głos przywitał mnie, nim wyczułam jego obecność. Wylądowałam w głównym atrium Sanctuary, znajoma ciężkość niebiańskiej energii spłynęła na mnie jak ciężki całun. Aurelius stał u stóp marmurowych schodów, srebrne szaty falowały wokół niego, dłonie miał splecione za plecami.

— Oczywiście, że wróciłam — wyprostowałam się, piorunując go wzrokiem, składając skrzydła. — To nie było szczególnie trudne.

— A zatem skutecznie — odparł tonem tak wyważonym, że aż zacisnęły mi się zęby. Nie ruszył się z miejsca; samo jego przenikliwe spojrzenie przygwoździło mnie do posadzki.

— Niech Pan mnie nie traktuje protekcjonalnie, Aurelius — szarpnęłam torbę z ramienia i wysunęłam zwój. Zadrżał głośniej, jakby wyczuwał energię Sanctuary. — Co to jest?

— Artefakt o istotnym znaczeniu — przeniósł wzrok na zwój, po czym z powrotem na mnie. Spokojny. Panujący nad sobą. Doprowadzający do szału.

— To mi nic nie mówi — zrobiłam krok bliżej, zaciskając palce na zwoju. — Wysłał mnie Pan po to bez żadnego wyjaśnienia. A teraz to praktycznie śpiewa, gdy tylko go dotykam. Zechce Pan rozwinąć temat, czy dalej będzie Pan mówił zagadkami?

— Careena — jego ton się wyostrzył, ale nie podniósł głosu. Nigdy nie podnosił. — Wykonała Pani swoje zadanie. To jest istotne.

— Niech Pan mi tego nie wciska — skrzydła drgnęły, łapiąc blask witraży atrium. — Wiedział Pan, że kryje się tu coś więcej — Pan zawsze wie więcej, niż mówi. Czym ja to trzymam? Dlaczego czuję, że to... żyje?

Aurelius wreszcie się poruszył, zszedł ostatni stopień i stanął tuż przede mną. Jego wzrost zmusił mnie, bym uniosła podbródek, ale nie cofnęłam się. Srebrne oczy wbiły się w moje — nieczytelne, zimne.

— Pani zadaniem było to odzyskać — powiedział równym głosem. — Nic więcej. Zawartość tego zwoju nie dotyczy Pani.

— Nie dotyczy? — roześmiałam się krótko, bez śladu wesołości. — Wysyła mnie Pan do świata śmiertelnych — do samego *Vatican* — po coś, co zdaje się mieć moc rozłupania niebios, i to „mnie nie dotyczy"?

— Tak — jego głos był jak żelazo. — Bo nie jest Pani jeszcze gotowa, by pojąć jego znaczenie.

— Gotowa? — słowo wysyczało ze mnie jak jad. — Oboje wiemy, że nie o to chodzi.

— Dość — jego spojrzenie jeszcze stwardniało. — Proszę mnie nie wystawiać na próbę.

— A może to Pan powinien przestać testować *mnie* — odwarknęłam, mocniej zaciskając dłoń na zwoju. — Jeśli sądzi Pan, że będę wykonywać rozkazy bez pytań, to najwyraźniej nic się Pan o mnie nie nauczył.

— Dość — jedno słowo niosło ciężar rozkazu, uciszając przestrzeń wokół nas. Blask jego srebrnych skrzydeł na moment przybrał na sile, po czym znów przygasł. — Dopełniła Pani obowiązku. Tylko to ma znaczenie.

— Nie, Aurelius — mój głos opadł, ostry, lecz cichy. — Liczy się prawda. A Pan ją ukrywa. Przede mną. Przed wszystkimi.

— Proszę uważać, Careena — ostrzegł; ostrze w jego tonie było nie do przeoczenia. — Pani bunt jest przewidywalny, ale ma granice — nawet tutaj.

— Przewidywalny? — cofnęłam się o krok, zwój wciąż cicho brzęczał w mojej dłoni. — Jeszcze się zobaczy.

— Dokąd Pani zamierza iść z tym? — jego cichy głos zatrzymał mnie w pół kroku.

— A co Pan zamierza z nim zrobić? — odparłam pytaniem.

— Jeszcze więcej pytań, Careena? Czy one się kiedyś skończą? — Pokręcił głową, po czym podszedł bliżej i położył dłoń na zwoju, na mojej.

Spojrzałam w dół, zaskoczona, gdy magiczny puls ucichł.

— Trzeba go zniszczyć.

Unosłam wzrok na Aureliusa i mrugnęłam. — Zniszczyć?

— Sama Pani to powiedziała. Moc zdolna rozłupać niebiosa. Są rzeczy zbyt niebezpieczne, by pozwolić im istnieć.

Pierwszy raz, odkąd trafiłam do Sanctuary, zgodziłam się z nim w jakiejś sprawie. Powoli rozluźniłam palce, pozwalając, by odebrał mi zwój.

— Dziękuję — powiedział cicho.

Skinęłam głową, lecz nie zdołałam stłumić pytań, które kipiały we mnie. — Skąd on jest? Kto go stworzył? Jak zamierza Pan go zniszczyć?

Wydał z siebie dźwięk, który mógł być frustracją. — Careena. Pani zadanie zostało zakończone. Proszę pozwolić mi wykonać moje.

— Ale...

— Dość — powiedział, a słowo wsparł pulsem niebiańskiej mocy tak silnym, że zatoczyłam się w tył. — Pani zadanie jest zakończone. Wkrótce otrzyma Pani nowe. A teraz proszę odejść.

Tyle mocy. Nogi obróciły mnie i poniosły dalej; doszłam do połowy korytarza, nim pojęłam, co zrobił, i odwróciłam się, wściekła... ale Aurelius zniknął.

Nieskazitelne korytarze Sanctuary ciągnęły się beztrosko przede mną, labirynt chłodnego światła i strzelistych sklepień. Skrzydła zaszumiały za plecami, pióra muskając alabastrowe ściany, jakby i one podzielały mój niepokój.

Szepty zaczęły się, zanim dotarłam do głównego korytarza.

— Znowu go podważała. Głos doleciał skądś z góry, delikatny jak babie lato, lecz ostry jak nóż.

— Zawsze taka krnąbrna — rozbrzmiał inny, już bliżej. Nie fatygowałam się, by unieść wzrok. Anioły tutaj nigdy nie stawały ze mną twarzą w twarz.

— Czy sądzi, że stoi ponad Zastępem?

— Upadła poza odkupienie.

Zacisnęłam szczęki, pozwalając, by ich słowa spłynęły po mnie jak woda — lecz każde zostawiało pieczenie. Dłoń ścisnęła się, paznokcie wbiły w dłoń. Niech mówią. Niech szydzą. Już upadłam na tyle, by wiedzieć, że ziemia nie jest tak straszna, jak ją malują.

Para wartowników stała na końcu korytarza, złote włócznie skrzyżowane w idealnej symetrii. Wyprostowali się, gdy podeszłam; ich spojrzenia musnęły moją twarz i natychmiast uciekły. Nawet oni nie spotykali mojego wzroku na długo.

— Careena Seraphiel — odezwał się jeden z nich, tonem kruchym od wymuszonego szacunku. — Czy potrzebuje Pani—

— Nic — ucięłam, mijając ich bez zwalniania kroku. Ich cisza podążyła za mną, gęsta i ciężka.

Atrium otwierało się przede mną, a słońce wlewało się przez kryształowe okna, rzucając po podłogach rozszczepione tęcze. Anioły poruszały się tu stadkami, ich głosy wzbijały się w liryczną harmonię — a może i by się wzbijały, gdyby nie to, że zamilkły, gdy weszłam. Głowy się odwróciły. Oczy się zwęziły. Rozmowy przygasły, zastąpione szelestem skrzydeł i ciężarem osądu napierającego na moje plecy.

— Ona tu nie pasuje.

— Po co Aurelius ją tu trzyma?

— Może jej żałuje.

— Albo boi się, czym się stanie.

Zatrzymałam się pośrodku sali, zmuszając się do spokojnego oddechu. Ich szepty wirowały wokół jak dym, duszące, lepkie. Rozwinęłam skrzydła odrobinę; ich fiolety błysnęły wyzywająco. Jeśli chcieli widowiska — to je dostaną.

— Czy ktoś chce mi coś powiedzieć? — mój głos poniósł się czysto, rozcinając szemranie. Sala ucichła natychmiast.

Nikt nie odpowiedział. Oczywiście, że nie. Tchórze. Co do jednego.

— Tak myślałam — obróciłam się ostro; echo moich butów potoczyło się po marmurze. Serce waliło mi w piersi, choć nie ze strachu.

Niech szepczą do woli. Aurelius może trzymać dla siebie wszystkie odpowiedzi świata, ale i tak je znajdę. Nie po to tu jestem, by grać posłuszną żołnierkę, by kłaniać się i skrobać po prawdę, podczas gdy Rada pociąga za sznurki zza pozłacanych kotar.

Nie — wykuję własną drogę przez tę pajęczynę kłamstw. A kiedy to zrobię, zobaczą, jak bardzo się mylili, wątpiąc we mnie.

Skrzydło biblioteki majaczyło przede mną, spowite cieniem. W sercu biblioteki Sanctuary znajdowały się komnaty świętej wiedzy. Zakazane. Zamknięte. Strzeżone.

Dokładnie tam, gdzie musiałam się znaleźć.

Zatrzymałam się przy łuku wejścia. Jego powierzchnię zdobiły misternie rzeźbione niebiańskie znaki, żarzące się jak żar. Ostrzeżenie. Albo groźba. Powietrze trzeszczało od pieczęci mających odeprzeć każdego niegodnego. Kogoś takiego jak ja.

Palce drgnęły mi przy boku. Pamięć o zwoju zabranym z *Vatican* paliła dłoń jak żar. Wiedziałam, że mocy, którą niósł, nie wolno używać — tyle wiedziałam — ale chciałam zrozumieć o wiele więcej. Całą noc przewracałam się bez snu, rozważając. Tutaj mogłam znaleźć odpowiedzi.

Dotknęłam drzwi. Ciepło ugryzło moje opuszki, ostre jak ostrze. Syknęłam i cofnęłam dłoń.

— Znowu bada Pani granice, Careena?

Jego głos przeciął ciszę jak dzwon. Zimny. Wyważony. Odwróciłam się powoli, układając twarz w maskę.

Aurelius stał za mną, srebrne włosy połyskiwały nawet w skąpym świetle. Szaty migotały lekko, a ciężar jego władzy przygniatał przestrzeń między nami. Wzrok wwiercał się w mój, jak zawsze nieprzenikniony.

— Ciekawość to jeszcze nie zbrodnia — odparłam, krzyżując ramiona.

— Jeszcze nie — rzucił, zerkając na drzwi. — Ale kroczy Pani niebezpiecznie blisko.

— Prawda nie jest niebezpieczna — uniosłam podbródek. — Chyba że ktoś się jej boi.

— Prawda wymaga dyscypliny — zrobił krok bliżej. — A Pani jeszcze na ten przywilej nie zasłużyła.

Zacisnęłam pięści, walcząc z pokusą kłótni. Nie tutaj. Nie teraz. Jego gra to kontrola; nie dam mu satysfakcji, widząc, jak tracę swoją.

— Po co Pan tu przyszedł? — zapytałam zamiast tego. — Chyba nie tylko po to, żeby mnie pouczać.

— Nie — odparł. — Przyszedłem przydzielić Pani kolejną misję.

— Kolejna posługa, żeby mnie czymś zająć? Jakże to uprzejme.

— Dość — jego ton stwardniał, ucinając mój sarkazm. Wyciągnął dłoń; powietrze między nami przesunęło się z cichą władzą. — Będzie Pani chronić konwój śmiertelnych pomagających wypędzonym przez wojnę. Ich życie jest kruche. Łatwo je zgasić bez interwencji.

— Śmiertelni — powtórzyłam. Skrzydła mimowolnie się spięły. — Mam teraz bawić się w anioła stróża?

— Dokładnie — wargi ścisnęły mu się w wąską linię. — Proszę wmieszać się między nich. Doprowadzić ich w bezpieczne miejsce. Dopilnować, by nic nie zagroziło ich pracy — ani ich życiu.

— Opieka nad dziećmi — mruknęłam pod nosem. Ale znów podniosłam na niego wzrok, z niegasnącym wyzwaniem. — Dobrze. W najgorszym razie śmiertelni nie mówią zagadkami.

— Proszę być gotową o świcie — skwitował, ignorując przytyk. Ostatnim spojrzeniem obrzucił drzwi, po czym odwrócił się na pięcie i zniknął w korytarzu, a szaty snuły się za nim jak dym.

Stałam chwilę, wpatrzona za nim. Pieczęcie na drzwiach pulsowały za moimi plecami, jakby szydząc. Kolejna bariera. Kolejna odmówiona prawda.

— Nie na zawsze — wyszeptałam, pozwalając, by słowa mnie ugruntowały. Potem odwróciłam się i ruszyłam do swoich kwater. Jeśli mam brodzić w chaosie śmiertelnych konfliktów, zrobię to na własnych zasadach. A może — tylko może — znajdę w ich kruchym, ulotnym życiu coś prawdziwego.

Dłoń chłopca drżała w mojej, gdy przekraczaliśmy zwaliska dawnego rynku. Dym drapał w gardło, gryzący i ostry, mieszając się z miedzianą nutą krwi wiszącą w powietrzu. Mówiłam cicho, spokojnie.

— Jeszcze kawałek — powiedziałam. — Świetnie sobie radzisz.

Szerokie, brązowe oczy spojrzały na mnie, zaczerwienione od łez i sadzy. Skinął głową, ale milczał. Ścisnął mocniej, jakbym była jedyną kotwicą trzymającą go przy tym świecie. Może nią byłam.

Przodem konwój przeciskał się ostrożnie przez gruzowisko; twarze blade, ale zdeterminowane. Zmęczenie ciążyło na nich, lecz nikt nie śmiał zwolnić. Ci śmiertelni—tacy krusi, tacy łamliwi—a jednak parli naprzód.

— Careena! — rozległ się z przodu kobiecy głos, ochrypły, ale naglący. Clara, przypomniałam sobie. Przywódczyni tej poturbowanej grupy pracowników pomocy. Machała do mnie, ramię umazane brudem. — Musimy przyspieszyć. Krążą pogłoski o patrolach w pobliżu.

— Rozumiem — odparłam; jej pośpiech udzielał się i mnie.

Przekazałam chłopca pod opiekę Clary i omiotłam horyzont spojrzeniem. Zmysły sięgnęły poza ludzką percepcję, nasłuchując pomruków zagrożenia, ledwie wyczuwalnych fal złośliwości, które często poprzedzają przemoc. Powietrze tu brzęczało niepokojem, ale nic natychmiastowego nie wisiało nad nami. Jeszcze nie.

— Idź — powiedziałam do Clary. — Ubezpieczę tyły.

Zawahała się, zerkając na dziecko, które teraz kurczowo trzymało się jej boku. Coś między nami przemknęło — niewypowiedziana wdzięczność, może — ale nie marnowała słów. Skinieniem głowy odwróciła się do reszty.

Szłam z tyłu, każdy mięsień napięty, każde pióro ukrytych skrzydeł domagało się rozpostarcia. Ta misja nie była o mnie. Nie o Aureliusie ani jego niekończących się próbach. Chodziło o nich — tych, którzy krwawili, płakali, walczyli, by ratować życie w świecie jakby stworzonym do niszczenia.

Pierwszy raz od niepamiętnych czasów poczułam... coś. Cel. Dumę.

Gdy konwój wreszcie dotarł do bezpiecznego miejsca — naprędce zabezpieczonego posterunku otoczonego drutem kolczastym i zmęczonymi żołnierzami — pozostałam na obrzeżach. Patrzyłam. Clara i pozostali pracowali bez wytchnienia: opatrywali rany, rozdawali zapasy, pocieszali złamanych.

— Jesteś jedną z nich? — zapytała nagle dziewczynka, aż podskoczyłam. Jej mała twarz wychyliła się zza skrzyni, ciemne oczy błyszczały ciekawością.

— Nie całkiem — złagodziłam głos.

— To dlaczego tu jesteś?

— Żeby pomóc — odpowiedziałam szczerze.

Kąciki jej ust drgnęły, prawie uśmiechem, po czym czmychnęła.

— No i? — zapytał Aurelius, gdy wróciłam do Sanctuary. Skrzyżował ramiona; srebrne szaty spływały wokół niego jak woda.

— No i co? — odparłam, strząsając resztki kurzu i popiołu.

— Pani ocena misji — jego wzrok wypalał we mnie dziurę, nieustępliwy jak zawsze.

Zawahałam się. Część mnie chciała zbyć to żartem, szturchnąć go, jak zawsze. Lecz prawda przepchnęła się przez obronę.

— Nie było to takie złe — przyznałam. — Pomoc im... miała znaczenie.

— Dobrze — odparł krótko, choć po twarzy przemknął cień czegoś jakby aprobaty. — Może teraz dostrzega Pani wartość swojego wygnania.

— Wygnanie nie jest szczególnie inspirujące — mruknęłam.

— Niech Pani uzna je za przygotowanie — jego głos był gładki jak kamień. — Być może jeszcze znajdzie Pani swój cel.

Zanim zdążyłam przycisnąć go dalej, obrócił się, a następne słowa zgasiły resztki nadziei. — Czeka już kolejne zadanie.

— Już?

— Tak — jego ton spadł do lodowatego. — Zwoje w bibliotece wymagają skatalogowania. Zacznie Pani natychmiast.

— *Katalogowanie?* — słowo zaskrzypiało po mojej dumie jak zardzewiałe łańcuchy.

— Tak — jego srebrne oczy spotkały się z moimi, niewzruszone. — Czy jest jakiś problem?

— Oczywiście, że jest — skrzydła rozwarły się mimowolnie, fioletowe krawędzie złapały światło. — Przeprowadziłam śmiertelnych przez strefy wojny, a teraz mam odkładać zwoje na półki? Marnuje mnie Pan.

— Posłuszeństwo rzadko bywa efektowne, Careena — odparł równym tonem. — Ale jest konieczne. Zrobi Pani, co Pani polecono.

Stałam, z zaciśniętą szczęką, z furią buzującą pod skórą. Ale przełknęłam ją. Na razie. Wiedziałam już, że nie dopuszczą mnie do zastrzeżonych działów, od których mnie odcięto — ale może zdołam sobie do nich drogę wypracować.

Zapach starego pergaminu wciskał się w zmysły, suchy i kruchy jak pył osiadający na palcach. Dłonie przesuwały się po zwoju; krawędzie kruszyły się, gdy rozwijałam go ostrożnie, choć cierpliwość topniała. Biblioteka milczała, poza cichym szelestem papieru i lekkim skrzypem skórzanych podeszw o kamienną posadzkę, gdy się poruszałam. Półki pięły się nade mną bez końca, a ich cienie rysowały po ścianach poszarpane linie.

— Konieczne — , powiedział. Słowo odbijało się echem w głowie, zgrzytając przy każdym zawijasie skryptu, który skanowałam. Konieczne? Dla kogo? Na pewno nie dla mnie. Tkwiłam tu od tygodni przy tej bezsensownej robocie. Skrzydła bolały mnie od bezruchu, od frustracji.

Wsunęłam kolejny zwój na wypolerowany stojak. Tytuł wyryty w niebiańskich runach rozmazywał się pod moim spojrzeniem. Katalogowanie? To nie była praca dla kogoś, kto przeprowadził śmiertelnych do schronienia, kto posmakował celu. Nie. To był zapychacz. Smycz.

— Dość — warknęłam, wpychając następny zwój mocniej, niż trzeba. Delikatny pomruk mocy w nim wibrował wzdłuż mojego ramienia, nieodnotowany. Kroki odbiły się echem, gdy wyszłam z alkowy, porzucając zwoje. Korytarze Sanctuary wiły się przede mną, zimne i znajome, a ja szłam, prowadzona przez własny gniew.

Aurelius stał tam, gdzie zdawał się stać zawsze — w sercu spraw, niewzruszony czasem ani konsekwencjami. Srebrne włosy łapały blask świec, jego obecność była ostra i groźna jak dobyty miecz.

— Careena — nawet nie podniósł wzroku, gdy podeszłam; wpatrywał się w jakiś eteryczny mapunek rozpostarty na pulpicie. — Czy nie powinna Pani być na swoim stanowisku?

Zatrzymałam się gwałtownie, zaciskając pięści. — To nie stanowisko. To kara.

— Tak Pani uważa? — jego głos był spokojny, wyrachowany. — Być może w takim razie źle zrozumiała Pani lekcję.

— Lekcję? — podeszłam bliżej; powietrze między nami napięło się jak struna. — To Pan nazywa lekcją? Segregowanie zakurzonych reliktów, podczas gdy śmiertelni toczą wojny i cierpią? To marnotrawstwo. Marnuje mnie Pan.

Wreszcie uniósł na mnie oczy, przeszywające, gdy spotkały się z moimi. — Mniema Pani, że wie lepiej niż Rada? Niż ja?

— Niczego nie mniemam — mój głos się podniósł, a każde słowo naostrzyło się nieposłuszeństwem. — Ale ślepe posłuszeństwo nie jest rozwojem, Aurelius. To stagnacja. Jak mam się czegokolwiek nauczyć, zakopana w zwojach, których nikt nie czytał od stuleci?

— Careena — powiedział nisko, miarowo — stąpa Pani po niebezpiecznym gruncie.

— Ktoś musi. Dlaczego tak boi się Pan pytań? Zmiany?

— Bo pytania prowadzą do buntu — warknął, rzadki zgrzyt na jego opanowaniu. Srebrny wzrok pociemniał, stwardniał jak stal. — A bunt prowadzi do zagłady.

— Tylko jeśli odmawia się słuchania — odcięłam. Pierś miałam ściśniętą, ale nie ustąpiłam. — Uważa Pan, że kontrola to siła, a to strach. I nie pozwolę, by Pana strach mnie skuł.

— Kajdany, Careena? — jego głos obniżył się, niebezpieczny teraz. — Niech Pani nie myli prowadzenia z kajdanami. Ścieżka, którą Pani wyznaczam, ma ochronić Panią — i innych — przed zgubą, jaką ściąga Pani bunt.

— A może ma mnie trzymać z dala od prawdy — zrobiłam kolejny krok, zniżając głos do jego intensywności. — Pan mi nie ufa. Proszę to przyznać.

— Zaufanie trzeba zdobyć — odparł chłodno. — A Pani jeszcze nie dowiodła, że na nie zasługuje.

— Może nie chcę Pana zaufania — ucięłam, choć serce tłukło mi się w piersi. — Chcę wolności.

— Wolność bez hamulców to chaos — odparł słowami ostatecznymi, nienaruszalnymi. — Wróci Pani do swojego zadania, Careena. To nie prośba.

— Oczywiście, że nie — mruknęłam cierpko, odwracając się na pięcie, nim zobaczył żar w moich oczach. Cisza, która po tym zapadła, paliła mocniej niż ogień.

Gdy odchodziłam, dopadł mnie jego głos, cichy, lecz ciężki. — Bunt może smakować jak wolność, ale zawsze ma swoją cenę. Proszę to zapamiętać.

— Zapłacę ją — szepnęłam do nieruchomego powietrza. Ogień w piersi płonął już jaśniej, wypalając wątpliwości. Nie będę żyć skuta strachem ani ślepym posłuszeństwem. Jeśli chcą, żebym była wyrzutkiem, niech będzie. Przyjmę to.

Zsunęłam szaty i pozwoliłam im opaść na posadzkę; rozpostarłam skrzydła. Lśniły w półmroku, krucze pióra falowały fioletem. Pierwszy raz od dawna pozwoliłam im rozciągnąć się w pełni. Mięśnie zapiekły z ulgą.

— Dość — powiedziałam na głos; dźwięk odbił się od kamiennych ścian.

Odwróciłam się ku balkonowi, gdzie przez arkadę lało się światło księżyca. Bez wahania ruszyłam biegiem. Stopy ledwie musnęły ziemię, nim skoczyłam w bezkres nocy.

Wiatr zawył w uszach, gdy spadałam, po czym poniosłam się w górę potężnym uderzeniem skrzydeł. Oddech uwiązł mi w gardle. Niebo, ogromne i dzikie, objęło mnie. Gwiazdy wydawały się bliższe, jaśniejsze, jakby witały moje nieposłuszeństwo.

— Wolność — wyszeptałam, smakując słowo jak coś zakazanego i słodkiego.

Poniżej Sanctuary malało; strzeliste wieże i sztywne hale stawały się ledwie cieniami. Aurelius, Rada, zasady — wszystko wydawało się dalekie. Nieistotne.

— Znajdę prawdę — przyrzekłam, a mój głos zagłuszył pęd powietrza. — Bez względu na cenę.

Horyzont rozciągał się przede mną, bezkresny, nieznany. I pierwszy raz od mojego wygnania uśmiechnęłam się.

To nie mogło trwać. Nie byłam gotowa; w najgłębszym sercu wiedziałam o tym. Ale uczyłam się — bez ustanku — o świecie śmiertelnych i pewnego dnia, już wkrótce, te kajdany przestaną mnie krępować.

Rozdział trzeci

Careena

Stałam na progu gabinetu Aureliusa, a powietrze było ciężkie od kadzidła i osądu. Jego wezwanie przyszło nagle, jak puls srebrnej energii, niepozostawiający miejsca na odmowę. Wciąż tliło się pod moją skórą. Strząsnęłam to z siebie, wchodząc do środka.

— Careena. Jego głos przeciął ciszę jak ostrze. Nie podniósł wzroku znad zwojów rozrzuconych na biurku. Jego srebrne włosy lśniły w przytłumionym świetle, idealnie współgrając z nieskazitelnymi skrzydłami złożonymi ciasno za plecami. Zawsze taki opanowany. Zawsze tak... doskonały.

— Strażniku — odparłam, pozwalając, by tytuł ociekał sarkazmem na tyle, by wciąż balansować na granicy. Jego oczy drgnęły w górę, zwęziły się. Wytrzymałam spojrzenie bez mrugnięcia.

— Zamknij drzwi.

Zatrzasnęłam je kopnięciem, a dźwięk poniósł się echem po marmurowej komnacie. — Co tak pilnego, że wywlokłeś mnie z łóżka?

Aurelius się wyprostował, górując nad biurkiem jak posąg wyrzeźbiony z samego osądu. — Sabat we Francji odgrzebał coś niebezpiecznego. Księgę zaklęć mrocznej magii — starożytną, śmiercionośną. Rozumiesz, co to znaczy? — Jego ton był urzędowy, rzeczowy.

— Katastrofa, zagłada, koniec wszystkiego — powiedziałam, machając ręką. — Nie jesteś przesadnie subtelny, Aureliusie. Po prostu powiedz, czego potrzebujesz.

— Nie drwij ze mnie. Jego głos stwardniał, stal pod lodem. — To nie jest gra, Careena. Ta księga może rozpruć śmiertelną egzystencję, jeśli wiedźmy dokończą rytuały. Masz przeniknąć do sabatu, odzyskać tom i dopilnować, by ich plany zostały rozbite...

— Bez niepotrzebnego krzywdzenia ludzi — dokończyłam za niego, krzyżując ramiona. — Tak, tak, złota zasada Zastępu. Słyszałam ją już tysiąc razy.

— Może raz w życiu powinnaś posłuchać. — Obszedł biurko, a ciężar jego obecności wypełnił przestrzeń między nami. — Twoja ciekawość, twoja brawura — tym razem nie mogą przeszkodzić.

— No i jest — powiedziałam ostrzej. — Nie ufasz mi. Nigdy nie ufałeś.

— Bo nie dajesz mi ku temu powodów — warknął, a jego srebrne oczy rozbłysły. — Zachowujesz się, jakby zasady cię nie dotyczyły. Ta misja wymaga precyzji, a nie folgowania twoim... pobudkom.

— Folgowania? — Moje skrzydła rozwarły się, drżąc od tłumionego gniewu, zanim zmusiłam je do posłuszeństwa.

— Uważasz, że wszystko zaprzepaszczę, bo zadaję pytania? Bo nie ślepo wykonuję rozkazy jak jeden z twoich posłusznych żołnierzyków?

— Dokładnie — odparł niewzruszenie. — Twoje nieposłuszeństwo jest przewidywalne, Careena. A przewidywalność bywa niebezpieczna, gdy obcuje się z takimi siłami.

— To dlaczego wysyłasz mnie? — odcięłam się, podchodząc bliżej. W powietrzu między nami unosił się zapach kadzideł i starego pergaminu. — Jeśli jestem takim obciążeniem, czemu sam się tym nie zajmiesz? Ach tak — wolisz stać tutaj i prawić mi kazania, niż naprawdę *zrobić* cokolwiek.

— Dość. — Jego głos zadźwięczał jak dzwon, ucinając kłótnię, zanim zdążyła się rozkręcić. Ostro wypuścił powietrze, skrzydła drgnęły — jedyny znak frustracji. — Zostałaś wybrana, bo jesteś kompetentna. Mimo swoich wad — jesteś wprawna. Ale ta misja jest ważniejsza niż twoja duma czy moja. Zapamiętaj to. — Wyciągnął zwinięty zwój; przypuszczalnie informacje, których będę potrzebować. Wzięłam go niechętnie.

— Dobrze — powiedziałam, odwracając się, zanim powiedziałabym coś gorszego. — Załatwię ci tę twoją cenną księgę. Ale nie licz na to, że przeproszę za robienie wszystkiego po swojemu.

— Tylko nie zawiedź — powiedział cicho Aurelius. To nie był rozkaz. Było w tym coś chłodniejszego. Coś ostatecznego.

Nie odpowiedziałam. Drzwi jęknęły, gdy je otworzyłam i wyszłam na korytarz. Dłonie zacisnęły mi się w pięści, zwój zmiął się w dłoni. Tu nie chodziło o zaufanie ani o wiarę. Chodziło o kontrolę. A ja nie zamierzałam dać się kontrolować.

Wiatr ciął mnie, ostry i zimny na skórze, gdy opadałam. Poniżej rozciągał się bezkresny las, ciemny i żywy, a jego baldachim tylko miejscami rozdzierał poszarpany kształt dworu przed nami.

Wyrastał na polanie jak rana w ziemi — czernione kamienie i krzywe wieżyczki. Cienie oblepiały go grubiej, niż powinny, nawet w świetle księżyca. Z martwych drzew wokół obrzeża zwisały talizmany — kość, metal, odłamki kryształu — wszystkie pobrzmiewające słabą energią. Zabezpieczenia. Nie zatrzymają mnie, nie całkiem, ale... utrudnią.

Wylądowałam miękko na wilgotnej ziemi, przysiadając nisko. Powietrze było tu ciężkie, gęste od zgnilizny i magii. Każdy oddech smakował źle — gorzko i metalicznie. Ruszyłam naprzód, pilnując, by poruszać się bezszelestnie, i przyjrzałam się najbliższym talizmanom. Każdy pulsował słabo, jakby serce biło mu nie w takt pozostałym. Nie zaprojektowano ich, by trzymały ludzi z daleka — to były ostrzeżenia. Dla kogo, albo czego, jeszcze nie umiałam stwierdzić.

— Uroczo — mruknęłam pod nosem. Mój głos zabrzmiał zbyt głośno, choć był ledwie szeptem. Poruszałam się szybko, lawirując między drzewami i trzymając się cieni. Im bliżej byłam dworu, tym silniej ciągnęły mnie zabezpieczenia. Nie fizycznie — nie całkiem — ale napierały na mnie jak niechciana dłoń, usiłująca mnie odwieść.

Zignorowałam to. Nie były przeznaczone na istoty takie jak ja; nie miały mocy przeciw celestom. Ludzie? Każdy człowiek już dawno uciekłby z krzykiem. Cokolwiek tu się działo, nikt nie miał prawa tego znaleźć.

Główne wejście nie wchodziło w grę. Za dużo oczu. Za dużo światła. Okrążyłam więc budynek, szukając czegoś mniej oczywistego. Pęknięte okno. Zapomniane drzwi. Coś przeoczonego. Nie trwało to długo — wąskie drzwi do piwnicy, na wpół ukryte pod splątanymi pnączami. Zawiasy zardzewiałe, drewno spęczniałe od lat deszczu. Idealnie.

Wyciągnęłam rękę, musnęłam palcami powierzchnię drzwi i posłałam w nie drobną falę mocy. W sam raz, by poluzować zamek bez zwracania uwagi, uwolnić zardzewiałe zawiasy. Drewno jęknęło, po czym ustąpiło, uchylając się do środka. Słaby powiew przyniósł zapach pleśni i ziemi. Uroczo. Skrzywiłam nos z niesmakiem, po czym wzruszyłam ramionami i złożyłam skrzydła ciasno za plecami. Tam, w tej ciemności, nie byłoby miejsca, by je rozpostrzeć.

— No to ruszamy — szepnęłam, wsuwając się do środka.

Ciemność pochłonęła mnie w całości. Przez moment nie widziałam nic, nie słyszałam nic poza cichym kapaniem wody gdzieś głębiej w piwnicy. Potem wzrok się przyzwyczaił i zaczęły wyłaniać się kształty — zarysy półek, skrzyń, słojów wypełnionych nieokreślonymi substancjami. Niektóre słabo świeciły; inne zdawały się pochłaniać wszelkie światło. Poruszałam się ostrożnie, omijając wszystko, co wyglądało krucho — albo przeklęte.

Schody na końcu pomieszczenia prowadziły w górę, w serce dworu. Wspinałam się powoli, każdy krok był rozważny. Moja moc rozlewała się cienką zasłoną, zamazując umysły każdego w pobliżu. To nie było doskonałe — gdyby ktoś wpatrywał się we mnie zbyt długo, zauważyłby — ale wystarczało, by rozmyć kontury świadomości. Wystarczało, by przejść.

Na szczycie schodów atmosfera się zmieniła. Powietrze ogrzało się, przesiąknięte dymem i czymś słodkim, niemal kwiatowym. Korytarz obstawiono świecami, których płomienie migotały nienaturalnie. Cienie, które rzucały, tańczyły po ścianach, tworząc kształty rozmywające się, gdy tylko próbowałam się na nich skupić.

Szłam naprzód, cicha i niewidoczna, omiatając wzrokiem wszystko. Drzwi ciągnęły się wzdłuż korytarza — jedne otwarte, inne szczelnie domknięte. Z jednych dobiegało mruczenie inkantacji — niskie i rytmiczne. Z innych śmiech — ostry, okrutny. Nic z tego nie miało znaczenia. Jeszcze nie.

Księga zaklęć. Tylko to się teraz liczyło, choć po powrocie do Sanctuary z nią zamierzałam odbyć z Aureliusem rozmowę. Ten sabat knuł coś niedobrego, a samo skonfiskowanie jednej księgi niczego nie zakończy.

Skręciłam do pierwszego otwartego pokoju. Półki biegły od podłogi po sufit, napchane księgami i zwojami w rozmaitym stanie rozkładu. Stoły uginały się od artefaktów — sztyletów, amuletów, masek. W rogu bulgotał kocioł, a jego zawartość biła słabą zieloną poświatą. Oparłam się pokusie, by pogrzebać dalej. Żadnych rozproszeń.

— Gdzie jesteś? — wymruczałam, sunąc palcem po grzbiecie szczególnie wiekowego tomu. Pył przywarł do mojej dłoni, szorstki i zimny. To nie była ta księga. Żadna z tych. Ruszyłam dalej.

Następny pokój był gorszy. Z sufitu zwisały kości, nanizane jak koszmarne dzwonki wietrzne. W podłodze wyryto krąg, wypełniony symbolami, które przesuwały się, gdy próbowałam je czytać. Energia, która z niego biła, sprawiła, że skóra aż mi cierpła.

— Też nie tutaj. — Frustracja rosła, ściskając mi klatkę piersiową. Czas przeciekał przez palce. Musiałam przyspieszyć.

Pokój za pokojem, artefakt za artefaktem, a wciąż ani śladu księgi. Zatrzymałam się w korytarzu, przycisnęłam plecy do ściany i na moment przymknęłam oczy. Puls huczał mi w uszach. Księga musiała tu być. Gdzieś. Ale gdzie?

Cichy dźwięk przebił się przez myśli — skrzypnięcie, dalekie, ale umyślne. Kroki. Ktoś nadchodził.

Przykleiłam się do ściany, a cienie przylgnęły do mnie jak druga skóra. Oddech zwolnił, uspokojony. Nie mogli mnie zobaczyć, nie zobaczą — dopilnowałam tego.

Na końcu korytarza stanęła sylwetka. Wysoka. Władcza. Poruszała się z wyćwiczoną gracją, ciemne szaty ciągnęły się za nią, a wyszyte na nich arkany połyskiwały słabo w mdłym blasku pochodni. Jej włosy, tak ciemnorude, że niemal krwiste, lśniły w słabym świetle. Selene Nightshade. Przywódczyni.

Poczułam to od razu — moc, która od niej biła. Nie była subtelna. Szarpała się przez powietrze, muskając moje zmysły jak igły. Palce drgnęły mi przy bokach. To był teren niebezpieczny, ale nie miałam wyboru. Księga sama się nie znajdzie.

Zatrzymała się tuż przed pokojem, który przed chwilą przeszukiwałam. Przechyliła lekko głowę, jakby wyczuła coś nie na miejscu. Nie mogłam ryzykować, że znajdzie mnie taką. Jeszcze nie.

Pozwoliłam, by iluzja zadrżała nade mną jak welon, zmieniając mnie. Najpierw zniknęły skrzydła, a moje czarne włosy przybrały nierzucający się w oczy, brązowy odcień. Skóra pozostała ciemna, idealnie stapiając się z półmrokiem. A moje imię... Lilith. Szept na wargach. Nowa twarz do nowej gry.

— Kto tam? — Głos Selene przeciął ciszę, ostry i niski. Wyzwanie owinięte w jedwab.

Wysunęłam się naprzód, dbając, by moje ruchy były nienapastliwe, lecz zdecydowane. Jej oczy natychmiast zatrzasnęły się na mnie, zielone błyskawice przyszpilające mnie do miejsca.

— Wybacz — powiedziałam, wlewając w ton pokorę — rzadkość u mnie. — Nie chciałam przeszkadzać.

— Przeszkadzać? — Podejrzliwość przemknęła po jej twarzy. Badała mnie jak zagadkę, której nie postanowiła jeszcze ani rozwiązać, ani zniszczyć. — I kim ty niby jesteś?

— Lilith — odparłam gładko, skłaniając głowę i lekko naciskając na jej umysł. *Znasz mnie. Jestem znajoma.* — Wasza praca tutaj... jest niezwykła. — Pozwoliłam, by mój wzrok zawisł na korytarzu wokół, udając zachwyt.

Usta Selene ledwie drgnęły. To nie był uśmiech. — Pochlebstwa nie zaprowadzą cię nigdzie, Lilith.

— To nie pochlebstwa — odparłam szybko. — Podziw. — Zbliżyłam się o krok — tyle, by wydawać się spragnioną wiedzy, nie lekkomyślną. — Chcę nauczyć się wszystkiego. Władać prawdziwą mocą. — Zostawiłam te słowa między nami, ciężkie od niedopowiedzeń.

Jej oczy zwęziły się, szukając we mnie pęknięć. Trzymałam twarz otwartą, głodną, szczerą. Lubiła kontrolę — czułam to, po tym, jak się nosiła. Jeśli pod to zagram...

— Moc — powtórzyła niemal rozbawionym tonem. — Mówisz tak, jakbyś wiedziała, co to słowo znaczy.

— Jeszcze nie — przyznałam, na moment opuszczając wzrok, po czym znów spotkałam jej spojrzenie. — Ale jestem gotowa poświęcić, cokolwiek będzie trzeba.

To przykuło jej uwagę. Coś nie do pomylenia błysnęło w jej wyrazie — kalkulacja. Pochyliła się nieznacznie, a czerwone włosy spłynęły jej przez ramię.

— Cokolwiek trzeba? — powtórzyła miękko. Jej głos był jak ostrze ukryte w aksamicie.

— Tak — powiedziałam stanowczo.

— Interesujące. — Odwróciła się wtedy i gestem kazała mi iść za sobą. Posłuchałam, utrzymując miarowy krok mimo przyspieszonego bicia serca. Zaprowadziła mnie do innego pokoju, rozległego i chłodnego, ze ścianami obwieszonymi kolejnymi półkami i dziwnymi artefaktami. W centrum dominował duży stół, zawalony zwojami i świecami.

— Powiedz mi, Lilith — zaczęła Selene, sunąc palcami po krawędzi stołu. — Co wiesz o starożytnych tekstach? O siłach, którymi władają?

— Niewiele — przyznałam ostrożnie. — Ale słyszałam szepty o tym, co znalazłaś. Księga, prawda? — Przechyliłam głowę, pozwalając, by w oczach zapłonęła ciekawość. — Coś... potężnego.

— Szepty — powiedziała drwiąco. — To dlatego tu przyszłaś? Przez plotki?

— Przez prawdę — poprawiłam ją. Podeszłam bliżej, uważając, by nie przesadzić. — Jeśli pogłoski są prawdziwe, to nie tylko potężna, prawda? Jest niebezpieczna. Śmiercionośna.

Przeszywające spojrzenie Selene wpiło się w moje. Przez ułamek chwili sądziłam, że zetnie mnie na miejscu. Potem jednak uśmiechnęła się — nie ciepło, nie łagodnie. Drapieżnie.

— Śmiercionośna to ledwie początek opisu. — Podeszła do jednej z półek, musnęła palcami stos zwojów. — Ten tom zawiera wiedzę starszą, niż zdoła objąć twoja wyobraźnia. Słowa, które przekształcają rzeczywistość. Ale za takie rzeczy płaci się cenę.

— Jaką cenę? — zapytałam, pozwalając, by w głos wślizgnęła się szczera ciekawość.

— Siłą — odparła prosto. — Ofiarą. Żadna słaba dusza nie zdoła jej władać, nie zostając pożartą. Jesteś słaba, Lilith?

— Nigdy — powiedziałam, nie odrywając wzroku.

Oczy Selene zwęziły się. — Jesteś chętna, Lilith. Ale zapał nie wystarczy.

— To naucz mnie — powiedziałam, ściszając głos do gorącej prośby. — Pozwól mi się wykazać.

Jej usta wygięły się w coś ostrego i nieczytelnego. Nie odpowiedziała. Zamiast tego odwróciła się, a jej szaty zaszumiały za nią, gdy podeszła na drugi koniec sali. Stała tam bogato rzeźbiona szafa, a na jej powierzchni wycięto symbole, od których biły słabe ślady magii. Serce zabiło mi szybciej.

— Jeszcze nie — wymruczała Selene, niemal do siebie. Jej dłoń zawisła przy szafie, ale jej nie dotknęła. Zerknęła na mnie przez ramię, a jej zielone oczy cięły jak szkło. — Na moc trzeba zasłużyć. Nie jesteś gotowa, by zobaczyć, co kryje się w środku.

Cholera.

Skłoniłam głowę, udając uległość, gdy umysł pędził. Jeśli mi nie pokaże, będę musiała znaleźć to sama.

— Oczywiście — wymruczałam, cofając się, by wtopić się w cienie sali. Uwaga Selene odpłynęła gdzie indziej — ku jednej z wiedźm stojących w pobliżu, żylastej kobiecie, która ledwie zdawała się trzymać w dłoniach kielich. Słabsze ogniwo.

Idealnie.

Skupiłam się, pozwalając, by moc zaszemrała tuż pod skórą. Powietrze wokół mnie jakby zafalowało, gdy wyszeptałam pod nosem subtelne zaklęcie. Wiedźma zesztywniała. Oczy jej zachmurzyły się szkliście.

— Mów — rozkazałam, wplatając sugestię w jej umysł jak nić w tkaninę.

Kobieta sapnęła, drżąc jak opętana przez niewidzialną siłę. Jej głos uniósł się, pusty i drżący. — Cień zapada... krew plami gwiazdy... naczynie się budzi!

— Proroctwo! — wrzasnęła inna wiedźma, rzucając się naprzód.

— Cisza! — warknęła Selene, choć jej uwaga już przesuwała się ku widowisku. Sala wybuchła chaosem, gdy sabat otoczył drżącą kobietę.

Wymknęłam się niepostrzeżenie, krocząc lekko i szybko, jednocześnie dociskając bezdźwięczne zaklęcie do rozproszonego umysłu Selene. *Zapomnij o Lilith. Jest nikim. Nigdy jej tu nie było.*

Szafa nie była zamknięta. Nie musiała — czułam, jak zabezpieczenia brzęczą pod moimi palcami. Syczały jak zwinięte węże, ostrzegając mnie, bym odeszła... ale znów: nie były stworzone na mój rodzaj, nie zatrzymają mnie. Naparłam, rozplątując ich magię ostrożnie, bezszelestnie.

W środku zwoje leżały byle jak, zakurzone i kruche. Przesunęłam je dłonią, aż poczułam to — małą księgę w skórzanej oprawie, zimną i wilgotną w dotyku.

Wysunęłam ją, unosząc pod blade światło świec. Skóra była poczerniała, niemal zwęglona, ale tętniła słabo, jakby żywa. Czarne żyły pełzły po jej powierzchni, bijąc w rytm jakiejś złowrogiej miary.

Krwawiła.

To wrażenie wsiąkało mi w dłoń — ciepłe i mokre — jakby sama księga żywiła się moją obecnością. Przełknęłam ślinę i wsunęłam ją za pazuchę, zanim zdążyłam zbyt wiele pomyśleć o tym, czego właśnie dotknęłam.

Z sercem walącym jak młot, spłaszczyłam dłoń na szafie. Głęboko zaczerpnęłam powietrza i rzuciłam iluzję. Zwoje poruszyły się, naturalnie spadając na miejsca, całkiem maskując brak księgi.

— Careena — mruknęłam do siebie, wycierając dłonie o płaszcz. — Nie trać teraz nerwów.

Za mną głos Selene wzbił się ponad wrzawę. Czas uciekał.

— Coś jest nie tak. — Jej głos był miękki, ale stalowy. Ruszyła w stronę szafy, zielone oczy zwęziły się jak ostrza tnące mgłę. — Czuję... zakłócenie.

Jej dłoń zawisła nad iluzją, którą utkałam — doskonałą imitacją miejsca spoczynku księgi, aż po jej nienaturalny puls. Zacisnęłam pięści, każdy mięsień napięty jak drut. Gdyby dotknęła, gdyby przełamała czar—

— Selene? — Zza progu dobiegł głos. Jedna z wiedźm, niepewna, spięta.

— Nie teraz — warknęła Selene, nie odwracając się. Jej palce musnęły krawędź iluzji. Serce waliło mi jak oszalałe. Czas się rozciągnął, a każda sekunda ciążyła coraz bardziej.

— Selene, musisz to zobaczyć — nalegała wiedźma, już bliżej.

Usta Selene ściągnęły się w cienką linię. Opuściła dłoń i wyprostowała się, a szaty elegancko zaszumiały za nią, gdy się odwróciła. — Lepiej, żeby to nie było kolejne marnowanie mojego czasu.

Wyszła z sali, a drzwi domknęły się cicho za jej plecami. Nie ruszyłam się. Jeszcze nie. Powietrze wciąż było ostre, jak szkło gotowe rozprysnąć się wokół mnie.

Kiedy jej kroki ucichły, wypuściłam powoli powietrze. Klatka piersiowa paliła mnie od zbyt długiego wstrzymywania oddechu. — O mało co — wyszeptałam bardziej do siebie niż do kogokolwiek.

Księga znów zapulsowała przy moich żebrach, tym razem mocniej, jakby wiedziała, że wciąż nie jesteśmy bezpieczne.

— Cicho — syknęłam do niej pod nosem, jakby mogła mnie usłyszeć. Może mogła.

Głosy poniosły się korytarzem. Zbyt wiele. Teraz już szukały. Rozproszenie, które wywołałam wcześniej, się wyczerpało, a jego miejsce zajęło gęste podejrzenie. Przemknęłam do zasnutej cieniem wnęki, palcami muskając chłodny kamień ściany, by złapać równowagę.

— Intruz. Słowo rozeszło się w powietrzu jak trucizna. Wiedziały, że ktoś tu jest. Umysł Selene był zbyt silny; domyśli się, że ktoś majstrował przy zabezpieczeniach, przypomni sobie Lilith.

Wypuściłam wolno oddech, zamykając oczy. Znajomy szum mojej anielskiej mocy poruszył się w żyłach. Cienie pełzły po ścianach wokół mnie, wydłużały się, skręcały, uginając się pod moją wolą. Pozwoliłam, by mnie otuliły, płaszczem tak zupełnym, że pożerał nawet dźwięk.

— Znajdźcie ją! — rozległ się kolejny głos, ostry, rozkazujący. Buty zatrzaskały o posadzkę tuż obok, tak blisko, że mogłam wystawić nogę i je podciąć. Nie poruszyłam się, ukryta w fałdach cienia. Ich pochodnie zamigotały, a światło nienaturalnie przygasło, gdy zbliżyły się do mojej kryjówki.

— Idziemy dalej — mruknął jeden, niespokojny. — Zabezpieczenia już by ją zatrzymały.

Głosy ucichły, gdy powędrowali korytarzem dalej. Poczekałam, aż znikną za rogiem, po czym wysunęłam się, cicha jak zjawa. Ciemność podążała za mną jak wierny towarzysz, osłaniając mnie przed wzrokiem, gdy wracałam tą samą drogą, którą przyszłam.

Nocne powietrze uderzyło mnie jak policzek — ostre i zimne. Prześlizgnęłam się przez spękane drzwi piwniczne, zamknęłam je za sobą i wypadłam na leśną polanę. Buty zaskrzypiały na kruchych liściach, gdy skryłam się za kępą drzew.

A wtedy je zobaczyłam.

Krąg wiedźm stał wokół ryczącego ogniska, ich cienie wydłużone i powykręcane w tańczącym blasku. Dym wił się w górę, niosąc zapach spalanych ziół — ostry, ziemisty i zły. Głosy splotły się w jedno, intonując w języku, który zakłuł mnie na krawędziach umysłu. Miałam anielną zdolność rozumienia wszystkich języków śmiertelnych, ale potrzeba było kilku długich chwil, by wydobyć rozumienie tego właśnie na powierzchnię świadomości, bo nikt nie mówił nim od tysiącleci, zanim jeszcze zaistniałam.

Starożytny egipski.

Zmarszczyłam brwi, mocniej ściskając księgę pod kurtką. Egipskie zaklęcia? Tutaj? W francuskim lesie? Słowa wylewały się z ust wiedźm unisono, szorstkie i gardłowe, niczym nie przypominały płynnych łacińskich inkantacji, które słyszałam wcześniej w domu. To było inne. Starsze. Potężniejsze.

Skrzydła świerzbiły mnie pod glamour, który je skrywał. Płomienie ogniska na moment zapłonęły błękitem, potem zielenią, rzucając upiorne cienie na twarze wiedźm. Jedna z nich wystąpiła naprzód, unosząc sztylet. Ostrze zalśniło, czarne i postrzępione jak obsydian.

— Dlaczego? — wymamrotałam pod nosem. Palce musnęły skórzaną oprawę księgi pod płaszczem. Zapulsowała słabo, jakby biło w niej serce. Przełknęłam ślinę.

Skup się, Careena. Wynoś się stąd.

Ale stopy nie drgnęły. Wzrok przywarł mi do wiedźm. Przyzywały coś — kogoś. Ciekawość paliła mnie mocniej niż płomienie, ale zmusiłam się, by odwrócić wzrok.

— Nie twój problem — wyszeptałam, choć słowa brzmiały pusto.

Jedna z wiedźm gwałtownie się odwróciła, odruchowo kierując głowę ku skrajowi polany. W moją stronę.

Zamarłam. Widziała mnie? Nie, to niemożliwe. Mój cień-szata trzymał mocno. A jednak jej spojrzenie zawisło, ciemne oczy zwęziły się, jakby wyczuwały coś tuż poza zasięgiem.

— Trzymaj się rytuału — warknęła inna. — Kończy nam się czas.

— Ktoś nas obserwuje — syknęła pierwsza, nisko.

— Niemożliwe. Zabezpieczenia na to nie pozwalają. — Mimo to druga zerknęła w stronę drzew, a na jej twarzy przemknął dreszcz niepokoju.

Wypuściłam powoli powietrze, cofając się w cienie. Księga mocniej zapulsowała przy boku, jakby domagała się uwagi. Zignorowałam to. Nie tutaj. Nie teraz.

Śpiew narastał, wspinał się ku kulminacji. Wykorzystałam hałas, by osłonił mój odwrót, zanurzając się głębiej w mrok. Serce waliło mi w piersi, każdy krok był rozmyślny i cichy. Selene nie poprzestanie na szukaniu wewnątrz dworu.

— Prawie... — Potknęłam się o korzeń i zachwiałam, łapiąc równowagę na pniu. Kora zdarła mi skórę z dłoni.

— Ostrożnie, do cholery — warknęłam. Księga zabrzęczała jakby rozbawiona.

Starożytnoegipskie zaklęcia w francuskim lesie. Ofiary. Moc czerpana z pradawnych, zapomnianych bogów.

Działo się tu coś większego. Coś gorszego, niż ostrzegał nawet Aurelius.

Za mną śpiew nagle uciął. Cisza zadźwięczała głośniej niż jakikolwiek dźwięk. Nie odważyłam się odwrócić.

— Idź dalej — pogoniłam się, brnąc naprzód. Krok za krokiem. Brzeg lasu był blisko. Widać było już zarys bitej drogi. Wolność. Wzlecę, gdy tylko znajdę dość miejsca, by rozpostrzeć skrzydła, i wtedy nigdy mnie nie znajdą...

— Znajdźcie ją! — wrzask dobiegł z polany, zaraz po nim chrupot gałązek i szelest pogoni.

Rozeszły się. Szukały.

Czas na ucieczkę.

ROZDZIAŁ CZWARTY

ALYSTER

POWIETRZE MIGOTAŁO JAK FATAMORGANA, ciężkie od magii. Takiej, która mrowi skórę i ostrzega, by stąpać ostrożnie. Wszedłem na polanę, gdzie czekał dwór Maeve, każdy krok cicho chrzęścił na szmaragdowym mchu. Strzeliste drzewa wyginały się do środka, ich gałęzie splatały niczym sklepienia katedry, połyskując delikatnie bioluminescencyjnym blaskiem. W samym sercu zasiadała Wysoka Królowa, na tronie wyrzeźbionym z czarnego kryształu, ostrym jak jej temperament.

— Spóźnił się Pan — głos Maeve przeciął ciszę. Był gładki, ale brzmiała w nim stal.

— Wasze wezwanie nadeszło nagle, moja Królowo.
— Skłoniłem się nisko, uporczywie wpatrując w ziemię.

Spojrzeć na nią zbyt wcześnie byłoby jak wpatrywać się w słońce — oślepiające, niebezpieczne i niemal pewne oparzenia.

— Nagle? — Jej śmiech zadźwięczał, kruchy i chłodny. — Może Pan spowolniał, Alysterze.

— Nigdy. — Wyprostowałem się, zmuszając się, by spojrzeć jej w oczy. Blade, srebrne, chłodniejsze niż zimowy szron, przygwoździły mnie na miejscu. Wyglądała eterycznie, pozaziemska doskonałość otulona białymi włosami spływającymi jak blask księżyca. Lecz piękno znaczyło niewiele, gdy wiedziało się, co kryje się pod nim — bezwzględność ostrzona przez stulecia.

— Dobrze. — Maeve podniosła się, jej suknia ciągnęła się za nią, połyskując jak płynne światło gwiazd. — Bo mam dla Pana zadanie. Takie, które wymaga... precyzji.

— Cokolwiek, moja Królowo. — Słowa spłynęły mi z ust bez wahania. Zawsze tak było.

— Skradziono mi coś cennego — jej ton stwardniał. — Księgę zaklęć. Starszą niż ten dwór, starszą niż Pan. Jej moc nie ma sobie równych. A teraz? Zniknęła. Zabrana.

— Przez kogo? — Kto odważyłby się okraść Wysoką Królową Fae? To przechodziło ludzkie pojęcie — złodziej zapłaci życiem, gdy tylko go dorwą, a *dorwą*.

— To wciąż niejasne. — Jej usta wykrzywiły się w lekkim, kpiącym z ciepła uśmiechu. — Ale wiem jedno: trafiła do świata śmiertelników. Potrzebuję jej z powrotem, w nienaruszonym stanie. — Zawiesiła głos, pozwalając, by ciężar rozkazu osiadł we mnie. — Pan ją odnajdzie. I przyniesie mi.

— Za wszelką cenę? — zapytałem, choć odpowiedź znałem już wcześniej.

— Za wszelką cenę. — Zrobiła krok bliżej, powietrze wokół niej zaiskrzyło. Jej dłoń musnęła mój policzek, zwodniczo delikatnie. — Proszę mnie nie zawieść, mój rycerzu.

— Jak rozkaże moja Królowa. — Zmusiłem się, by nie drgnąć pod jej dotykiem. Uśmiech jej się rozszerzył, zadowolony, i odwróciła się, jakby już mnie odprawiała.

— Proszę iść — powiedziała, jej głos był szeptem grzmotu. — Proszę mnie nie rozczarować.

Słowa Królowej wciąż dźwięczały mi w głowie, gdy przeciskałem się przez pokręcone korytarze jej pałacu. Jej rozkaz był ostrzem przy moich plecach, ostrym i nieustępliwym.

— Zabrana — powiedziała. Przez kogo? Odpowiedź wisiała tuż poza zasięgiem, lecz w powietrzu gęsto unosił się zapach zdrady. Tylko ktoś z Fae mógł tak czysto przejść przez nasze bariery. Mimo to niczego nie wypowiedziałem na głos. Maeve nie potrzebowała podejrzeń — potrzebowała wyników.

Powietrze w moich komnatach było ciężkie od znajomej woni dymu z żelazodrzewu na palenisku. Poruszałem się szybko, otwierając szuflady i szafki, dłońmi muskając narzędzia, które znałem lepiej niż własne odbicie. Na zużytym dębowym stole czekała torba przewieszana przez ramię, do połowy spakowana.

Najpierw zioła — suszona jarzębina na ochronę, rozkruszony księżycowy kwiat na jasność umysłu. Ich zapachy mieszały się, ostre i ziemiste. Potem fiolki. Każda mikstura mieniła się lekko, jak odłamek uwięzionego światła: jedna leczyła, druga paliła, trzecia ukrywała. Ułożyłem je ostrożnie obok ziół.

Potem przyszedł czas na sztylet. Wypolerowane srebro Fae, którego krawędź łapała blask ognia, błyskając, jakby miało własną wolę. Niewielu w tym królestwie wolno nosić srebrne ostrza, ale ja, jako jeden z zaufanych rycerzy Wysokiej Królowej, należałem do wyjątków. Nosiłem ten sztylet tak długo, że przestał być zwykłą bronią — był przedłużeniem mnie samego. Jego ciężar leżał w dłoni zupełnie naturalnie, gdy sprawdzałem ostrze, po czym wsunąłem broń do pochwy.

Na końcu — płaszcz. Ciemny jak pustka między gwiazdami, zaczarowane nici w tkaninie mieniły się lekko w świetle. Odstraszał wzrok śmiertelników, ich umysły ześlizgiwały się ze mnie jak woda po kamieniu.

Zarzuciłem torbę na ramię i na moment zastygłem. Spojrzałem w lustro przy ścianie. Srebrne oczy patrzyły w odpowiedzi, szukając czegoś, czego już nie umiałem nazwać.

— Jeden z naszych — mruknąłem do pustego pokoju. Elementy układały się zbyt gładko. Zbyt doskonale. Ale kto? I po co?

Nie miało to znaczenia. Jeszcze nie. Najpierw księga zaklęć. Królowa rozkazała; tak też się stanie.

Poprawiając płaszcz na ramionach, ruszyłem do drzwi, przywołując magię, by rozchylić zasłonę między światami. Czas nie był po mojej stronie — Maeve dobitnie to wyjaśniła. Wystarczyło kilka minut, by poszukująca magia, którą splotłem, odnalazła przejście po drugiej stronie, miejsce na granicy światów w ludzkiej krainie. Szparę, przez którą mogłem się prześlizgnąć.

Przejście zadrżało niskim pomrukiem, żywe od pradawnej energii. Krawędzie migotały, falująca zasłona światła pulsowała w rytm mojego przyspieszonego serca.

Poprawiłem pasek torby na ramieniu, zacisnąłem dłoń na rękojeści sztyletu u boku i zrobiłem krok naprzód.

Zimno.

Uderzyło pierwsze — kąsające, nienaturalne zimno, które chwyciło skórę, gdy przeszedłem przez barierę. Oddech uwiązł mi w gardle, zmysły zakręciły się, a potem—

Hałas.

Ludzki świat zaatakował mnie falami. Silniki ryczały, głosy zderzały się ze sobą, w oddali dudniła muzyka jak bęben wojenny. Powietrze było gęste od dymu i czegoś gryzącego, co paliło tył gardła. Światło — zbyt jasne, zbyt ostre — rozlewało się z każdej strony, rzucając poszarpane cienie wysokich szarych konstrukcji, które piętrzyły się ponad wszystkim jak bezduszni giganci.

Potknąłem się do przodu na twardy kamień. Nie ziemia. Nie trawa. Kamień, martwy i nieustępliwy pod moimi butami. Płaszcz zakołysał się wokół mnie, jego czar już przytępiał spojrzenia śmiertelników. Nie zobaczą mnie w pełni — ale ich świat widział wszystko. Każdą skazę. Każdą rysę. Krzyczał o rozchwianiu.

— Obrzydliwe — wymamrotałem pod nosem, choć nikt nie mógł usłyszeć. Mój głos wydawał się tu mały, pożerany przez chaos.

Minęła mnie kobieta. Jej płaszcz cuchnął chemikaliami i wilgotną wełną. Nie podniosła wzroku. Nikt z nich tego nie robił. Setki śmiertelników poruszały się dookoła, z pochylonymi głowami, szklistymi oczami, przywiązani do świecących urządzeń w dłoniach. Patrzyłem na nich chwilę, gdy niepokój zaciskał się we mnie twardym węzłem. Nawet dwór Maeve — chłodny i bezlitosny — tętnił życiem bardziej niż to.

Skup się.

Zacisnąłem zęby, spychając narastający dyskomfort. To nie dom — i nie musi nim być. To pole bitwy, nic więcej. Znaleźć księgę zaklęć, zwrócić ją, służyć Królowej. Tylko tyle.

A jednak...

Księga. Szept mocy szarpał skraj moich myśli, kuszący, natarczywy. Jakie sekrety w sobie kryła, że ktoś zaryzykował gniew Maeve? Jaką magią dysponowała, skoro Maeve tak rozpaczliwie chciała ją odzyskać? Pytania brzęczały jak komary, niemożliwe do odpędzenia. Wepchnąłem je głębiej, zamknąłem za murami obowiązku i lojalności.

— Nie twoja sprawa — powiedziałem sobie ostro. — Wiesz, po co tu jesteś. — Gdzieś pośród tego chaosu był mój cel. Gdzieś czekały odpowiedzi — czy tego chciałem, czy nie.

— Krok po kroku — mruknąłem. I gdy wszedłem w tłum, trzymałem dłoń pewnie na rękojeści sztyletu.

Najpierw uderzył mnie zapach pieczonych kasztanów, ciepły i ziemisty. Mieszał się z tłustą wonią smażonego jedzenia i delikatnym metalicznym ukłuciem spalin. Ulica pulsowała hałasem — przekrzykujący się sprzedawcy, sporadyczny klakson auta, kroki klepiące po spękanym chodniku. Ludzie płynęli strumieniami, potrącając się, ze spuszczonymi głowami lub pogrążeni w rozmowie.

Przeciskałem się między nimi bez trudu, niezauważony, czar płaszcza wystarczał, by odsunąć błąkające się spojrzenia. Jeden sprzedawca przykuł moją uwagę — chudy mężczyzna z szczerbatym uśmiechem, oferujący błyskotki z drewnianego wózka. Jego towar błyskał w słabym słońcu: tanie kamienie na rzemieniach, poczerniałe pierścienie spiętrzone w miskach. Ale nie blask mnie przyciągnął; tylko to, co drżało pod nim. Magia, słaba, lecz nie do pomylenia.

— Ciekawa kolekcja — powiedziałem, podchodząc i wpuszczając do głosu odrobinę uroku, słodkiego jak miód. Sprzedawca podniósł wzrok, uśmiech mu się poszerzył, choć ramiona odrobinę się spięły.

— Coś wpadło ci w oko? — Ton miał przyjazny, ale kryła się w nim ostrożność. Poczuł to samo co ja — nitkę magii. Nie wiedział tylko, z kim, ani z czym, ma do czynienia.

— Może. — Podniosłem pierścień, obracając go między palcami. Nie miał prawdziwej mocy, tylko szept dawno wywietrzałej inkantacji. — Ale bardziej interesują mnie informacje.

— Informacje kosztują — powiedział, opierając się o wózek.

— Na szczęście ja też nie jestem tani. — Spotkałem jego spojrzenie, pozwalając, by glamour rozlał się między nami. Źrenice mu się rozszerzyły, oddech zadrżał, gdy magia owinęła się wokół niego jak dym. — Słyszałeś szepty o miejscu zwanym *Whispering Tomes*. — To była jedyna wskazówka, jaką Królowa dała mi na początek poszukiwań, skrawek papieru, który znalazłem w kieszeni, gdy opuszczałem salę tronową; rozsypał się w popiół, ledwie zdążyłem przeczytać słowa.

— Whis... Whis... — Usta potknęły mu się na słowach, gdy glamour przenikał jego umysł. — Księgarnia. Stare miejsce. Na rogu Ashby i Green. Właścicielka trochę... dziwna.

— W jakim sensie?

— Wie rzeczy. Dziwne rzeczy. — Głos zsunął mu się do szeptu, uśmiech wyblakł. — Nie pyta, kto co kupuje, rozumiesz, co mam na myśli.

— Idealnie. — Puściłem go z glamour jednym mrugnięciem. Ciało mu zmiękło, po twarzy przemknęło zmieszanie, gdy odwróciłem się do odejścia. Nie zapamięta naszej rozmowy — ani mnie — nim zniknę w tłumie.

Ashby i Green nie były daleko. Dziesięć minut marszu, może mniej. Front sklepu był niepozorny, wciśnięty między pralnię a kawiarnię. Szyld nad drzwiami był odpryśnięty i zwietrzały, złote litery ledwo czytelne: *Whispering Tomes*.

Dzwonek zadźwięczał cicho, gdy wszedłem do środka. Pachniało starym papierem i kadzidłem, ciężko i duszno. Półki piętrzyły się nade mną, wypchane książkami, które niebezpiecznie się przechylały, ich grzbiety były popękane i wyblakłe. Za ladą siedziała kobieta, ostre oczy spoglądały znad drucianych okularów. Podniosła wzrok, jej wyraz twarzy był neutralny, lecz oceniający.

— W czym mogę ci pomóc? — zapytała krótko.

— To zależy — powiedziałem, pozwalając, by drzwi zatrzasnęły się za mną. Zbliżałem się powoli, uważnie, tak by moje ruchy były swobodne, nienapastliwe. — Szukam czegoś niedawno sprzedanego. Księgi zaklęć. Nie należała do osoby, która ją sprzedała.

Jej oczy się zwęziły, podejrzenie naciągnęło rysy. — Nie handlujemy tu kradzionym.

— Dobrze wiedzieć. — Uśmiechnąłem się, opierając lekko dłoń na ladzie. — Ale ta konkretna księga... nie była kradziona, gdy tu trafiła, prawda? A może po prostu nie zadawałaś zbyt wielu pytań.

— Słuchaj, ja nie— — zaczęła, ale pozwoliłem, by glamour przetoczył się po niej, nim zdążyła dokończyć. Głos jej zadrżał, ciało zastygło, gdy moja magia przejęła stery.

— Gdzie teraz jest ta księga? — zapytałem miękko.

— Sprzedałam ją — odparła powoli, jak we śnie.

— Powiedz, kto ją kupił — powiedziałem, każdą głoskę nasycając mocą.

— Młoda kobieta — wymamrotała. — Dwadzieścia parę lat. Ciemne włosy. Nerwowa. Zapłaciła gotówką.

— Adres?

— Nie podała. Ale zapisała się na naszą listę mailingową.

Nie miałem pojęcia, co to, musiałem dopytać. Wyjaśniła mi, a ja skrzywiłem się, zastanawiając się na głos, czy da się w ogóle prześledzić tak mętny elektroniczny ślad.

— Może. — Sięgnęła po klawiaturę przed sobą, wystukała kilka sekwencji i po paru minutach skinęła głową. — Tak... mam to. Adres e-mail jest podpięty pod konto w mediach społecznościowych i wiele razy oznaczała to samo miejsce. We Francji.

— Dziękuję. — Zdjąłem glamour, patrząc, jak szybko mruga i potrząsa głową, jakby budziła się ze snu.

— W czymś jeszcze mogę ci pomóc? — zapytała rzeczowo, nieświadoma luki w pamięci.

— Nie dziś — powiedziałem, cofając się ku drzwiom. — Ale bardzo mi pomogłaś.

Na zewnątrz znów przywitał mnie miejski zgiełk, ale myślami byłem gdzie indziej. Ludzka kupująca. Transakcja gotówką. Dlaczego ktoś sprzedałby artefakt o takiej mocy za tak niewiele? Złodziej — jeśli rzeczywiście był Fae — zaryzykował wszystko, by przenieść księgę do tego świata, tylko po to, by wymienić ją na ochłapy. To nie miało sensu.

Chyba że, oczywiście, w grze było coś więcej. Coś, czego jeszcze nie dostrzegłem.

— Krok po kroku — mruknąłem pod nosem. Ale niepokój nie ustępował, zwijał się nisko w brzuchu jak dym, gdy szykowałem się, by znów wrócić do krainy Fae. Francja. Nie dostanę się tam jak ludzie; bez paszportu musiałem otworzyć nowe przejście z królestwa Fae.

Na szczęście nie zajmie to długo.

Powietrze pachniało lawendą i nagrzaną słońcem ziemią, gdy przeszedłem przez kolejne przejście, tym razem prowadzące do nieużywanej stodoły na południu Francji, niedaleko miejsca, które wskazała mi kobieta z księgarni. Zieleń okolicznych pól stanowiła ostry kontrast z brudem miasta, które dopiero co opuściłem.

Poprawiłem pasek torby, czując kojący ciężar narzędzi w środku. Powiew wiatru szarpnął mój płaszcz. Przyniósł też coś jeszcze — magię. Słabą, lecz nie do pomylenia. Czarowniczą. Zacisnąłem szczękę.

Droga przede mną była dość prosta. Utwardzone drogi, wysadzone cyprysami, wiły się leniwie ku wzgórzom, za którymi słońce tonęło w pomarańczowej poświacie. Ale nie było czasu na zachwyty. Każdy krok przybliżał mnie do źródła tej magii i do tego, co podejrzewałem, że skończy się walką.

— Czemu akurat czarownice? — burknąłem pod nosem. Trop złodzieja zakręcał zbyt wiele razy. Najpierw ludzka kupująca, teraz to. Księga Maeve powinna być zamknięta, nietykalna. A ja goniłem cienie przez światy jak jakiś nowicjusz tropiciel.

Silniejszy puls mocy uderzył mnie, gdy wspiąłem się na wzgórze. Zatrzymałem się, gwałtownie wciągając powietrze. Ciężar narastał, gęstniał w powietrzu jak burza tuż przed uderzeniem. Już się nie kryły.

Przed nami dwór rozlewał się w oddali, sama ciemna skała i poszarpane sylwetki na tle ciemniejącego nieba. Cuchnął starością i wyzwaniem, otoczony wysokimi żywopłotami i żelaznymi bramami. Ponad murami wznosił się dym, w oddali migotał pomarańczowy blask. Ognisko.

— Subtelnie — wyszeptałem z krzywym uśmiechem. Czarownice nigdy nie wiedziały, kiedy przystopować.

Ruszając ostrożnie, trzymałem się cieni. Każdy krok stawiałem celowo, zmysły rozżarzone. Ziemia pod butami brzmiała energią, starą i dziką. Ich bariery były silne, ale nie nieprzeniknione. Gdybym musiał, przełamałbym je.

Byłem już blisko, gdy przykucnąłem za gęstym gąszczem na skraju posiadłości. Ognisko ryczało pośrodku dziedzińca. Postacie krążyły wokół, w płaszczach i kapturach, mamrocząc niskimi, gardłowymi tonami. Magia wirowała w powietrzu, ostra i elektryczna. Oplatała ogień, wijąc się i trzaskając jak istota żywa.

Ale to nie czarownice ścisnęły mi pierś. To była inna obecność.

Niebiańska.

Wstrzymałem oddech. Słaba, przykryta warstwami czarów, lecz była. Czysta i chłodna, jak srebro przecinające dym. *Anioł.*

Co anioł robił *tutaj*?

Drgnąłem, mięśnie napięte, oczy omiatały dziedziniec. Czarownice wciąż śpiewały, nieświadome. Ognisko pluło iskrą wysoko w górę, zagłuszając delikatny szelest skrzydeł przecinających mrok za nimi.

Tam.

Cień odkleił się od krawędzi dworu, cichy, zamierzony. Oddech mi zaharczał, gdy uchwyciłem połysk piór — ciemnych jak północ, z błękitnymi krawędziami połyskującymi w ogniu. Anioł. Nie przyszedł na sabat. Nie, on polował.

Polował na *moją* zdobycz. Niemal czułem na języku ciemną magię, którą niósł, tak różną od jasnej, ostrej mocy niebiańskiej, która od niego biła.

— Nie dziś — szepnąłem.

Skrzydlaty poruszał się szybko, mijał bariery z łatwością, która zacisnęła mi szczękę. Albo bywał tu już wcześniej, albo jego magia dorównywała czarownicom. Żadna opcja mnie nie cieszyła.

Odepchnąłem się z przysiadu, nisko przy ziemi. Las wyrastał przede mną, gałęzie drapały niebo. Cienie połykały anioła w całości, gdy mknął między drzewami. Podążyłem za nim, każdy krok ostrożny, bezszelestny. Ziemia żyła pod moimi butami, jej energia brzmiała w zgodzie z moją. Zmysły Fae się wyostrzyły, śledziłem każdy ruch, każdy podmuch powietrza.

Wiatr niósł cichy szelest skrzydeł. Blisko. Zbyt blisko, by odpuścić.

Przemknąłem wokół kępy jeżyn, palcami muskając korę pobliskiego drzewa. Jego korzenie zaszeptały do mnie pradawną mową, naprowadzając na trop. Płaszcz zafalował za mną, jego czary jeszcze bardziej przygasiły moją obecność. Cień ścigający cień.

Gałęzie zatrzaskały z przodu. Przyspieszał, niemal rozpaczliwie. Czy mnie wyczuł? A może biegł ku czemuś innemu?

— Głupota — wymamrotałem z krzywym uśmiechem. — Nie uciekniesz mi.

Krzyki za nami: trzask gałęzi. Anioł zesztywniał.

Moja szansa.

Runąłem naprzód, mięśnie napięte jak cięciwa, gdy skoczyłem. Ziemia rozmazała się pod moimi stopami. Głowa anioła drgnęła, ciemne włosy pochwyciły blady blask księżyca, skrzydła rozpostarły się i opadły, gotowe do startu. Za późno.

— Mam cię — wysyczałem przez zęby, rzucając się.

Miękkie ciało ugięło się pod moimi dłońmi, gdy walnęliśmy o leśną ściółkę, i przez ułamek sekundy się zdziwiłem; anioł był kobietą. Nie że to miało jakiekolwiek znaczenie. Uderzenie wyrwało mi oddech, ale nie puściłem. Skrzydła złożyły się niezgrabnie pod nami, pióra posypały się jak popiół. Skręciła się, szybko i ostro, łokciem mierząc w moje żebra.

Ledwie go przechwyciłem.

— Złaź ze mnie — syknęła, głosem niskim i tnącym.

— Nie. Wypuść księgę.

Jej oczy zetknęły się z moimi. Głębokie jak północ, ale płonące celem. Rozpoznała mnie — wiedziała, po co tu jestem. Tak samo jak ja wiedziałem, po co przyszła ona.

— Stoisz mi na drodze — warknęła.

— Twojej? — Zacisnąłem uścisk na jej nadgarstku. — To zabawne.

Przesunęła ciężar, próbując nas przetoczyć. Kolano wbiło mi się w bok. Siła za tym ciosem mnie zaskoczyła. Nie było tu miękkiej, niebiańskiej gracji — ten anioł walczył brudno.

— Leż — ostrzegłem.

— To spróbuj.

Między nami zaiskrzyło wyzwanie, ostre i lotne. Zanim zdołałem ją porządnie unieruchomić, pchnęła mocno, wykorzystując skrzydła jak dźwignię. Turlaliśmy się znowu, trzaskając w liście i ziemię, kończyny splątane, jej pióra muskały mi twarz jak cienie.

— Uparta — mruknąłem półgębkiem.

— Fae — odcięła, jakby to było przekleństwo.

Mimo siebie wyszczerzyłem zęby. — Miło mi.

U jej palców zabłysnął niebieski ogień; niebiańska magia. Gdyby mnie tym trafiła, raczej bym nie wstał. Chwyciłem jej nadgarstki, przygwoździłem dłonie do ziemi, aż płomyk zgasł.

— Nie dziś — powiedziałem spokojnie, niemal rozbawiony.

— Więc przestań tracić czas — warknęła, jej oddech był ciepły na mojej skórze.

— Chętnie.

Przez krótką chwilę nasze twarze zawisły blisko, oddechy mieszały się. Uderzenie ciszy pośród burzy. Potem znów zwarliśmy się w szarpaninie, do końca walki było daleko.

Rozdział piąty

Careena

Księga zaklęć była cięższa, niż się spodziewałam, mimo swoich niewielkich rozmiarów, ciągnęła mnie w dół pod kurtką. Pulsowała słabo przy moich żebrach, jakby żyła, jakby wiedziała, że nie powinnam była jej ukraść. Zignorowałam ukłucie niepokoju w piersi. Teraz była moja. Przechytrzyłam wiedźmy i zanosiłam księgę do Sanctuary, gdzie Aurelius bez wątpienia miał już wobec niej plany.

Ostry podmuch zaszumiał w koronach drzew nade mną, chłodny na twarzy. Las pachniał wilgocią, ziemią i magią — niebezpieczną magią. Moje skrzydła drgnęły, aż rwały się, by rozpostrzeć się szeroko i unieść mnie w niebo, ale drzewa były jeszcze zbyt gęste. Musiałam dotrzeć do otwartej przestrzeni.

Za mną rozległy się krzyki — wiedźmy nadchodziły. Uśmiech wykrzywił mi usta, gdy wyrwałam się z drzew na leśną przecinkę, a luka w okapie nad głową była dość szeroka, by rozłożyć skrzydła. Nikt mnie nie dogoni, kiedy wzbiję się w przestworza.

Przykucnęłam, skrzydła rozpostarły się gotowe do skoku, gdy włosy na karku stanęły mi dęba. Coś się poruszyło — cień ciemniejszy od pozostałych, pędzący między drzewami. Żołądek mi zjechał. Ktoś tu był. Patrzył. Nie, nadchodził.

Postać wpadła na mnie, zanim zdołałam zareagować. Smuga złota i srebra wybiła ze mnie powietrze i runęłam na ziemię, liście zatrzeszczały pod moimi plecami. Żebra zaprotestowały krzykiem, gdy księga wbiła się w nie.

— Zejdź ze mnie! — warknęłam, odpychając się od ciężaru, który mnie przyszpilił. Kimkolwiek był, był silny — zbyt silny jak na człowieka.

— Nie. Upuść księgę — wysyczał nisko przy moim uchu. Głos męski, gładki, władczy.

Nie było mowy. Zacisnęłam zęby, wygięłam plecy i napięłam nogi, żeby nas przetoczyć. Zaklął, gdy potoczyliśmy się po ziemi, splątani kończynami i wściekłością.

Dostrzegłam go w blasku księżyca i zaparło mi dech. Włosy jak płynne złoto, srebrne oczy ostre jak ostrza. Fae.

Co, na miłość niebios, robił tu *Fae*?

— Po co ci ona? — wyplułam.

— Oddaj mi ją, aniołku — powiedział ostrym, poirytowanym tonem. To nie była prośba.

To się nie wydarzy. Zgrzytnęłam zębami, wygięłam się i wymknęłam z jego uchwytu. Przycisnęłam kolano do jego żeber i pchnęłam z całej siły. — Co obchodzi Fae wiedźmia magia?

— Nie twoja sprawa. — Błysnął uśmiechem ostrym jak nóż.

— Uparta z ciebie sztuka. — Jego głos był niski, prawie rozbawiony, choć oddychał szybko. — Tyle ci przyznam.

— Zamknij się — syknęłam, przesuwając ciężar, by unieruchomić mu ramię.

Wymknął mi się spod nóg szybciej, niż się spodziewałam, znowu nas przewracając. Straciłam cierpliwość i sięgnęłam po magię, czując pieczenie, gdy zbierała się w opuszkach palców. Potrzebowałam tylko chwili; by zrzucić go z siebie, wzbić się i znaleźć się poza jego zasięgiem. Tylko odrobinę mocy, żeby cisnąć nim w tył...

Fae musiał dostrzec błysk magii zbierającej się w moich dłoniach, bo chwycił oba nadgarstki, wgniatając mi ręce w ziemię tak, że sapnęłam z bólu, a magia zgasła.

— Ostrożnie — mruknął, jego głos miał ostrze ostrzeżenia. Jego srebrny wzrok zakleszczył się w moim, nieustępliwy. — Użyjesz tu magii, to znajdą nas oboje.

— Nie pouczaj mnie. — Mój głos zadrżał, co wystarczyło, by mnie zirytować. Chociaż nie mylił się. Wiedźmia magia brzęczała w powietrzu wokół nas jak statyczne napięcie — czaiła się, czuwała. Gdyby któreś z nas szepnęło zaklęcie, zleciałyby się jak sępy.

— To walcz z głową, aniołku — odparł z satysfakcją.

— Dlaczego w ogóle obchodzi cię to głupstwo? — wycedziłam, próbując wyrwać nogi z jego uchwytu. Nie odpowiedział. Typowa arogancja Fae.

Mogłam to zakończyć. Ta myśl uderzyła mnie twardo, lodowato klarowna. Jeden wybuch mojej prawdziwej mocy i zostałby tylko zmiętym kłębkiem u moich stóp. Nawet nie musiałabym go dotknąć. Jedno słowo, jeden impuls — i wygrałabym.

Palce mi drgnęły. Księga słabo pulsowała przy piersi, jakby kpiła z mojego wahania.

— Co jest? — zaczepił, z uśmiechem ostrym, doprowadzającym do szału. — Stchórzyłaś?

— Mów dalej. Zobaczysz, co się stanie — warknęłam.

Ale się nie poruszyłam. Nie mogłam. Konsekwencje byłyby katastrofalne. Moja łaska nie była zabawką — to kara, sąd, broń wykuwana na święte wojny, a nie na podrzędne bijatyki w zacienionych lasach. Gdybym użyła jej tutaj, każda wiedźma w promieniu mil by to poczuła. Przybiegłyby. A Rada — nie, teraz nie mogłam o tym myśleć.

— Kim w ogóle jesteś? — grałam na czas, usiłując coś wymyślić.

— Alyster Vayir. Rycerz Fae. — Uśmiechnął się z ukosa, a jego srebrne oczy błysnęły. — Jestem na misji, której nie mogę porzucić, aniołku. Oddaj mi księgę i oszczędź sobie kłopotów, bo inaczej będę musiał spędzić wieczność, ścigając cię.

Jego słowa brzmiały niemal mimochodem, ale w spojrzeniu miał śmiertelną powagę. Przez ułamek sekundy zawahałam się — czy naprawdę miałoby znaczenie, gdybym wróciła do Aureliusa i powiedziała, że Fae mnie ubiegł? Oddać sprawę znów w ręce Aureliusa?

Już widziałam rozczarowanie na twarzy Strażnika. Pewnie znowu wysłałby mnie po to cholerstwo, tylko że tym razem musiałabym wytropić i stoczyć walkę z tym głupim rycerzem Fae na jego własnym terenie.

— Tik-tak — powiedział Alyster, pochylając się bliżej. Jego oddech musnął moje ucho, a dreszcz śmignął mi po kręgosłupie. — Już masz dość?

— Nie ma mowy. — Skręciłam się, wkładając cały ciężar w ruch. Mój łokieć trafił go pod żebra. Alyster stęknął, a jego uścisk rozluźnił się na tyle, że wyrwałam się i w jednym płynnym ruchu przewinęłam się na kolana. Skrzydła rozwarły mi się instynktownie, fala mocy przeszła przeze mnie, gdy chwyciły księżycowe światło sączące się przez gałęzie.

— Już nie taki pewny siebie, co? — syknęłam, zrywając się w powietrze, zanim zdążył się pozbierać. Chłodny nocny wiatr szczypał mnie w twarz, ale to nic przy żarze, który wciąż palił mi się w piersi. Wygrałam.

Księga zaklęć nie była już przyciśnięta do mnie.

Panika uderzyła jak kamień w brzuch. Gorączkowo spojrzałam w dół, spodziewając się zobaczyć ją w dłoni Alystera. Zamiast tego stał niżej, patrząc na mnie z marsowym grymasem wyrzeźbionym na zbyt doskonałych rysach. Pustymi dłońmi.

— Gdzie ona jest? — warknęłam, bijąc skrzydłami, gdy zawisłam nad nim.

— Co masz na myśli? — Jego zmarszczenie się pogłębiło. — Czy ty ją *upuściłaś*?

— Zamknij się. — Serce dudniło mi w piersi, gdy omiatałam wzrokiem ziemię, a każdy cień zdawał się skręcać w coś złowrogiego. Ani śladu księgi. Ale przecież musiał ją mieć. Jakoś ją miał.

Nie czekając, aż znowu się poruszy albo uśmiechnie, zanurkowałam. Wiatr ryknął mi w uszach, zagłuszając wszystko poza ostrym skupieniem spadania. Ledwie zdążył zareagować, nim zderzyłam się z nim, przewracając nas oboje w ściółkę. Liście i gałązki trzaskały, gdy turlaliśmy się, splątani kończynami, a moje skrzydła zahaczały o korzenie i jeżyny.

— Oddaj mi ją! — syknęłam, przyszpilając go pod sobą. Zacisnęłam pięści na przodzie jego tuniki, szarpnęłam, przyciągając go tak blisko, że nasze twarze dzieliły cale. Jego srebrne oczy błyszczały, wkurzająco spokojne mimo chaosu.

— A może sprawdzisz najpierw własne kieszenie? — Uśmiechnął się z przekąsem. Miałam ochotę mu przyłożyć — a może i go pocałować, co tylko dolało mi oliwy do ognia.

— Przestań grać na zwłokę. — Zacisnęłam uścisk. Skrzydła rozwarły się szeroko za moimi plecami, ciemne pióra musnęły liście. — Gdzie ona jest?

— Zabawne — odparł tonem zbyt równym jak na kogoś spłaszczonego na ziemi. — Bo właśnie miałem zadać ci to samo pytanie.

Nie kłamał. Ta świadomość była jak zimny strumyk spływający po karku. Aniołowie nie kłamią i potrafią wyczuć cudze kłamstwa; Fae mówił prawdę. Nie miał księgi.

— Cholera! — Moje skrzydła ciążyły za mną, gdy poderwałam się na kolana, gorączkowo omiatając ziemię wzrokiem.

Nie było jej.

— Gdzie ona jest? — zawarczałam, mój głos przeciął noc jak brzytwa. Puls dudnił mi w gardle, gdy strach zaciskał się coraz ciaśniej.

— Czegoś szukasz? — odezwał się Alyster skądś po mojej lewej, gładki jak szkło. Stał już wyprostowany, otrzepując kurz z tuniki, jakbyśmy przed chwilą nie przeturłali się przez pół lasu.

— Nie pogrywaj ze mną — powiedziałam, podnosząc się na nogi. Skrzydła przylgnęły mi do pleców, pióra zjeżyły się. — Miałeś ją.

— Naprawdę? — Jego srebrne oczy błysnęły, chwytając nikłe światło księżyca. Przechylił głowę, a z jego słów kapała udawana niewinność. — Bo wyraźnie pamiętam, jak przed chwilą odleciałaś z nią.

— To *gdzie ona jest?* — Słowa wyrwały mi się, zanim zdołałam je zatrzymać. Zacisnęłam pięści, paznokcie wyżłobiły półksiężyce w dłoniach.

Skrzywił się, wreszcie porzucając grę. Jego spojrzenie minęło mnie, przeczesując zacienione podszycie. Przez twarz przemknął cień niepokoju. — Nie ma jej tu.

— Oczywiście, że nie ma — warknęłam. — Myślisz, że traciłabym czas na obalanie cię, gdyby była?

— Cóż — rzucił sucho —, najwyraźniej lubisz się na mnie rzucać, więc—

— Skup się, Fae — ucięłam, podchodząc bliżej. — Wiedźmy zaczną szukać. Jeśli znajdą nas, zanim znajdziemy tę księgę— Zawiesiłam głos.

Byłby jeszcze większy bałagan, niż już był.

— Choć twoje groźby są ujmujące — mruknął, przykucając, by przesiać garść stratowanych liści —, ja też jej nie mam. Więc chyba że wyrosły jej nogi i sobie poszła...

— Albo całkiem zniknęła — powiedziałam, a żołądek mi się ścisnął. Magia — wiedźmia magia — wisiała w powietrzu, słaba, lecz ostra, taka, co tli się nisko i pod kontrolą, aż nagle buchnie w coś śmiertelnego. Zbliżała się.

— Rozejm — rzuciłam, a słowo miało gorzki smak.

— Słucham? — Podniósł się do połowy, unosząc brew.

— Tylko do czasu, aż ją znajdziemy — wymusiłam słowa. — Współpracuję z tobą. Ale tylko dlatego, że wolę ciebie niż cały kowen wiedźm. — Skrzydła lekko mi zadrżały, gdy cofnęłam się o krok, dając mu przestrzeń, ale nie opuszczając gardy. — Zgoda?

Wyprostował się całkiem, strzepnął dłonie. Dla odmiany zniknął mu uśmiech, zastąpiło go coś ostrzejszego. Kalkulacja. Srebrne oczy wbiły się w moje. — Na razie — powiedział miękko. Po chwili uśmiech wrócił. — Ale jeśli wbijesz mi nóż w plecy, aniołku—

— Daruj sobie dramaty — przerwałam, ostro obracając się ku gęstszemu lasowi. — Nie mamy czasu.

— Zgoda — powtórzył ciszej. I po raz pierwszy, odkąd go powaliłam, w jego głosie nie było ani śladu rozbawienia.

Ciernie podszytu drapały mnie po dłoniach, gdy pełzłam, lustrując każdy cal omszałej ziemi. Liście kleiły się do palców, wilgotne i chłodne, a w nozdrza wdzierał się zapach ziemi i rozkładu. Księżyc ledwie przebijał się przez okap, zamieniając wszystko w odcienie szarości i cienia.

— Coś już? — Głos Alystera poniósł się nisko z kilku stóp dalej.

— Widzisz, żebym ją trzymała? — warknęłam, otrzepując z kolan ziemię, gdy wstałam. Skrzydła niespokojnie przestępowały za moimi plecami, aż świerzbiło mnie, by znowu wzbić się w powietrze, ale to teraz nic nie da. Nie kiedy księga mogła być wszędzie — i nie kiedy wiedźmy były tak blisko, że niemal czułam ich magię na skórze.

— Draźliwa. — Brzmiał na rozbawionego, ale kiedy odwróciłam się, by go zgromić, jego twarz była ostra jak ton wcześniej. Dobrze. Przynajmniej nie był na tyle głupi, by żartować w takiej chwili.

— Szukaj dalej — powiedziałam przez zęby. — Kończy nam się czas.

Mruknął coś pod nosem — pewnie obelgę — ale wrócił do odwracania kamieni i kopania w stertach liści. Poruszał się celowo, precyzyjnie, a każdy gest zdradzał, jak bardzo mu na tej księdze zależy. Fae nie słynęli z cierpliwości i wątpiłam, by ten był wyjątkiem.

Znowu przykucnęłam, przeciągając palcami po kolejnym skrawku ziemi. Lekki wietrzyk poruszył drzewa, niosąc szepty śmiechu — niskie, szydercze i niepokojąco bliskie.

Serce mi ścisnęło. — Są tutaj.

— Jeszcze nie — odrzekł nagle wyprostowany Alyster. Przeczesywał cienie tymi nienaturalnie jasnymi oczami, barki miał napięte. — Ale będą.

— Przecież właśnie— — Ucięłam, kręcąc głową. Nie czas na kłótnie. Zapadłam głębiej w las, pochylona nisko, szukając. Księga była oprawiona w ciężką skórę, krawędzie miała wytarte i poplamione wiekiem; choć była mała, magia bijąca z niej powinna ułatwiać jej odnalezienie, a jednak zniknęła. Jakby połknęła ją sama ciemność.

— Może naprawdę wyrosły jej nogi — mruknął Alyster, przerywając ciszę.

— Bardzo śmieszne. — Głos wyszedł mi ostrzejszy, niż chciałam. Nie odpowiedział.

Gałęzie szarpały moje skrzydła, kiedy przedzierałam się przez podszyt. Leśne runo było plątaniną korzeni i cieni, a buty ślizgały mi się więcej niż raz na wilgotnym mchu. Pierś bolała przy każdym wdechu, frustracja paliła mocniej niż zmęczenie. Księga musiała tu być. Nie mogła po prostu wyparować.

— Coś? — rzuciłam przez ramię, głosem niskim, ale ostrym.

— Nic — odparł Alyster gdzieś za mną, bliżej, niż się spodziewałam. Jego ton działał mi na nerwy — ani odrobiny paniki, ani zmartwienia. Tylko spokój. Zbyt wielki spokój.

— Musimy się rozproszyć — dodał. Księżyc oblał jego złote włosy, czyniąc z niego jakiegoś eterycznego książątka. — Marnujemy czas, kręcąc się po tym samym.

— Rozdzielić się? Żebyś uciekł z nią, jeśli znajdziesz ją pierwszy? — Zmrużyłam oczy, splatając ręce na piersi.

— Tak, bo najwyraźniej lubię w wolnym czasie być ścigany przez wiedźmy — odciął się, a srebrne oczy błysnęły jak odłamki lodu. — Aż tak mi nie ufasz?

— Wcale.

— Dobrze. To się rozumiemy. — Uśmiechnął się krzywo, ale nie sięgnęło to oczu. — Ty na północ, ja na południe. Pięć minut. Jeśli nic nie znajdziesz, wracamy tutaj.

— Dobrze — syknęłam, choć każdy instynkt wrzeszczał, żeby nie odwracać się do niego plecami. Ale jaki miałam wybór? Czas przeciekał przez palce, a kowen Selene nie będzie długo zajęty.

Obróciłam się na pięcie i ruszyłam w ciemniejszą część lasu, gryząc się w język, by nie ciągnąć sprzeczki. Skrzydła ocierały się o pnie, a przez okap sączyły się widmowe smugi księżycowego światła. Cienie tańczyły po ziemi — dość, bym zerkała dwa razy na każdy błysk, każdy ruch.

— Nie umieraj — zawołał za mną Alyster tonem podszytym suchym humorem.

— Nie mam takiego planu.

Im dalej szłam, tym las wydawał się cichszy, zwykły chór owadów i szelestów zastąpiła upiorna martwota. Palce drgały mi u boków, aż świerzbiło, by przywołać choćby iskrę mocy, ale się wstrzymałam. Żadnej magii. Jeszcze nie. Chyba że chciałam zapalić latarnię prosto na siebie.

— No dalej — mruknęłam, skanując ziemię w poszukiwaniu choćby błysku pozłacanych krawędzi księgi. Liście chrupały pod stopami, ich kruchość brzmiała zbyt głośno w tej ciszy.

I wtedy— — Careena!

Jego okrzyk przeciął noc, ostry i naglący.

Zastygłam w pół kroku, serce mi podskoczyło. W jego tonie brzmiało nie odkrycie, lecz niebezpieczeństwo. Obróciłam się i popędziłam w jego stronę. Szybko go znalazłam. Alyster stał przed sobą, srebrne oczy płonęły naglącym blaskiem, ale księgi nie było.

— Gdzie ona jest? — zażądałam, marszcząc w jego stronę. Mój głos przeciął ciszę jak ostrze. — Powiedz, że ją znalazłeś.

— Careena, musimy iść. Teraz. — Wyciągnął do mnie rękę, ale cofnęłam się, piorunując go wzrokiem.

— Nie bez księgi — warknęłam. Serce dudniło mi w uszach. Ciężar porażki szarpał mnie za trzewia. — Upuściłeś ją, prawda? To twoja wina.

— Moja? — jego śmiech był ostry i bez cienia wesołości. — To ty wzbiłaś się w niebo, ściskając ją jak trofeum. Jeśli ktoś ją zgubił, to ty.

— Nawet się nie waż— — Skrzydła poruszyły mi się za plecami, pióra zjeżyły się, gdy gniew buchnął goręcej niż zmęczenie. — Gdybyś mnie nie powalił—

— Proszę bardzo, krzycz dalej. Oszczędzisz im trudu w tropieniu nas.

— Przestań zrzucać winę! — syknęłam, szturchając go palcem. — Wcale cię nie obchodzi, o co tu chodzi, prawda? Obchodzi cię tylko—

— Dość — warknął Alyster tak ostro, że umilkłam. Jego spojrzenie minęło mnie, zwęziło się. Coś pierwotnego przemknęło mu po twarzy. — Mamy gorsze kłopoty.

— Nie próbuj zmienia— — zaczęłam, ale wtedy to poczułam: ziemia zadrżała mi pod butami. Głęboki, gardłowy warkot zawibrował w powietrzu za moimi plecami, tak niski, że zatrząsł mi żebrami.

Odwróciłam się powoli, a w żołądku zwinął mi się żywy strach.

W ciemności zaświeciły się oczy — dwa punkty płynnego czerwonego żaru, nabierające blasku, gdy podchodziły. Olbrzymie pazury zaskrzypiały o kamień, każdy krok był rozważny, odmierzony. A potem wyłonił się z cienia.

Piekielny ogar był ogromny, czarne futro miał skołtunione i umazane czymś lepkim, co błyszczało w nikłym świetle księżyca. Rozwarł paszczę, obnażając rzędy postrzępionych zębów, z których ślina kapała na leśną ściółkę z sykiem. Z nozdrzy sączył się dym, a w powietrzu wisiał ciężki zapach siarki.

— Rusz się — powiedział Alyster napiętym głosem.

Nie mogłam. Stopy wrosły mi w ziemię, każdy nerw wrzeszczał, żeby uciekać, a ja tkwiłam. Skrzydła drgnęły, półrozwarte, jakby niepewne, czy osłaniać, czy uciekać.

— Careena! — warknął Alyster, tym razem głośniej. — Biegnij!

Piekielny ogar warknął, mięśnie napięły się. A potem skoczył.

Rozdział szósty

Careena

Warkot bestii rozdarł ciszę, niski i gardłowy jak tarcie kamieni o kamienie. Puls dudnił mi w uszach, gdy wyłoniła się z cienia—masywna, przygarbiona, z ciemnym futrem lepkim od czegoś, co błyszczało jak olej. Jej oczy płonęły głęboką czerwienią, dwiema żarzącymi się iskrą wbitymi we mnie. Piekielny ogar.

— Stój, nie podchodź — ostrzegłam, choć głos mi zadrżał. Powietrze wokół mnie zadrżało lekko, gdy przywołałam moją niebiańską magię. Blady, fioletowo-niebieski blask rozlał się po moich dłoniach. Skupiłam się, czując, jak znajome brzęczenie mocy zwija się we mnie w sprężynę.

Ogar nie zawahał się ani chwili. Rzucił się do ataku.

Ledwo zdążyłam zareagować. Jego pazury przecięły przestrzeń, w której stałam jeszcze przed momentem, rozpryskując kamień, kiedy rzuciłam się w bok. Ostry ból zapiekł mnie w ramieniu, gdy uderzyłam o ziemię. Żwir wbił mi się w dłonie. Bestia wyhamowała, zawróciła na potężnych zadziorach, warknęła.

— Dobra — mruknęłam, zaciskając zęby. — Zobaczmy, jak sobie z tym poradzisz.

Wyrzuciłam dłoń do przodu. Z mojej dłoni wystrzeliła włócznia światła, trzeszcząc boską energią. Ugodziła ogara prosto w pierś. Przez ułamek serca pozwoliłam sobie na nadzieję.

Potem światło zgasło. Po prostu... rozpłynęło się.

Ogar nawet nie drgnął.

— To nowe — wyszeptałam, podnosząc się chwiejnie na nogi.

Znów szarżował, tym razem szybciej. Biło od niego falami gorąco, duszne, gdy zamykał dystans. Moje skrzydła odruchowo zamigotały, ale przycisnęłam je do pleców. Lot mnie tu nie uratuje. Nie w tak ciasnej przestrzeni.

— Careena! — głos Alystera przeciął chaos, odległy, ale pilny.

— Zajęta! — syknęłam, uchylając się przed kolejnym zamachem pazurów. Żebra zapiekły protestem, ale nie mogłam przestać się ruszać.

Ogar krążył wokół mnie teraz, wolno, celowo. Wargi uniosły mu się, odsłaniając poszczerbione kły pokryte krwią—albo czymś gorszym.

— Myśl — syknęłam do siebie, zaciskając palce na nadgarstku, gdzie resztki mojej magii wciąż iskrzyły słabo. — No dalej, myśl.

Ale nic nie przychodziło. Nic użytecznego. Moja niebiańska moc—moja największa broń—była wobec tego czegoś bezużyteczna.

I on to wiedział.

Złoto-srebrna smuga przecięła mi peryferia. Alyster.

— Odskocz! — krzyknęłam, ale on już był tam, wślizgując się między mnie a ogara jak cień.

— Przeżyj — odparł, głosem ostrym jak jego ostrze.

Jego sztylet mignął w półmroku, szybki i precyzyjny. Poruszał się ze śmiercionośną gracją, tnąc bok bestii. Ostrze trafiło celnie—po czym ześlizgnęło się, nieszkodliwe jak gałązka pękająca o kamień. Posypały się iskry, a ogar nawet się nie zachwiał.

— To... niefortunne — mruknął Alyster, mrużąc srebrne oczy. Przeniósł ciężar na przody stóp, szykując kolejny cios.

— Niefortunne? — wycedziłam, dysząc ciężko. — To chodzący piec z pancerzem do pary. Przestań być dowcipny i—

Piekielny ogar skoczył. Alyster uskoczył, wymykając się tuż poza zasięg, ale nie dość daleko. Pazur większy od mojej głowy przeorał mu pierś, rozrywając skórę, mięśnie i kość.

— ALYSTER!

Cofnął się chwiejnie, łapiąc oddech. Krew ciekła z rozoranych ran, barwiąc ciemno tunikę. Lewa ręka zwisała bezwładnie, poszarpana od barku po nadgarstek. Mimo to utrzymał równowagę, a sztylet drżał w jego dobrej dłoni.

— Niespecjalnie — wychrypiał, wargi drgnęły mu w słabym uśmiechu.

— Przestań mówić! — mój głos się załamał. Panika wezbrała, gorąca i niechciana. — Krwawisz wszędzie!

— Zauważyłem — powiedział ledwie szeptem. Ale wzroku nie odrywał od bestii, wyzywający nawet wtedy, gdy u stóp zbierały mu się kałuże krwi.

Ogar zawarczał głęboko, gardłowo, a jego roztopione oczy wbiły się teraz w niego. Wyczuł słabość, podatność. Posmakował jej.

— Nie— — oddech mi się zaciął, gdy znów rzucił się, śmiercionośny i bezlitosny.

Piekielny ogar ział roztopionym oddechem, parząc powietrze, gdy znów runął na Alystera. Tym razem nie mógł ruszyć się dość szybko. Kolana mu się ugięły, utrata krwi spowalniała każdy ruch.

— NIE! — wrzasnęłam, rzucając się między nich bez namysłu. Dłonie wyrwały mi się w górę, ale moja magia zgasła bezużytecznie na jego infernalnej skórze. Daremna iskra światła błysła i znikła, zostawiając mnie odsłoniętą.

Sztylet Alystera upadł mi pod nogi. Bezużyteczny. Nie ruszyłam się. Nie mogłam. Warkot bestii wibrował mi w kościach. Nie byłam dość silna—nie taka, jaka byłam teraz. Ale nie pozwolę, żeby go wzięła. Nie po tym, jak przed chwilą sam rzucił się między mnie a niebezpieczeństwo.

— Myśl, do cholery — wysyczałam pod nosem. Spojrzenie skoczyło do sztyletu Alystera. Zwykły, niepozorny, oblepiony jego krwią. Nie powinno to mieć znaczenia. Nie był niebiański, nie był boski. To nie wystarczy.

Ale może... może mógłby.

— Wybacz — wyszeptałam, choć nie wiedziałam, do kogo mówię. Do niebios? Do siebie? Gdy podjęłam decyzję, powietrze wokół mnie zgęstniało, naładowane elektrycznością. Moc tworzenia poruszyła się we mnie, surowa i nieokiełznana—nie odebrali mi jej, gdy mnie wygnali.

— Nie wypalaj się — wychrypiał Alyster. Zawsze błyskotliwy. Zawsze doprowadzający do szału, nawet kiedy się wykrwawiał.

— Zamknij się, Fae. — Zacisnęłam dłonie na sztylecie. Żar rozlał mi się od rdzenia, palący, przyciągający, wyginający sam czas. Ostrze jęknęło pod naciskiem, wybrzuszając się, rozciągając. Z pęknięć, które zaczęły biec po jego powierzchni, wylało się światło. Złoto i biel. Czysta moc stwórcza.

— No dalej — mruknęłam, zaciskając zęby. — Trzymaj się.

Sztylet eksplodował blaskiem, oślepiającym i dzikim. Gdy poświata opadła, trzymałam go—już nie zwykłe ostrze, już nie ziemskie. Jelec lśnił anielskimi runami, klinga brzęczała ledwo powstrzymywanym ogniem. Pulsował w moim uścisku, żywy celem—ale nie mój. Jak długo rycerz Fae nosił to ostrze? Tysiąc lat? Jakkolwiek długo, nasycił je swoją wolą i duchem tak bardzo, że nie odpowiadało na moją dłoń nawet po przemianie. Nie mogłam go użyć. Fae będzie musiał wykonać robotę.

— Proszę. — Podałam mu ją, kucając, by spotkać jego gasnące spojrzenie. — Weź.

— To absurdalnie jasne. — Wargi mu drgnęły, blado i zaczepnie, choć ledwo potrafił unieść głowę.

— Weź to, Alyster! — mój głos pękł od naglącej potrzeby. — Tylko ty możesz to skończyć!

Jego zdrowa dłoń wyciągnęła się, drżąc. Gdy palce zacisnęły się na jelcu, miecz znów rozbłysnął, tym razem jaśniej, jakby go rozpoznając. Ramiona mu się odrobinę wyprostowały, siła wróciła tam, gdzie przed chwilą jej nie było.

— Wygląda na to, że przeszłaś samą siebie, anioł — powiedział ochryple, a usta drgnęły w ledwo widocznym uśmiechu.

— Tylko tego nie upuść — warknęłam, odsuwając się, gdy piekielny ogar zawył, szykując ostateczną szarżę.

Alyster przyjął ją czołem, anielski miecz płonął mu w dłoni jak odłamek czystego słońca.

— No chodź, draniu — warknął przez zaciśnięte zęby. Krok mu się zachwiał, ale od razu się zebrał, zamachując się w górę dokładnie w chwili, gdy bestia skoczyła na niego. Ostrze zaśpiewało, tnąc powietrze.

Uderzyło celnie.

Piekielny ogar wydał z siebie dźwięk będący zarazem rykiem i krzykiem, gardłowy i nie z tego świata. Czarne futro zajęło się ogniem, płomienie wspięły się po jego masywnym ciele. Światło ognia zatańczyło w pustych czerwonych oczach, nim stężały w popiół. Sylwetka stworzenia zapadła się w sobie, trawiona świętym ogniem, aż nie zostało po niej nic poza gryzącym smrodem spalenizny i lekkim migotem w powietrzu tam, gdzie stała.

Alyster zatoczył się, miecz wypadł mu z dłoni. Z brzękiem upadł na ziemię, gasnąc do cichej poświaty. Alyster zachwiał się, jedną dłonią zaciskając na rozoranych ranach na piersi, krew kapała mu spomiędzy palców.

— Zostań ze mną — powiedziałam, rzucając się naprzód. Mój głos brzmiał spokojniej, niż się czułam. W środku panika darła się na strzępy. Za dużo krwi. Wtedy ugięły mu się kolana.

Złapałam go, zanim runął, ciężar jego ciała zwalił się na mnie. — Alyster?

— Tylko... chwilę — wymamrotał, choć oddech miał płytki i szybki. Skóra miał bladą, za bladą, a złote włosy oblepiał pot i krew.

— To nie wchodzi w grę. — Ułożyłam go delikatnie, a moje dłonie już sunęły, by zawisnąć nad ranami. Energia poruszyła się we mnie, ociężale, niechętnie. Zacisnęłam zęby. Nie czas na wahanie.

— Anioł, nie—

— Zamknij się. — Mój głos pękł. — Mam na imię Careena. Zasłużył na tyle, zasłużył, by znać moje imię, jeśli miał umrzeć tu, w moich ramionach, po tym jak ocalił mnie przed bestią z piekła.

Zamknęłam oczy, skupiając się na boskim świetle zakopanym głęboko we mnie. Odpowiedziało ociężale, migocząc jak dogasający płomyk. Za dużo zużyłam na stworzenie niebiańskiego ostrza, a tutaj, na Ziemi, źródło mocy napełniało się powoli. Zbyt powoli. Mimo to moc podniosła się, zebrała w moich dłoniach, rozlała się po jego rozoranym ciele.

Ciepło rozlało się, zabrzęczało niebiańską zgodnością. Oddech mu się odrobinę wyrównał, rozcięcia zaczęły się sklejać pod blaskiem. Krawędzie widzenia mi się zamgliły, wyczerpanie uderzyło mocniej, niż się spodziewałam. Ostatni przypływ energii ruszył, pieczętując najgorsze rany.

Gdy światło zgasło, osunęłam się obok niego, dysząc. On poruszył się, ostrożnie testując rękę.

— Lepiej — mruknął.

— Dobrze — powiedziałam słabo. — A teraz spróbuj znowu nie umrzeć.

— Nawet by mi się nie śniło — odparł, uśmiech miał blady, ale irytująco obecny, i przez moment leżeliśmy tak oboje na zimnej ziemi, starając się zebrać siły, żeby się ruszyć.

Najpierw uderzył smród siarki. Potem szepty—niskie, gardłowe, narastające.

Zatoczyłam się na nogi, mięśnie wrzeszczały z bólu. Alyster wciąż leżał, pierś unosiła mu się i opadała zbyt wolno. Powietrze trzeszczało od energii, gęste i duszące. Skrzydła drgnęły mi przy plecach, niespokojne, gotowe.

— Careena. — Jego głos był chrypą, ledwie słyszalną.

— Nie — powiedziałam ostro, lustrując linię drzew. Cienie poruszały się nienaturalnie, skręcając się. — Są tutaj.

Dłoń Alystera słabo zacisnęła się na jelcu miecza. Próbował usiąść, ale tylko zaklął pod nosem i opadł z powrotem.

— Nie ruszaj się — rozkazałam.

— Jakbym miał wybór — mruknął, ale nawet jego sarkazm brzmiał słabo.

Szepty zmieniły się w chichoty. Drwiące. Zbyt bliskie.

— Dobrze — warknęłam. Wsuwając ręce pod jego ramiona, podciągnęłam go do góry. Syknął z bólu, ale nie przestałam. Nie było czasu na delikatność. Rozłożyłam skrzydła, gdy z cienia wysunęła się pierwsza sylwetka—kobieta w czerni, o oczach jarzących się nienaturalną zielenią.

— Zejdź z drogi albo zgiń — syknęłam do niej. Uśmiechnęła się, zęby ostre jak rozbite szkło.

— Śmiałe słowa, upadła — zamruczała. Za jej plecami wynurzały się kolejne postaci, ich kształty migotały, przeskakiwały między ludzkim a czymś znacznie gorszym.

— Trzymaj się mocno — szepnęłam do Alystera, obejmując go ramionami.

— Czekaj, co ty—

Ziemia uciekła spod nóg w porywie wiatru. Skrzydła biły mocno, każdemu ruchowi towarzyszył przenikliwy ból w plecach. Ciężar Alystera ciągnął mnie w dół, większy, niż sądziłam. Pod nami wiedźmy zawyły, ich głosy wzbiły się w dysonansowy skowyt. Coś syknęło koło ucha—magia, dzika i nieokiełznana. Za blisko.

— Careena — jęknął Alyster, opadając głową na moje ramię. Jego krew wsiąkała w moją tunikę, ciepła i lepka.

— Nie teraz — warknęłam, zmuszając się wyżej. Drzewa rozmazane pod nami tworzyły morze czerni i srebra w blasku księżyca. Oddechy miałam szarpane, każdy trudniejszy od poprzedniego. Krzyki wiedźm przycichły, ale nie zwolniłam. Dopóki nie zobaczyłam jej—kruszącej się wieży sterczącej ponad baldachim lasu. Schronienie, miejmy nadzieję.

Zamek rysował się postrzępiony i ciemny na tle nocnego nieba. Jego walące się wieże drapały gwiazdy jak kościste palce. Twardo wylądowałam w zarośniętym dziedzińcu, skrzydła zwinęły mi się ciasno do pleców, gdy przycupnęłam, by złapać równowagę. Ciężar Alystera ciągnął mi ramiona jak ołów, krew wsiąkała w poszarpane rękawy tam, gdzie trzymałam go pod pachami.

— Trzymaj się — mruknęłam, wlokąc go ku najbliższemu przęsłu. Głowa mu opadła, złote włosy były lepkie od potu i przetykane szkarłatem. Z ust wyrwał mu się niski jęk, ale nie stawiał oporu.

Wewnątrz pachniało wilgotnym kamieniem i zgnilizną. Moje buty zgrzytały po pękniętych płytkach, gdy wciągnęłam go do czegoś, co kiedyś mogło być wielką salą. Księżycowe światło sączyło się przez popękane ściany, odbijając się od rozbitego szkła i zardzewiałych kandelabrów. Nie było tu bezpiecznie—nie do końca—ale na razie musiało wystarczyć.

— Careena... — Jego głos był ledwie chrypką. Słabą.

— Cicho. — Ułożyłam go na połaci porośniętej mchem, klękając u boku. Dłonie zawisły mi nad jego piersią, drżące. Rany były głębokie—głębsze, niż myślałam. Rozcięcia pruły mięśnie i kość. Tunika była w strzępach, lepka od krwi. Przygryzłam wargę tak mocno, że poczułam metaliczny smak.

— Nie... rób zamieszania. — Spróbował się uśmiechnąć, ale grymas natychmiast pękł w grymas bólu. — Miewałem gorzej.

— Nie na mojej warcie. — Przycisnęłam dłonie do jego skóry, wywołując ostatnie skry światła we mnie. Zatrzeszczały jak dogasające węgle, niechętnie, marnie. Ciepło rozchodziło się pod moim dotykiem, gdy magia brała, zszywając ciało ścieg po bolesnym ściegu. Każda fala mocy drenowała mnie bardziej. Gdy skończyłam, obraz rozmazywał mi się przed oczami, a kończyny miałam ciężkie jak z ołowiu.

— Lepiej? — zapytałam, osuwając się na pięty.

— W pewnym stopniu. — Alyster podniósł się powoli, krzywiąc. Jego srebrne oczy spotkały moje, ostre mimo bólu. — Chociaż mam wrażenie, że sama za chwilę się przewrócisz.

— Jeszcze nie. — Zmusiłam się do wstania, kołysząc się. — Musimy porozmawiać.

— Porozmawiać? — Uniósł brew, opierając się o ścianę. — Na pewno to dobry moment?

— Tak. — Skrzyżowałam ramiona, ignorując, jak kolana grożą ugięciem. — Księga zaklęć—

— Ach. Znowu to przeklęte paskudztwo. — Wypuścił powietrze nosem, odchylając głowę. — Co z nią?

— Wiesz, czym ona jest? — Podeszłam bliżej, głos mi obniżył się. — Język, symbole—to egipski. Starożytny. I bynajmniej nie ceremonialny. To niebezpieczna magia. Magia stworzona, by wiązać bogów albo ich łamać.

— Bogów. — Parsknął, w tym nie było śmiechu. — Twojego pokroju czy mojego?

— Może oba. — Zawahałam się, studiując jego twarz. — Wiedziałeś, prawda? Czym jest. Co potrafi.

— Nie. — Jego spojrzenie gdzieś uciekło, ale nie wyczułam w nim kłamstwa; raczej dyskomfort wobec prawdy, lecz nie kłamał. — Wysłano mnie, żebym ją odzyskał. Nic więcej.

— Przez kogo? — Ton miałam krótki. Nie było czasu na zagadki. Nie gdy wiedźmy nas szukały, a trup piekielnego ogara wciąż palił się gdzieś w lesie.

Wyprostował się, opierając dłoń o postrzępiony kamień. Jego srebrne oczy zabłysły, ostre mimo znużenia. — Przez jej prawowitą właścicielkę. Została skradziona—od samej królowej Maeve. Wysokiej Królowej Fae.

Słowa uderzyły we mnie jak cios. Zastygłam. — Chcesz mi powiedzieć, że to należy do *niej*? — Palce zacisnęły mi się w pięści u boków. — Nie uważałeś, że warto o tym wspomnieć wcześniej?

Myśli pędziły mi w głowie, składając fragmenty wiedzy zbieranej przez stulecia. Starożytny egipski czar. Żywa księga zaklęć. Skradziona królowej Fae. To nie było tylko niebezpieczne; to było katastrofalne.

— Teraz ty — powiedział, przerywając ciszę. — Czemu ty jej szukasz?

— Wysłał mnie Strażnik Sanctuary. — Przyznanie się ważyło bardziej, niż sądziłam. — Jestem Upadła, ale to nie znaczy, że jestem na własną rękę. Wykonuję misje dla Sanctuary, rzeczy, które trzeba zrobić, zadania szczególnie dopasowane do moich umiejętności. Strażnik wysłał mnie, żeby odebrać księgę sabatowi.

— Cóż, sabat już jej nie ma — Alyster rozłożył dłonie. — Zadanie wykonane, prawda?

— Och, to byłoby ci na rękę, co? Żebym sobie poszła i zostawiła ci ją do podniesienia?

— Wyglądałoby na wygodne dla nas obojga — odparł.

— Niezła próba, ale nie. Muszę zwrócić księgę do Sanctuary.

— A ja muszę zwrócić ją Maeve, więc wygląda na impas. — Wyprostował się już zupełnie, skrzywił odrobinę, ale nie pozwolił, by to wybrzmiało słabością. — Ale teraz mamy pilniejszy problem. Żadne z nas nie ma tej przeklętej rzeczy, a potrzebujemy się nawzajem, żeby nikt inny jej nie dorwał. Kiedy już będzie bezpieczna, wtedy pogadamy, kto i dokąd ją zabiera. Albo, na wszystkie piekła, niech sobie twój Strażnik i królowa Maeve przegadają to między sobą, bo ja już mam wrażenie, że jestem po szyję w kłopotach. Zgoda?

Jego słowa zawisły w powietrzu, obciążone niewypowiedzianymi konsekwencjami. Zaufać mu brzmiało jak chodzenie po ostrzu noża, ale nie miałam innej opcji. Nie, jeśli chciałam doprowadzić misję do końca.

— Zgoda — powiedziałam wreszcie, wyciągając dłoń.

Zawahał się tylko moment, po czym uścisnął ją, uścisk miał pewny i ciepły mimo drżenia ze zmęczenia. — Postaraj się tego nie żałować, anioł.

— Wzajemnie, Fae. — Ale i tak nigdzie dziś nie szliśmy. Oboje potrzebowaliśmy odpoczynku, a wiedźmy były gdzieś w lesie i nas szukały. Jutro będzie dość czasu, żeby wrócić i znaleźć miejsce, gdzie księga wypadła podczas naszej walki, bo musiała gdzieś tam być.

Po prostu musiała.

Las wciąż cuchnął krwią i popiołem.

Wylądowałam lekko, stawiając Alystera na nogi, i razem podeszliśmy do płatu ziemi, na którym wczoraj wieczorem walczyliśmy. Jego dłoń spoczywała na jelcu niebiańskiego miecza u boku, srebrne oczy omiatały zoraną ziemię z drapieżnym skupieniem.

— Widzisz coś? — zapytałam, ściszając głos.

— Jeszcze nie. — Ukląkł przy skotłowanej ziemi, odgarniając drobiny szybkimi, precyzyjnymi ruchami. Poranne światło łapało się jego złotych włosów, topiąc je w blasku. — Ale coś jest... nie tak.

— W jakim sensie?

— Jakby powietrze wstrzymywało oddech.

Skrzywiłam się. Nie mylił się. Nawet ptaki zamilkły. Skóra mnie mrowiła, resztki wczorajszej magii wciąż słabo brzęczały mi w żyłach. Ciało ogara zniknęło—rozpłynęło się—ale przypalone ślady i żłobione pazurami bruzdy pozostały. Posępne przypomnienie, jak blisko byliśmy porażki.

— Tego tu nie ma — musiałam stwierdzić po blisko godzinie. Przeczesaliśmy każdy cal ziemi. — Ktoś to podniósł, na pewno.

— Ktokolwiek zabrał księgę, nie zostawił wiele śladów — powiedział Alyster, podnosząc się płynnie z przysiadu, spoglądając na... odcisk łapy? — Ale nikt nie znika bez śladu. Nie przede mną.

— Duże słowa — mruknęłam, przestępując nad rozłupaną korzenią. — Obyś mógł je poprzeć czynami.

— Zawsze, anioł. — Uśmiechnął się złośliwie, po czym sięgnął do torby przewieszonej przez ramię i wyciągnął fiolkę. Powoli, rozmyślnie wysypał na ziemię smugę bladego, zielonkawego proszku, rysując kształt. Runę mocy. Gdy domknął kształt, powietrze wypełnił niski pomruk, wibrujący mi w żebrach.

— To zaraz wybuchnie? — zapytałam odruchowo, cofając się o krok.

— Tylko jeśli mnie rozproszysz — odparł, wargi mu drgnęły. Potem humor spłynął z twarzy, zastąpiła go ostra koncentracja.

Pomruk pogłębił się. Blade zielone cienie zebrały się nad runą, wijąc się ku górze jak niespokojny dym. Krawędzie polany jakby się rozmazały, wciągane do środka, ku niemu. Trzymałam dystans, patrząc uważnie. O magii Fae nie wiedziałam nic, poza tym że mówiono o niej: zbyt dzika, zbyt nieprzewidywalna—ale Alyster władał nią jak ostrzem: kontrolowaną, zamierzoną, dewastującą.

— Mam cię — mruknął nagle.

Na początku było to rozmyte, kolory spływały na siebie. Potem się wyostrzyło—postać przemykająca przez mgłę bitwy. Mała. Szybka. Smuga rudego futra i ostre, sprytne oczy. W pysku niepodobna do pomyłki sylwetka księgi zaklęć.

— Lis? — Alyster zmarszczył brwi.

— To nie jest zwykłe zwierzę — powiedziałam. Żołądek ścisnął mi się, gdy studiowałam sposób, w jaki lis się porusza—nienaturalny, płynny, aż nazbyt precyzyjny. Oczy błyszczały ludzką inteligencją. — Zmiennokształtny?

— Bez wątpienia — powiedział Alyster ponuro. — Wiedział, co bierze. To nie był przypadek.

— Idealnie — mruknęłam pod nosem. Oczywiście nic w tej misji nie mogło być proste. — Masz pojęcie, dokąd poszedł?

— Daj mi chwilę. — Przechylił głowę, wyraz twarzy mu się oddalił, gdy skupił się na zaklęciu. Obraz się przesunął, podążając za ścieżką stworzenia. Pomknęło przez drzewa, poruszało się szybko i rozmyślnie, po czym znikło w podszyciu.

— Na wschód — powiedział Alyster, otrzepując ręce. — Tam prowadzi trop.

— To go śledzimy — powiedziałam stanowczo. — Ruszajmy, zanim ślad wywietrzeje.

— Nie martw się. Nie zgubię go — rzucił Alyster z kpiącym chichotem. — Tropienie to moja specjalność.

Uniosłam brew, zaintrygowana. — Doprawdy? Opowiedz.

— Moja rodzina... nasze nazwisko, Vayir, znaczy dar ziemi. Mamy zestrojenie z tym, co rośnie i żyje. Nawet prawdziwy lis nie umiałby uciec, nie zostawiając śladu, który mógłbym podjąć. Ten zmiennokształtny — jest z ziemi jeszcze bardziej niż ja, ale potrafię wyczuć ślady jego przejścia w samej glebie. Nie zdoła mi uciec.

Podszyt był gęsty, szarpał mi nogi, gdy torowałam sobie drogę. Alyster poruszał się przede mną, jego kroki były dziwnie ciche. Liście i kruche gałązki trzeszczały pod moimi butami, ale on nie wydawał niemal dźwięku. Co parę chwil zatrzymywał się, mrużąc srebrne oczy, jakby łapał zapach na wietrze.

— Na pewno to tędy? — zapytałam, ściszając głos.

— Na sto procent — odrzekł, nie odwracając się. Nagle przykucnął, muskając palcami płat mchu na powalonym pniu. Od jego dotyku rozlał się blady, zielonkawy połysk, jak kręgi na wodzie.

— Patrz. — Wskazał ledwie widoczne wgłębienie w mchu—odcisk łapy. Tlił się słabo, resztka magii przylegała do tropu.

— Wciąż świeży — mruknął, zrywając się sprawnie. — Nie jest daleko.

— To ruszajmy szybciej — ponagliłam, zerkając przez ramię. Wiedźm tu jeszcze nie było, ale były na naszym tropie, tak jak my tropiliśmy lisa-zmiennokształtnego. Ich obecność wisiała nad nami jak burzowe chmury na horyzoncie, ciężka i przytłaczająca, choć nie było ich widać.

— Cierpliwości, anioł — odparł Alyster, obdarzając mnie jednym ze swoich doprowadzających do szału uśmieszków. — Tropienie to nie szybkość; to precyzja.

— Powiedz im to, kiedy będą nas rozrywać na kawałki — odburknęłam, ale on już odwrócił się z powrotem, skupienie miał przyklejone do śladu.

Ruszył znów, tym razem wolniej. Poszłam za nim, skrzydła świerzbiły, by się rozwinąć i wzlecieć, ale baldachim lasu był zbyt gęsty. Cienie wiły się między pniami, a powietrze szczypało w skórę, niemal metaliczne. Magia wisiała tu ciężko—dzika i pradawna.

— Tutaj — powiedział nagle, zatrzymując się tak gwałtownie, że omal na niego nie wpadłam.

— Co? — wyszeptałam, ale on machnął dłonią, nakazując ciszę, po czym położył dłoń na ziemi i przez moment oddychał powoli, z zamkniętymi oczami.

Milczałam, patrząc, jak pracuje. Wyraz twarzy mu się nie zmienił, ale dostrzegłam napięcie w linii szczęki, lekki tik palców. Po chwili oczy otworzył gwałtownie.

— Zmiennokształtny — powiedział, podnosząc się płynnie. — Nie utrzymuje jednej postaci. Ciągle się zmienia.

— Świetnie — mruknęłam. — Czyli może być czymkolwiek.

— Czymkolwiek na tyle sprytnym, by ukraść księgę i zatrzeć ślady. — Przechylił głowę, igrający na ustach uśmieszek. — Sprytniejszym od większości łowców, szczerze mówiąc.

— Nie pomagasz. Dasz radę go śledzić?

— Oczywiście. — W jego głosie brzmiała ta irytująca pewność siebie, przez którą jednocześnie miałam ochotę mu przyłożyć i mu zaufać. Minął mnie, odgarnął nisko zwisającą gałąź. — Trop jest słaby, ale jest.

— Prowadź zatem. — Wskazałam mu gestem, ustawiając się za nim.

Nie wahał się, ruchy miał płynne i precyzyjne, gdy snuł się przez las. Podążałam, zmysły naciągnięte jak struny, szukając każdego znaku ruchu albo magii. Każdy cień wydawał się żywy, każdy podmuch wiatru — zagrożeniem.

— Careena — powiedział miękko Alyster, zerkając przez ramię. — Jesteś spięta.

— No ciekawe, dlaczego.

— Rozluźnij się. — Posłał blady uśmiech, który może i byłby kojący, gdyby nie był tak bezczelny. — Gdyby chciał nas zasadzić, już by to zrobił.

— To mnie nie uspokaja. — Odgarnęłam gałąź, piorunując go wzrokiem. — I przestań się tak uśmiechać. To upiorne.

— Zanotowano. — Zachichotał pod nosem, znów skupiając wzrok przed sobą. Zwolnił, gdy doszliśmy do polanki, drzewa rozstąpiły się, odsłaniając miękki, zadeptany mech. Przyklęknął, musnął palcami naruszoną ziemię.

— Tu. — Wskazał ledwie widoczne odciski w ziemi—ślady łap, wydłużone i nierówne. Migotały słabo resztką magii. — Znów się zmienił, w pół kroku.

— W co? — przykucnęłam obok, studiując trop. Tym razem wyglądał na coś większego niż lis. Wilk, może? Nie było jasne.

— Trudno powiedzieć. — Alyster wstał, omiatając spojrzeniem linię drzew, jakby spodziewał się, że złodziej się zmaterializuje. — Ale wciąż idzie na wschód.

— W stronę rzeki — zmarszczyłam brwi. Niedobrze. Zbyt wiele miejsc, by zgubić ślad.

— Dokładnie. — Zerknął na mnie, w oczach błysnęło wyzwanie. — Dasz radę dotrzymać kroku?

— Spróbuj mnie — powiedziałam, już ruszając. Niech się uśmiecha, ile chce—nie pozwolę, by to nam uciekło. Jeszcze raz zerknęłam tęsknie w niebo, zastanawiając się, czy mogłabym lecieć nad nim, a Alyster zawołałby mnie, gdyby namierzył złodzieja... ale nie. Gdyby trafił na wiedźmy, mógłby potrzebować mojej pomocy, żeby je odeprzeć. Westchnęłam, przycisnęłam skrzydła ciasno do ciała, by je chronić, i ruszyłam znowu, idąc za Fae.

ROZDZIAŁ SIÓDMY

RAFAIL

Las rozmazał się wokół mnie, zielono-brunatną smugą, gdy moje łapy z łoskotem uderzały w ziemię. Bolały mnie szczęki, zaciskające się na grimoarze, ale nie miałem zamiaru go puścić. Lisia postać ułatwiała bieg, ale utrudniała trzymanie czegokolwiek w pysku.

Nie mogłem się zatrzymać. Jeszcze nie.

Nos wypełnił zapach wilgotnej ziemi, zmieszany z ostrą nutą sosny. Gałęzie drapały mi boki, nisko zwisające konary smagały mi pysk, gdy mknąłem przez podszyt. Gdzieś za mną, daleko, ale nie dość daleko, huczała rzeka — okrutne przypomnienie, jak blisko byłem, by dać się osaczyć.

— Biegnij dalej — wymamrotałem, choć w tej postaci szczęka nie pracowała, jak trzeba, i słowa wyszły jedynie jako warkot wokół książki.

Uszy drgnęły, obracając się ku każdemu dźwiękowi, każdemu szelestowi. Wiewiórka drapiąca się po pniu. Ptak zrywający się do lotu. Moje własne serce bijące zbyt głośno, zbyt szybko. Nienawidziłem, jak kruche było to ciało. Małe. Wystawione na ciosy. Ale wybrałem je dla szybkości, a teraz liczyła się tylko szybkość.

Czarownice tak łatwo nie odpuszczą. Anioł też nie. Ani Fae. Wszyscy tego chcieli — książki. Ale teraz była moja. Moja, bo potrzebowałem jej bardziej, niż oni kiedykolwiek mogli.

Klątwa brzęczała pod skórą, nieustannie przypominając, przed czym uciekam. I po co uciekam. Setki lat. Bez końca zmieniając kształt. Nigdy do końca człowiek, nigdy do końca... czymkolwiek. Księga była moją jedyną szansą. Jedynym, co stało między mną a wiecznością uwięzienia w takim stanie.

Przed nami stok opadał w dół, nierówny, śliski od mchu. Skoczyłem przez zwalony pień, pazury ześlizgnęły się, gdy z impetem lądowałem po drugiej stronie. Tylna łapa podjechała i zachwiałem się. Przez jedną, mrożącą krew chwilę, książka się poluzowała.

Nie.

Zacisnąłem na niej mocniej szczęki, czując, jak zęby wbijają się w pradawną skórzaną okładkę, po czym popędziłem naprzód. Nie było czasu do stracenia. Ani miejsca na błędy.

Przed nami otworzyła się polana, światło słoneczne sączyło się przez drzewa złotymi smugami. Zawahałem się o pół sekundy — za bardzo na widoku — ale płuca paliły, a nogi krzyczały o wytchnienie. Tylko chwila. Tyle, by złapać oddech.

Wśliznąłem się na polanę i padłem na bok, tak by książka znalazła się pod spodem. Świat się przechylił, lekko zawirował, gdy walczyłem o uspokojenie oddechu. Instynkt darł się, bym biegł dalej, bym znalazł kryjówkę, ale zmęczenie wygrało. Musiałem odpocząć. Mimo twardej ziemi pod sobą, powieki mi opadły i sen przyszedł szybko.

Najpierw uderzył mnie zapach pieczonego mięsa. Potem śmiech — ostry, szyderczy, zbyt głośny na swoje dobro. Żołądek ścisnął mi się, pusty i obolały. Skuliłem się niżej w cieniach, palce zacisnęły się na nożu ukrytym w rękawie.

— Miej oczy otwarte — wyszeptałem do siebie. Oddech zamgławiał się w zimnym nocnym powietrzu, ledwie słyszalny. — Szybkie dłonie. Szybkie nogi.

Trzech mężczyzn kuliło się przy ogniu w zaułku pode mną, twarze mieli rozświetlone na pomarańczowo przez płomienie. Nad żarem leniwie obracał się rożen, tłuszcz skapywał w żar. Nie raczyli spojrzeć w górę. I po co? Nikt nigdy mnie nie zauważał, nim było za późno. Byłem mały, zwinny, szybki na nogach. Najlepszy mały złodziej w Atenach.

Ruszałem się bezszelestnie, krok za krokiem, podeszwy ledwie muskały krawędź. Brzeg dachu był śliski od szronu, ale trzymałem równowagę. Jak zawsze. Tętno dudniło mi jednostajnie w uszach, gdy dotarłem do narożnika i szykowałem się do zeskoku.

— Teraz albo nigdy — powiedziałem sobie.

Lądowanie wstrząsnęło kolanami, ale zrolowałem się, już sięgając po nóż. Najbliższy mężczyzna wrzasnął, gdy przemknąłem tuż obok, błysk ostrza mignął. Jedno głębokie cięcie w linę rożna i mięso runęło na ziemię.

— Ej! — krzyknął, zrywając się na nogi.

— Dzięki za kolację — odkrzyknąłem, już uciekając.

— Brać go!

Ciężkie kroki zagrzmiały za mną. Kolana paliły, gdy pędziłem przez kręte uliczki, przyciskając parujące mięso do piersi. Nie pierwszy raz kradłem jedzenie. I nie ostatni. Głód robił z człowieka śmiałka. Zdesperowanego. Głupiego.

Wsunąłem się w niszę, nasłuchując, jak mężczyźni przetaczają się obok, a ich przekleństwa cichną w oddali. Mięso wciąż parzyło palce, ale i tak się w nie wgryzłem. Tłuszcz ślizgał się po brodzie, sól paliła spękane wargi. Nieważne. Teraz było moje.

Utrzymywało mnie przy życiu. Tylko to się liczyło.

Kilka tygodni później znalazłem wieżę. O starym człowieku, który tam mieszkał, mówiono, że ma złote monety układane jak cegły. Słyszałem szepty na targu — bogaty drań to, — wszystko chomikuje — tamto. Nie było trudno ją znaleźć. Trudniej było wymyślić, jak się do środka dostać.

— Wejdź, zgarnij, co się da, i wyjdź — mruknąłem, wspinając się po zewnętrznej ścianie. Paznokcie zgrzytały po kamieniu, nóż miałem mocno wsunięty za pas. — Szybkie dłonie. Szybkie nogi. Jak zawsze.

Okno przy szczycie było niedomknięte. Łatwizna. Aż za łatwa. Prześlizgnąłem się do środka, podeszwy bezszelestnie dotknęły wypolerowanej podłogi. W pokoju pachniało starym pergaminem i ziołami, w powietrzu wisiał kurz. Ściany zastawione były półkami książek, ale mnie obchodziła tylko skrzynia w rogu.

Złoto. Dość, by jeść przez miesiące. Może lata. Dość, by zostawić to miasto za sobą na zawsze.

— Nie fantazjuj za bardzo — powiedziałem sobie, klękając przy skrzyni. Palce pracowały szybko, szukając słabego punktu zamka. — Bierz tylko tyle, ile uniesiesz.

Wieko skrzypnęło, odsłaniając blask monet pod spodem. Serce mi podskoczyło.

— Ależ z ciebie chciwe stworzonko, prawda?

Zamarłem.

Głos dochodził skądinąd i znikąd jednocześnie. Niski i gładki, jak miód z domieszką trucizny. Na skraju pokoju poruszył się cień i spleciony jak warkocz ukształtował się w sylwetkę mężczyzny. Jego szaty lśniły mrocznie, a oczy błyszczały jaśniej niż ogień.

— Myślałeś, że mnie okradniesz? — zapytał, podchodząc bliżej.

Nóż był w mojej dłoni, zanim zdążyłem o nim pomyśleć.

— Ani kroku bliżej — ostrzegłem.

Zaśmiał się ostro, okrutnie. — Och, dziecko, nie masz pojęcia, co właśnie zrobiłeś.

Uniósł rękę, palce zwinęły się w gest jak szpony. Powietrze wokół mnie zgęstniało, napierając jak nawałnica. Kończyny mi zesztywniały, panika buchnęła gorącem w żyłach.

Magia!

To nie był zwykły bogacz. To był *mag*!

— Zaczekaj—

— Może należy się lekcja — powiedział, ucinając mi słowo. — Coś w sam raz dla złodzieja, co tak lubi się wymykać. — Podniósł małą książkę z pulpitiku, otworzył skórzaną okładkę i przewertował karty. — Ach, tak. Ta. Idealna.

Zaklęcie walnęło we mnie jak młot, wbiło się w pierś i rozlało na zewnątrz. Skóra zapiekła, kości poruszyły się w sposób, w jaki nie powinny. Ból wyssał mi oddech i runąłem na podłogę, dysząc.

— Miłego nowego życia — powiedział mag, jego głos odpłynął, niemal rozbawiony.

Świat rozmazał się, gdy przemiana znów chwyciła moje ciało. Łapy — nie, dłonie — wbiły się w ziemię, drapiąc korzenie i kamienie, gdy łapałem hausty powietrza. Ostry zapach sosny wdarł się do nosa, zbyt ostry, zbyt mocny. Kości trzasnęły jak suche patyki, pękając i układając się na nowo z agonizującą precyzją.

— Nie teraz — warknąłem, choć dźwięk wyszedł pół jękiem, pół rykiem. Głos już mi uciekał, utkwił gdzieś pomiędzy człowiekiem a bestią.

Las się przechylił, kołysząc się, gdy wzrok rozszczepił mi się na barwy, których nie powinienem widzieć. Każdy cień, każdy błysk ruchu stawał się zagrożeniem. Serce łomotało w uszach, wyciągając na wierzch pierwotne instynkty. Biegnij. Poluj. Kryj się.

Walczyłem. Zawsze z tym walczyłem.

Skóra pofalowała jak woda pod ciśnieniem, tu i ówdzie wyrastała sierść, parząc najpierw gorącem, potem zimnem.

Ogon smagnął za mną, po czym zniknął. Dłonie skręciły się z powrotem w łapy, potem znów w palce.

— Skup się. — Słowo ledwie dało się usłyszeć, ale sam wysiłek, by je uformować, trzymał mnie przy ziemi. Na razie.

Taka była klątwa. Wieki później wciąż rozdzierała mnie jak za pierwszym razem. Przypomnienie, że moje ciało nie należy już do mnie. Należało do zaklęcia, do chaosu, który mieszkał pod skórą.

Przez lata — ba, dekady — to klątwa dyktowała wszystko. W jednej chwili byłem człowiekiem, w następnej lisem, sokołem, wilkiem. Bez ostrzeżenia. Bez powodu. Tylko surowa, nieustępliwa zmiana. Traciłem dni, czasem tygodnie, utkwiony w czyjejś zwierzęcej formie, pchany instynktami, których nie rozumiałem.

Zapomniałem, jak to jest po prostu być sobą. Obudzić się w tym samym kształcie, w jakim się zasnęło. Utrzymać jedną myśl, zanim zagłuszy ją ryk cudzych instynktów.

Zajęło mi wieki, by wyrwać choć trochę kontroli. Najpierw drobne zwycięstwa: utrzymać ludzką postać przez godzinę, potem dwie. Przebić się przez ból i zmienić się wtedy, kiedy ja chcę, a nie kiedy żąda tego klątwa. Ale nawet teraz nie było idealnie. Takie chwile przypominały mi o cenie, którą wciąż płacę.

Przemiana wreszcie zwolniła, oddech rwał się i szarpał. Palce — znów ludzkie — drżały, gdy dźwignąłem się do siadu. Las milczał, tylko liście szumiały nad głową i gdzieś w oddali pohukiwała sowa. Nocne powietrze chłodziło spoconą skórę, ale puls wciąż pędził dziko i nierówno.

Przycisnąłem dłoń do klatki, czując pod spękaną skórą łomot serca. — Wciąż tu jestem — mruknąłem, sam niepewny, kogo próbuję przekonać.

Klątwa nie wygrała. Jeszcze nie. Ale zawsze czekała.

Leżałem bez ruchu, zbierając siły, palce zaciskały się na miękkiej, wytartej skórze grimoaru. Wracałem myślami do poprzedniej nocy. Nic nie poszło po mojej myśli, a jednak jakoś wyszedłem — cóż, wybiegłem — z książką.

Wiatr niósł słaby zapach spalonej szałwii i żelaza. Czarownice.

Przykucnąłem nisko, lisia postać stapiała się z podszytem. Dwór majaczył przede mną — ostre kąty zwęglonego kamienia odcięte od księżycowego blasku. W jednym wysokim oknie migała samotna latarnia. Za nią poruszały się cienie, zbyt szybko, by coś dostrzec.

Grimoar był tutaj. Zniknął ze świata na wieki; myślałem, że został zniszczony, a potem kilka tygodni temu obudziłem się w nocy z każdym włosem na ciele zjeżonym. Wrócił; książka, której mag użył, by mnie przekląć. Jedyna szansa, by przerwać czar.

Śledziłem jego trop bezbłędnie. Byliśmy związani, ja i ta księga. I tym razem miałem ją zabrać i wymyślić, jak zerwać tę klątwę.

Nagle powietrze się zmieniło, sierść stanęła mi dęba. Nie tylko czarownice. Coś jeszcze.

Z dworu wysunęła się postać, skrzydła złożyła ciasno na plecach. Czarne jak smoła, na krawędziach migotały lekko fioletem. Anioł — z wszystkich istot, których się tu nie spodziewałem, anioł był na samym szczycie listy. Poruszała się z zamiarem, zapuszczając się w noc ku lini drzew.

I miała książkę. Czułem to.

Cofnąłem się krok, pazury zaskrobały ziemię. Niedobrze. Anioły nie kradną czarownicom, chyba że mają życzenie śmierci — albo, co gorsza, plan. Nieważne jak — zabierała to, co było moje.

Ruszyłem za nią.

Nie zaszła daleko, nim ktoś ją zatrzymał. Fae pojawił się tak, jakby wykluł się z samych cieni — wysoki, złotowłosy, o oczach łapiących księżycowe światło jak srebrne monety. Rzucił się prosto na nią, gdy ta już rozkładała skrzydła do lotu.

Starli się, zanim zdążyłem zaczerpnąć oddechu. Fae poruszał się jak woda, sam gracja i precyzja. Anioł — czysta energia, jej ciosy nieustępliwe. Prawie nie rozmawiali w trakcie walki. Tylko odgłos pięści i dłoni uderzających w ciało, łopot skrzydeł i sporadyczne stęknięcia wysiłku.

Przywarłem do ziemi, zataczając szeroki krąg. Serce łomotało mi w piersi, ale zmusiłem się do skupienia. To była moja szansa. Kiedy będą zbyt zajęci zabijaniem się nawzajem, ja tylko musiałem—

Jest. W zamieszaniu książka wysunęła się z kurtki anioła i wylądowała w trawie między nimi. Oboje zdawali się tego nie zauważać, wręcz odtoczyli się od niej, walcząc. Idealnie.

Rzuciłem się do przodu, łapy bezgłośne na ziemi. Jeden skok i szczęki zacisnęły mi się na skórzanym grzbiecie. Posmakowała gorzko, przesiąknięta starą magią. Nie miałem zamiaru o tym myśleć. W ogóle się nie zatrzymałem. Po prostu odwróciłem się i dałem susa.

Las rwał się przede mną zielono-czarną smugą. Łapy ledwie dotykały ziemi, nim znów odbijałem się do skoku, mknąc przez jeżyny i pod niskimi gałęziami. Grimoar kołysał się niezgrabnie w moim pysku, jego ciężar wybijał mnie z równowagi. Gorzka magia szczypała język, ostra, metaliczna, ale nie śmiałem puścić.

Za mną majaczyły słabe echa okrzyków. Dalekie, ale nie dość dalekie. Anioł i Fae szybko się zorientują. Ruszą za mną. Ale na razie noc należała do mnie.

Przyspieszyłem, płuca płonęły. Ciało lisa stworzono do tego — lekkie, szybkie, ciche. Każdy mięsień pracował w tandemie, każdy skok był wyliczony. Mógłbym biec kilometrami, gdybym musiał. I musiałem.

Hałasy ucichły, połknięte przez las. Tylko szelest liści i miarowy rytm serca. Zwolniłem, gdy wypadłem na polanę, blady księżyc rozlewał się po wilgotnej trawie. Niewiele to było, ale wystarczyło. Na razie.

Wciąż było ciemno, gdy obudziło mnie nieprzyjemne uwieranie książki pod żebrami. Przewróciłem się i podniosłem ją, gapiąc się na skórzaną okładkę, pooraną bliznami czasu, teraz dodatkowo podziurawioną w miejscach, gdzie przebiły ją moje kły. Po tylu latach wciąż wydawała się nierealna.

Polana pachniała ziemią i mchem, czysto i nieubłaganie. Przypominała mi miejsca, w których byłem wieki temu — gdy lasy przykrywały świat, a miasta były tylko szeptem na horyzoncie. Wtedy nie wiedziałem, dokąd biegnę. Tylko przed czym.

Zaczęło się od głodu. Zawsze od głodu. Chłopak zbyt sprytny na własne dobro, wślizgujący się tam, gdzie nie powinien. Jeden błąd, jeden zły ruch i moje życie zmieniło się na zawsze.

— I po co to wszystko? — Mój śmiech zabrzmiał gorzko nawet w moich uszach. Dźwięk poniósł się po drzewach i niemal natychmiast zginął.

Ta książka miała odpowiedź. Musiała. Spędziłem żywoty na zbieraniu okruchów wiedzy, tropieniu szeptów o zaklęciach, które mogłyby złamać czar czarownic. Żadne nie zadziałało. Teraz miało być inaczej. Musiało.

Podniosłem się, nogi drżały, gdy spojrzałem za siebie. Wciąż brak śladów pościgu. To jeszcze nic nie znaczy. Nie odpuszczą łatwo. Zwłaszcza anioł.

— Niech przyjdą — powiedziałem, bardziej by siebie przekonać, i sięgnąłem po magię, głęboko we mnie. Tym razem wilk, większy i szybszy niż lis. Pazury zaskrobały ziemię, gdy znów chwyciłem książkę, uważając, by jej nie uszkodzić. Posmak magii wciąż wisiał na języku, ale zignorowałem to. Nie było już odwrotu.

Tak czy inaczej, złamię tę klątwę. Choćby miała mnie zabić.

Światła wioski przecinały drzewa jak poszarpane gwiazdy, migocząc w mroku. Podkradłem się bliżej, łapy bezszelestne na wilgotnej ziemi. Serce waliło twardo, równo jak werbel. Grimoar wisiał mi w pysku, jego ciężar ciągnął kark. Czułem smak starej skóry i czegoś lekko metalicznego — może magii. A może po prostu wieków łap o wiele chciwszych niż moje.

Samochód stał na skraju wioski, zaparkowany pod zwisającą latarnią. Idealnie. Żadnych płotów, żadnych kamer, z tego co widziałem. Tylko rzędy półmartwych krzaków wzdłuż popękanego asfaltu.

Mignąłem naprzód, tkając się między cieniami. Powietrze cuchnęło benzyną i czerstwym chlebem. Gdzieś dalej w ulicy telewizor buczał za zasłoniętymi zasłonami. Cicho. Aż za cicho.

— Spokojnie — pomyślałem. Krok za krokiem. Do środka i na zewnątrz. Znaleźć stary samochód, taki, który da się podłączyć na krótko, i zniknąć szybciej, niż Fae zdoła nadążyć.

Nie zajęło długo, by znaleźć starego Peugota, zaparkowanego po pijacku krzywo przy krawężniku. Uśmiechnąłem się. Bułka z masłem.

Upuściwszy książkę pod nogi, zmieniłem się, sierść stopiła się w skórę, kości wskoczyły na miejsce. Ból przeszył mnie krótko, ale ostro. Sekundy później klęczałem tam w pełni człowieczy.

— No dobrze — szepnąłem, prostując zesztywniałe palce. — Zobaczmy, co potrafisz.

Sięgnąłem po klamkę. Zamknięte. No jasne. Zaciąłem szczękę, ale nie było czasu na przekleństwa. Zwinąłem palce, wyciągnąłem z kieszeni cienkie ostrze i wsunąłem je w szczelinę przy szybie. Metal zaskrzypiał lekko, ale nie dość głośno, by kogokolwiek ściągnąć. Jeszcze chwila—

Szczekanie. Głośne, histeryczne, bliskie. Podniosłem głowę. Dwa psy — wielkie, sama paszcza i mięśnie — wyskoczyły z cieni, oczy pałały wściekłością.

— Cholera. — Zgarnąłem książkę i rzuciłem się do biegu, gołe stopy klepały asfalt. Psy były szybkie, warczące, ich pazury zgrzytały po drodze. Za szybkie. Przycisnąłem, płuca płonęły, grimoar wbijał mi się w bok.

Ich szczekanie cięło mnie jak noże. Panika buchnęła gorącem i dzikością, pożerając rozsądek. Kontrola mi się wymknęła. Przemiana uderzyła, zanim zdołałem ją zatrzymać.

— Nie teraz— — głos załamał mi się w warkot. Krok się rozsypał, ciało skręciło, kości trzasnęły, przekształcając się. Sierść eksplodowała na skórze. Dłonie skurczyły się w pazury w pół kroku, a ja runąłem na cztery łapy. Książka potoczyła się przede mną.

Ból przebiegł po każdym nerwie, ale nie mogłem przestać się ruszać. Nie tutaj. Nie teraz. Wilk przejął stery, instynkty ryknęły głośniej niż myśli. Szczekanie było coraz bliżej, kąsało mi pięty.

Chwyciłem książkę w zęby i pobiegłem, tym razem szybciej, dziczej. Pazury rozszarpały ziemię, gdy zjechałem z drogi i rzuciłem się z powrotem w bezpieczny mrok lasu. Drzewa połknęły mnie w całości, a szczekanie ucichło za plecami.

Ziemia migała pod łapami jak rozmazana smuga. Każdy krok wstrząsał nogami, ale nie zwalniałem. Las gęstniał, gałęzie drapały sierść. Oddech rwał się, gorące powietrze paliło wchodząc i wychodząc z płuc. Skórzana okładka grimoaru smakowała gorzko między zębami, ciężar był niewygodny, ale konieczny.

Za mną szczekanie ustało. Nie ufałem temu. Jeszcze nie. Nigdy.

Instynkty wilka pchały, by biec dalej. Tak długo, aż świat rozmyje się do nicości. Ale ciało — ludzkie czy zwierzęce — ma granice. Moje wrzeszczały.

Ściąłem w lewo, głębiej w bór. Podszyt gęstniał, każdy krok coraz bardziej mnie plątał. Jeżyna rozdarła mi bok, ostra jak szkło. Ledwie drgnąłem. Ból to stary znajomy.

Przede mną otworzyła się polanka, księżyc rozlał srebro na wilgotną ziemię. Zbyt otwarta. Zbyt odsłonięta.

Warknąłem nisko, zmuszając się dalej. Drzewa znów mnie połknęły, cienie owinęły się wokół jak druga skóra. Łapy znalazły miększą ziemię, mech stłumił kroki.

Bezpiecznie. Na razie.

Wilk warknął cicho, krążył niespokojnie na tyłach świadomości. Zawsze chciał więcej — więcej dystansu, więcej bezpieczeństwa, więcej krwi. Odepchnąłem instynkt, zamknąłem oczy. Skup się. Pomyśl. *Zmień się.*

Ból uderzył szybko, ostry i znajomy — jak noże rzeźbiące mięśnie i kości. Ciało skręciło się w ciasnocie pnia, kończyny zachrobotały, rozciągnęły się, pękły i złożyły na nowo. Syknąłem przez zaciśnięte zęby. Gorąco zafalowało pod skórą, za dużo gorąca, jakby ktoś podpalił mnie od środka.

— No już, dalej — wycharczałem, czołem oparty o wilgotne drewno. — Po prostu miej to za sobą.

Nie posłuchało. Nigdy nie słucha.

Zagryzłem krzyk, gdy kręgosłup trzaskiem wskakiwał na miejsce. Sierść zsunęła się, zostawiając surową, wrażliwą skórę. Dłonie — znów ludzkie — zadrżały na ziemi, paznokcie wbiły się w miękki mech i ziemię, by się zakotwiczyć. W końcu, po czymś, co trwało jak godziny, a było może minutami, leżałem tam, zlany potem i dyszący. Człowiek. Na razie.

— Wciąż żyję — wyszeptałem ochryple. — Też coś.

Grimoar leżał tam, gdzie go upuściłem, krawędzie miał umazane błotem. Sięgnąłem po niego drżącymi palcami i przyciągnąłem bliżej. Skórzana okładka była cięższa, niż wyglądała, szorstka pod dotykiem. Stara magia przylgnęła do niej, słaba, ale nie do pomylenia, jak iskry trzaskające w powietrzu. Trzymanie jej ściskało mi pierś, mieszanina nadziei i lęku skręcała się w supeł.

— Nie spieprz tego — powiedziałem sobie. — Nie po tym wszystkim.

Otworzyłem. Pierwsza strona gapiła się na mnie, niemo milcząca. Nieznane symbole wypełniały pergamin — zakrzywione linie, malutkie rysunki, misternie spiętrzone kształty. Żołądek mi opadł.

— Hieroglify? — szepnąłem, pochylając się bliżej. Atrament lekko połyskiwał w mroku, złoto łapało się na każdym pociągnięciu. Egipskie, jeśli dobrze pamiętałem.

— No jasne — powiedziałem gorzko, zatrzaskując książkę. Śmiech wybuchł we mnie, ostry i bez cienia wesołości. — A niby czemu miałoby być łatwo?

Wieki za tą rzeczą. Wieki krwi, potu, biegu aż do upadłego — i co? Teraz mogłaby równie dobrze być napisana w innym wymiarze. Zacisnąłem dłonie na okładce, aż pobielały kłykcie.

— Typowe — mruknąłem, patrząc na zamkniętą okładkę. Wilk znów się poruszył, niespokojny, ale zignorowałem go.

Dobra. Czas na nowy plan.

Książka wpadła do plecaka z tępym łomotem. Szarpnąłem paski, żeby zacisnąłem na oporną skórę. Hieroglify pływały mi w głowie, drażniąc sekretami. Nie miałem czasu, by użalać się nad sobą. Każda sekunda ściągała pościg bliżej.

— Myśl — mamrotałem pod nosem, kucając nisko w wydrążonym pniu, który był moim krótkim azylem. Las wokół mnie brzęczał życiem — cykanie świerszczy, szum liści na wietrze. Normalne dźwięki, ale drapały nerwy. Nasłuchiwałem czegoś nienaturalnego: cięcia powietrza przez skrzydła, miękkich kroków, szeptanych inkantacji.

Na razie nic. Ale długo tak nie zostanie.

— Anioł i Fae — powiedziałem cicho. — I czarownice. — Fantastycznie. A co dalej? Smoki?

Podniosłem się z ziemi, mięśnie bolały przy każdym ruchu. Nogi miałem z ołowiu, ale nie mogłem teraz przystanąć. Wioska była blisko, świtało. Ludzie nie zadawali pytań — nie takich, na które nie umiałbym odpowiedzieć. I zawsze znajdzie się ktoś, kto coś wie, ktoś skłonny wymienić wiedzę za monetę albo przysługę. Musiałem tylko trafić na właściwą osobę.

— Hieroglify — powtórzyłem, smakując słowo jak popiół. Uczonych od Egiptu dziś jak na lekarstwo. Ale ktoś gdzieś musiał wiedzieć. Ktoś mógł to przełożyć — albo chociaż wskazać kolejny okruszek na tym przeklętym szlaku.

Gdzieś za mną trzasnęło. Zamarłem, każdy mięsień stężał. Wstrzymałem oddech. Serce waliło. Potem następny dźwięk — lekki szelest, zbyt celowy, by był wiatrem. Puls przyspieszył.

— Już? — mój głos ledwie wzbił się ponad szept. — Do diabła.

Przeniosłem ciężar ciała, testując grunt. Luźna ziemia, rozsypane liście. Niekorzystnie, ale wystarczy. Skoro dotarli aż tutaj, nie odpuszczą. To wiedziałem. Przed oczami zamigotał mi kpiący uśmiech Fae. Czarne jak lód oczy anioła. A czarownice? One nigdy nie grają fair.

— Dobrze — wydyszałem, rzucając ostatnie spojrzenie na pień za sobą. Nie ma odwrotu. Koniec kryjówek. Poprawiłem plecak na ramionach i ruszyłem naprzód, najciszej jak się dało. Las połknął mnie w całości, gałęzie drapały mi ręce i twarz. Każdy krok był ryzykiem — zbyt głośny, zbyt niezdarny — ale nie zwalniałem.

— Znajdź kogoś — powtarzałem sobie raz za razem. — Niech to przetłumaczy. Skończ z tym.

Bo jeśli nie? Dogonią mnie. A po wiekach ucieczki nie zamierzałem skończyć w ten sposób.

ROZDZIAŁ ÓSMY

ALYSTER

WZIĄŁEM GŁĘBOKI ODDECH, WYOSTRZAJĄC zmysły Fae, gdy lustrowałem senną wiejską ulicę. W powietrzu wisiała resztka magii, jakby ładunek elektryczny. Złodziej tu był, i to niedawno, przemienił się w człowieka i ruszył tą ulicą z bezczelną pewnością siebie.

Puls przyspieszył mi z podniecenia. Byliśmy na dobrym tropie.

Przykucnąłem, mijając samochód z lekko uchylonymi drzwiami. Tutaj magia była silniejsza; złodziej znów się przemienił, a jego zapach po raz kolejny się zmienił.

Szybko się wyprostowałem i zacisnąłem dłoń na rękojeści zaczarowanego miecza, którego moc aż wibrowała z niecierpliwości. Careena stanęła obok mnie, jej skrzydła drgnęły w oczekiwaniu.

— Poszedł tam — powiedziałem, kiwając w stronę ściany drzew. — Do lasu. Myślę, że próbował ukraść ten samochód, spłoszył się i znowu zwiał.

— Jesteś pewien, że to on?

— Rozpoznałbym tę aurę wszędzie. Pachnie cynamonem i ozonem.

Uniosła brew. — Jesteś bardziej na niego wyczulony, niż sądziłam.

Zbyłem jej aluzję wzruszeniem ramion, choć rumieniec wpełzł mi na szyję. — Ruszajmy. Ma fory.

Las znów nas pochłonął, labirynt splątanych gałęzi i zachłannego podszytu. Cierniste pnącza zaczepiały się o ubranie, a korzenie jakby wyrastały z ziemi, zdeterminowane, by nas podciąć. Korona drzew gęstniała, filtrując światło w mętną, zieloną mgłę.

Parłem naprzód, sunąc przez gęstwinę w sposób dostępny tylko Fae z mojego rodu. Za sobą słyszałem miarowe kroki Careeny, przerywane trzaskiem gałązek i szeptem liści. Była w lesie głośna. Złodziej mógł nas usłyszeć; warto o tym pamiętać, gdy się zbliżymy, choć byłem niemal pewien, że teraz jest daleko przed nami.

Dotarliśmy do wąskiego strumienia, którego woda toczyła się po omszałych kamieniach. Przeskoczyłem go bez trudu, ale zatrzymałem się po drugiej stronie, patrząc, jak Careena ostrożnie stąpa po śliskich głazach. Jej skrzydła były złożone przy ciele, nieużywane.

— Wiesz — zawołałem do niej —, byłoby łatwiej, gdybyś poleciała.

Uniosła na mnie wzrok, zdeterminowana linia zarysowała się na jej szczęce. — Nie dam temu złodziejowi satysfakcji myślenia, że mnie spowolnił.

Powstrzymałem uśmiech. Ta jej upartość była zaskakująco ujmująca.

Im głębiej brnęliśmy w las, tym teren stawał się bardziej zdradliwy. Ziemię rozcinały ostre, postrzępione skały, których krawędzie mogłyby przeciąć skórę. Podszyt gęstniał w nieprzebytą plątaninę, zmuszając nas do manewrowania i zawracania.

A jednak Careena dotrzymywała kroku. Gdy ja polegałem na zwinności wzmocnionej Fae, by pokonywać przeszkody, ona stawiała czoła każdej z nich siłą czystej determinacji. Jej wytrzymałość była imponująca, zwłaszcza jak na kogoś, kto bardziej przywykł do wolności nieba.

Podczas krótkiego odpoczynku odwróciłem się do niej. — Muszę przyznać, jestem zaskoczony. Myślałem, że byłabyś już bardziej... sfrustrowana.

Skrzyżowała ze mną spojrzenie, a w jej ciemnych oczach błysnęło rozbawienie. — Sfrustrowana? Dlaczego, bo nie szybuję nad głowami, podczas gdy ty się tu na dole mozolisz?

Zachichotałem. — Coś w tym rodzaju.

Careena pokręciła głową. — Nie jestem tak delikatna, jak ci się wydaje, Alysterze. Zmierzyłam się z gorszymi rzeczami niż kilka cierni i kamieni.

W jej słowach brzmiał ciężar, cień prób, przez które musiała przejść. Złapałem się na tym, że chcę wiedzieć więcej, zdjąć zasłony skrywające jej tajemnice.

Ale trop wzywał, a aura złodzieja gęstniała z każdym krokiem. Nie mogliśmy tracić koncentracji, nie teraz, gdy byliśmy tak blisko.

Poprawiłem prowizoryczną pochwę, którą zrobiłem dla nowego miecza, czując, jak jego obca moc pulsuje we mnie, kiedy musnąłem rękojeść. — To ruszajmy dalej. Mamy złodzieja do złapania.

Gdy dzień gasł, cienie w lesie wydłużały się. Zmierzch malował niebo bursztynem i fioletem. Wiedziałem, że musimy wkrótce rozbić obóz, ale część mnie nie chciała się zatrzymywać. Postój oznaczał zmierzenie się z narastającym między nami napięciem, z niewypowiedzianymi pytaniami i przedłużającymi się spojrzeniami.

Znalazłem niewielką polanę, osłoniętą przez pradawne dęby. — Wygląda na dobre miejsce na noc.

Careena obrzuciła okolicę spojrzeniem, jej skrzydła zaszumiały miękko. — Zgoda. Zbiorę drewno na ognisko.

Gdy zajęła się tym, dobyłem miecza, podziwiając misterny wzór wytrawiony w lśniącej stali. Czułem, jak emanuje mocą, namacalną siłą mrowiącą opuszki palców. Byłem jej winien więcej, niż umiałem wyrazić, za ten dar.

Sprawdziłem ostrze na pobliskim młodym drzewku, przecinając pień szeptem stali po drewnie. Precyzja, wyważenie — arcydzieło. Przez wszystkie lata jako rycerz nie władałem bronią tej klasy.

Careena wróciła, ramiona obładowane chrustem. Uniosła brew na widok ściętego drzewka. — Widzę, że oswajasz się ze swoim nowym mieczem.

Schowałem ostrze, uśmiech sam wdarł mi się na usta. — Jest niezwykły. Wciąż nie mogę uwierzyć, że zdołałaś go przemienić. Dziękuję ci, Careena. Naprawdę.

Przykucnęła, by ułożyć drewno, ale dostrzegłem drobny uśmiech igrający na jej wargach. — Nie ma za co, Alysterze. Ten piekielny ogar mógłby nas oboje załatwić, gdybym nie zareagowała; nie mam żadnych wyrzutów.

Pracowaliśmy w zgodnym milczeniu, urządzając skromny obóz. Wyjąłem z sakwy proste batony żywnościowe dla nas obojga, a do tego dorzuciłem jadalne grzyby i kilka jagód zebranych wokół obozowiska. Careena podziękowała cicho, jedząc z przyjemnością nieproporcjonalną do prostoty jadła. Przyłapała mnie, jak na nią patrzę, i uśmiechnęła się.

— Ziemskie jedzenie wciąż jest dla mnie dziwne. Lubię te nowe smaki. A w krainie Fae jedzenie jest znowu inne?

— Niezbyt odmienne — przyznałem. — Mamy owoce i parę innych rzeczy, które w tym świecie nie rosną.

— Hm, chciałabym kiedyś ich spróbować. Owoce to jedna z moich ulubionych rzeczy w tym świecie. — Zjadła jagody, które znalazłem, mrucząc z zadowolenia, gdy soki eksplodowały na jej języku.

Gdy mrok spowił las, a trzaskające ognisko rzuciło ciepłą poświatę, przyłapałem się na tym, że patrzę na Careenę, urzeczony tym, jak migotliwy blask tańczy na jej ciemnej skórze, wydobywając ukryte głębie z jej oczu.

Mimo różnic nie mogłem zaprzeczyć narastającemu szacunkowi i porozumieniu między nami. Raz po raz dowodziła w tej podróży swojej wartości, a jej zdecydowanie nie chwiało się nawet w obliczu przeciwności. Teraz zaś, w intymności naszego małego obozu, czułem do niej pociąg wykraczający poza zwykłą towarzyskość.

Wahałem się jednak, niepewny, czy powinienem wypowiedzieć te kruche, dopiero kiełkujące uczucia. Wciąż mieliśmy misję do wypełnienia, księgę zaklęć do odzyskania. Rozproszenia mogły być niebezpieczne.

A jednak, gdy noc się przeciągała, a nasza rozmowa płynęła, przetykana chwilami naładowanej ciszy, nie mogłem się oprzeć myśli, że może, tylko może, jest w tym chaosie miejsce, by rozkwitło coś więcej.

Gdy noc pogłębiła się, stałem się niespokojny, myśli wirowały mi w głowie obrazami Careeny i nieoczekiwanej więzi rosnącej między nami. Potrzebując chwili, by oczyścić umysł, cicho podniosłem się od ogniska i wsunąłem w cienie lasu.

Błąkałem się bez celu, pozwalając, by chłodny powiew i łagodny szelest liści koiły rozedrgane myśli. Blask księżyca sączący się przez korony drzew malował świat miękką, srebrzystą poświatą, nadając bujnej roślinności wokół mnie nieziemski połysk.

Zamyślony niemal nie zarejestrowałem cichego plusku dochodzącego z pobliskiego strumienia. Zaintrygowany, ruszyłem w tamtą stronę, pilnując, by poruszać się bezszelestnie.

Gdy się zbliżyłem, mignęło mi coś, od czego oddech uwiązł mi w gardle. Tam, skąpana w eterycznym świetle księżyca, stała Careena. Jej skrzydła rozpościerały się za nią, lśniące czarne pióra mieniły się hipnotyzującą iryzacją. Krople wody przylgnęły do nagiej skóry, każda jak maleńki pryzmat załamujący miękkie światło.

Wiedziałem, że powinienem odwrócić wzrok, dać jej należytą prywatność, ale byłem zahipnotyzowany tym widokiem. W jej ruchach była zmysłowość, gracja wykraczająca poza zwykłe piękno. Jakby była częścią strumienia, ucieleśnieniem uroku przyrody.

Policzki mi zapłonęły, gdy dotarło do mnie, jak niestosownie się zachowuję. Wkraczałem w chwilę, która nie była przeznaczona dla moich oczu. A jednak, choć wstyd przelewał się przeze mnie falą, nie mogłem zaprzeczyć pożądaniu, które się we mnie budziło, pragnieniu, by poznać ją w sposób wykraczający poza nasze obecne role.

Wziąłem głęboki oddech, próbując uspokoić gonitwę myśli. To był dla mnie nieznany grunt i nie wiedziałem, jak się po nim poruszać. Anioły i Fae zawsze wydawali mi się zupełnie różnymi gatunkami, każdy z własnymi obyczajami i sposobami bycia. Ale Careena podważała te wyobrażenia, zacierając granice między tym, co wiedziałem, a tym, co możliwe.

Zebrałem się w sobie i wyszedłem spomiędzy drzew, dając znać o swojej obecności. Careena odwróciła się ku mnie, twarz miała nieczytelną. Przez moment po prostu patrzyliśmy na siebie, a między nami zawisł ciężar niewypowiedzianych słów.

— Przepraszam, że przeszkadzam — powiedziałem, a mój głos zabrzmiał mi obco. — Nie chciałem cię niepokoić.

Careena przechyliła głowę, cień uśmiechu zatańczył w kącikach jej ust. — Nie przeszkodziłeś mi, Alysterze. Właściwie, całkiem lubię twoje towarzystwo.

Jej słowa zbiły mnie z tropu i nie wiedziałem, jak odpowiedzieć. — Ja... Muszę przyznać, zaskakuje mnie twoja śmiałość. Czy anioły nie powinny być bardziej... powściągliwe?

Careena zaśmiała się, dźwiękiem przypominającym dzwonki poruszane wiatrem. — Powściągliwe? To tak nas widzisz? Och, Alysterze, tak wiele musisz się jeszcze nauczyć o naturze aniołów.

Zrobiła ku mnie kilka kroków, składając skrzydła z gracją na plecach, a krople wody ściekały po jej ciele. Nie mogłem nie zauważyć, jak księżycowe światło tańczy na jej skórze, otaczając ją nieziemską poświatą, choć z wysiłkiem zmusiłem wzrok, by powrócił do jej twarzy.

— Nie jesteśmy wcale tacy różni, ty i ja — powiedziała miękko, wbijając we mnie swoje nocne oczy. — Oboje szukamy wiedzy, oboje kwestionujemy ograniczenia narzucone nam przez nasze światy. Może czas, byśmy nauczyli się czegoś od siebie nawzajem, hmm?

Przełknąłem ślinę, nagle zaschło mi w ustach. Sugerowała to jasno, a mnie jednocześnie podniecało i przerażało. Co by znaczyło przekroczyć niewidzialną granicę między aniołem a Fae? Jakie sekrety moglibyśmy odkryć, jakie pragnienia wyzwolić?

Jakby wyczuwając mój wewnętrzny chaos, Careena uniosła dłoń i delikatnie musnęła moją policzek. Jej dotyk był elektryzujący, dreszcze przebiegły mi po kręgosłupie. W tej chwili wiedziałem, że nie ma odwrotu. Cokolwiek nas czeka, jakie by nie były konsekwencje, byłem gotów zaryzykować wszystko, by poznać ją bliżej.

— To mnie naucz — wyszeptałem, wtulając się w jej dłoń. — Pokaż mi prawdziwą naturę aniołów, a ja podzielę się z tobą sekretami Fae. Może razem znajdziemy ścieżkę, która będzie tylko nasza.

Uśmiech Careeny się poszerzył, a w jej oczach zatańczył figlarny blask, pod którym czaiło się coś głębszego, wołającego do samego rdzenia mojej istoty. — Myślałam, że nigdy nie poprosisz — wyszeptała, po czym skróciła dzielący nas dystans i pochwyciła moje usta swoimi.

Piorun przeszedł przeze mnie na dotyk ust Careeny — delikatnych, a zarazem intensywnych. Jej usta poruszały się na moich z czułą nagłością, jakby ona też czekała na tę chwilę, pragnąc więzi wykraczającej poza granice naszych światów. Wplątałem palce w jej jedwabiste włosy, zachwycony ich miękkością, tym, jak topiła się w moich objęciach.

Gdy w końcu się od siebie oderwaliśmy, oboje bez tchu, ujrzałem to samo zdumienie i tęsknotę w jej oczach jak noc. — Alysterze — wyszeptała, moje imię zabrzmiało jak modlitwa na jej ustach. — Nigdy nie wyobrażałam sobie... To znaczy, słyszałam opowieści o namiętności Fae, ale to... — Urwała, kręcąc głową z niedowierzaniem.

Nie mogłem powstrzymać uśmiechu na jej reakcję, choć i mnie serce waliło z wrażenia po tym, co właśnie dzieliliśmy. — A ja nie śniłem, że anioł może tak całować — droczyłem się, przesuwając kciukiem po jej spuchniętej od pocałunków dolnej wardze. — Wygląda na to, że oboje mamy się od siebie wiele nauczyć.

Careena roześmiała się cicho, a muzykalny dźwięk rozgrzał mnie od środka. — Owszem — przyznała, oczy rozbłysły figlarnie. — Jestem gotowa rozsupłać tajemnice twojej krainy... i może w zamian zdradzić parę własnych sekretów.

Gdy znów się ku mnie pochyliła, by mnie pocałować, nie mogłem pozbyć się wrażenia, że właśnie poruszyłem coś znacznie większego niż przelotna igraszka. Gdzieś w głębi wiedziałem, że ta nieśmiertelna istota zmieni nie tylko moje życie, ale i samą tkankę naszych światów. A jednak w tej chwili nie potrafiłem się tym przejąć.

Palcami obrysowałem delikatne linie skrzydeł Careeny, zdumiony, jak pod moim dotykiem aż drżą energią. Czułem ciepło emanujące z jej piór, tak odmienne od chłodu nocnego powietrza wokół.

— Nie sądziłem, że anioł potrafi mnie tak oczarować — przyznałem szeptem. — Ale jest w tobie coś, Careena...

Spojrzała na mnie, a jej ciemne oczy lśniły ciekawością i pożądaniem. — A cóż takiego, Alysterze?

Wahałem się chwilę, niepewny, jak ubrać kłębiące się myśli w słowa. — Jesteś... inna — zdecydowałem w końcu. — Nie wpisujesz się w mój obraz tego, jaka „powinna" być anielica. Jesteś dzika i niezależna, masz ducha, którego nie da się okiełznać.

Careena uśmiechnęła się drobno, tajemniczo, a po plecach przeszedł mi dreszcz. — Może dlatego, że nie jestem przeciętnym aniołem — odparła niskim, zmysłowym głosem. — Jestem upadła.

Zarumieniłem się i cofnąłem, wpatrując się w nią. — Upadła?

— Och, nie na stałe. Chyba — zachichotała cicho, najwyraźniej bawił ją mój wytrzeszcz. — Nie wszczynałam bójki z Michałem ani nic w tym guście. Za to potrafią urwać skrzydła. Nie, za moje przewinienia zesłano mnie na Ziemię, żebym odpokutowała, służąc ludzkości. To tylko jedna z misji, na które mnie wysłano.

— Jakie przewinienia? — nie mogłem się powstrzymać, ciekawy niemal do bólu.

— Ciekawość. Zadawałam za dużo pytań — wzruszyła niedbale ramionami. — Nie jestem od ślepego posłuszeństwa.

Parsknąłem śmiechem na jej bezczelność. — Powiedziałbym, że to niedopowiedzenie — mruknąłem, nachylając się, by skraść kolejny pocałunek. — Ale to jedna z wielu rzeczy, które mnie do ciebie ciągną, mimo naszych różnic.

Gdy nasze usta znów się odnalazły, nie mogłem zignorować natrętnego poczucia, że igrałem z ogniem. W końcu Careena była aniołem, strąconym z niebios za swój buntowniczy charakter, a Fae od dawna byli na bakier z

Zastępami — jeszcze zanim przyszedłem na świat, niemal tysiąc lat temu. A jednak, ginąc w jej smaku, nie potrafiłem przejąć się konsekwencjami naszych czynów.

Liczyło się tylko ciepło jej skóry na mojej, miękkość piór pod palcami i świadomość, że doświadczam czegoś naprawdę niezwykłego.

Nie mogłem nacieszyć się nią. Nie potrafiłem myśleć o księdze zaklęć, Królowej Fae ani żadnej innej odpowiedzialności ciążącej na moich barkach.

Liczyła się tylko kobieta w moich ramionach, to, jak sprawiała, że czułem się żywy jak nigdy dotąd.

Czułem, że Careena się powstrzymuje, że wciąż ostrożnie dawkuje zaufanie. Ale gdy nasze ciała poruszały się razem w wolnym, zmysłowym tańcu, mury między nami zaczęły się kruszyć.

Tyle chciałem ją zapytać, tyle pytań paliło mnie gdzieś w tyle głowy. Ale na razie wystarczało, że byłem tu i teraz, zagubiony w magii naszej więzi.

Gdy nasze ciała splatały się, czułem, jak więź między nami się pogłębia, choć różnice naszej natury szarpały na obrzeżach świadomości.

— Czy to jest złe? — zapytałem niepewnie, rozdarty przez szalejące we mnie emocje. Z jednej strony czułem dzikie pragnienie, by chronić Careenę, trzymać ją z daleka od krzywdy. Z drugiej wiedziałem, że nasz sojusz jest co najwyżej kruchy, a nasze światy skazane na zderzenie.

— Być może — wyszeptała Careena niskim, zmysłowym głosem —, ale to, co zakazane, kusi najmocniej.

Jej słowa zagrały we mnie, rozniecając ogień, którego nic nie chciało ugasić. Wiedziałem, że moje uczucia do Careeny to niebezpieczna gra, pokusa, która może nas oboje doprowadzić do zguby.

A jednak, gdy leżeliśmy, mieszając oddechy w bezruchu nocy, poddałem się sile naszego przyciągania, pozwalając, by wciągnęła mnie w odurzającą głębię nieznanego. I choć na horyzoncie gromadziły się czarne chmury, wiedziałem, że teraz nie ma miejsca, w którym wolałbym być, niż u jej boku.

Skóra Careeny była niemal nieznośnie miękka. Znałem jedwabistość skóry kobiet Fae, ale skóra anielicy była czymś zupełnie innym. Nie chciałem przestawać jej dotykać, a ona zdawała się to lubić, wyginając się pod moimi dłońmi i ustami; ciche westchnienia spływały z jej warg, gdy zsuwałem się niżej, odnajdując ustami jeden ciemny sutek, podczas gdy dłoń wsunęła się między jej uda.

Nie spieszyłem się, zdeterminowany, by dać jej rozkosz — przynajmniej dopóki nie zniecierpliwiła się mną, nie pchnęła mnie na plecy, nie usiadła na mnie z łobuzerskim uśmiechem i nie przyjęła mnie głęboko w siebie.

— Właśnie tam — zamruczała, wyginając plecy i unosząc biodra. — Och, tak, Alysterze... tak!

Nasze zmieszane okrzyki rozkoszy wzniosły się ku księżycowemu niebu, gdy Careena dosiadła mnie aż do wspólnego spełnienia, a potem, gdy leżeliśmy na miękkiej trawie, a oddechy powoli wracały do normy, nie mogłem przestać czuć zachwytu nad pięknem świata wokół. Gwiazdy migotały nad głową, roztaczając niebiański blask na krajobraz, a odgłosy lasu kołysały nas w stan błogości.

Lecz pod spodem wciąż tliło się napięcie, świadomość, że nasze światy są na kursie kolizyjnym, a nasze dzisiejsze czyny mogą być iskrą, która wznieci większy konflikt.

Palce Careeny kreśliły leniwe kółka na mojej piersi, jej dotyk był lekki jak piórko, kojący. Czułość między nami działała jak balsam na mgłę wątpliwości zasnuwającą mi myśli.

— Powiedz mi coś, Alysterze — wyszeptała miękko, z ciekawością. — Co wiesz o upadłych aniołach?

— Tylko to, co słyszałem w opowieściach — przyznałem, przesuwając dłonią po jej długich, ciemnych włosach, zachwycony ich miękkością. — Że są strącani z niebios za sprzeciw wobec archaniołów, skazani na błąkanie się po świecie śmiertelników w poszukiwaniu odkupienia.

— Odkupienie — zamyśliła się, jej oczy odpłynęły w dal. — To ciężar, gdy wiesz, że każdy twój czyn może zaważyć na tym, czy pozwolą ci wrócić do niebiańskiej wspólnoty, czy skazują na wieczne wygnanie.

Wrażliwość w jej głosie rozbudziła we mnie nową ciekawość i zapragnąłem dowiedzieć się więcej o tej tajemniczej anielicy, która skradła mi serce.

— Twój buntowniczy charakter... — zacząłem niepewnie, nie wiedząc, jak ubrać pytanie. — Czy to on sprawił, że spadłaś z łask?

Uśmiechnęła się z nutą zadumy i cienia smutku. — Po części, tak. Zawsze byłam tą, która kwestionuje autorytet, szuka odpowiedzi uznanych za zakazane. I w swojej pogoni za wiedzą przekroczyłam granice, których nie należało naruszać.

— Dlatego cię wygnano? — zapytałem, nie potrafiąc ukryć niepokoju.

— Częściowo — przyznała Careena, wbijając we mnie swoje nocne oczy. — Ośmieliłam się zakwestionować Radę Archaniołów, podważać ich sztywne prawa i domagać się zmian. Uznali mnie za zagrożenie, czynnik chaosu, który trzeba uciszyć. Więc mnie strącili, odebrali rangę i skazali na pokutę tutaj, na Ziemi, dopóki nie zapracuję na powrót do niebios.

Gdy mówiła, nie mogłem nie podziwiać iskrzącego w niej uporu — świadectwa jej siły i odporności. A gdy nasze losy splatały się coraz mocniej, przysiągłem trwać u jej boku bez względu na to, co nas czeka.

— Twoja przeszłość cię nie definiuje, Careena — wyszeptałem, przyciągając ją do siebie. — Jesteś czymś znacznie więcej niż twoje błędy.

— Dziękuję, Alysterze — mruknęła, muskając moje usta czułym pocałunkiem. — Zaczynam się zastanawiać, czy w ogóle chcę sobie zasłużyć na powrót. Ziemia jest o wiele bogatsza, niż kiedykolwiek myślałam.

— Może nie musisz sobie na niego zasługiwać — zasugerowałem. — Może jest dla ciebie inna droga, taka, która pozwoli ci być sobą, a jednocześnie czynić dobro.

Careena jakby rozważała moje słowa, jej ciemne oczy szukały w moich szczerości. — Naprawdę w to wierzysz, prawda?

— Wierzę — odparłem bez wahania. — Widziałem na własne oczy, jak potrafisz wpływać na innych, i sądzę, że stać cię na znacznie więcej niż bycie pionkiem Rady.

— Dziękuję, Alysterze — wyszeptała, a w jej głos wkradła się nuta kruchości. — Twoja wiara we mnie znaczy więcej, niż myślisz.

Gdy tuliliśmy się pod księżycowym niebem, natrętne poczucie pilności znów zaczęło podgryzać krawędzie mojej świadomości. Księga zaklęć wciąż była gdzieś tam, a każda chwila spędzona w objęciach zwiększała ryzyko, że wpadnie w niepowołane ręce. Mimo niezaprzeczalnej więzi z Careeną wiedziałem, że musimy ruszać dalej.

— Chodź — wyszeptałem, niechętnie wysuwając się z jej objęć. — Mamy misję do dokończenia.

— Racja — przytaknęła, podnosząc się i sięgając po odrzucone ubrania. — Księga sama się nie znajdzie.

Gdy opuściliśmy nasz prowizoryczny obóz i podjęliśmy pościg za zmiennokształtnym złodziejem oraz skradzionym artefaktem, nie mogłem się nie zachwycać kobietą u mojego boku. Choć dźwigała ciężar przeszłości jak kamień u szyi, nie pozwalała, by ją przygniatał. I gdy brnęliśmy dalej w nieznane, byłem pewien, że razem pokonamy każdą przeszkodę, która stanie nam na drodze.

Rozdział Dziewiąty

Careena

Słoneczne światło sączyło się przez korony drzew, cętkami złota malując moje skrzydła, gdy opierałam się o potężny dąb, a mój umysł wciąż wirował po zmysłowym zbliżeniu z Alysterem. Jego dotyk trwał na mojej skórze, rozniecając tęsknotę, jakiej dotąd nie znałam. Jako anioł powinnam stać ponad ziemskimi pragnieniami, lecz w tamtej chwili namiętności po raz pierwszy czułam się naprawdę żywa.

Serce biło mi jak oszalałe, gdy przywoływałam żar jego ciała przyciśniętego do mojego, nagłą gwałtowność naszych pocałunków. Zamknęłam oczy, rozkoszując się wspomnieniem. Lecz zwątpienie wpełzło jak chłód. Co ja robię, oddając się tym zakazanym uczuciom? Moim obowiązkiem był Niebiański Zastęp i Rada, miałam odkupić się w ich oczach. Brnięcie w to... cokolwiek to było z Alysterem, mogło tylko zepchnąć mnie jeszcze dalej z właściwej drogi.

Odepchnęłam się od drzewa, szczęki zaciśnięte w nowo odnalezionej determinacji. Nie. Nie pozwolę, by wyrok Rady wisiał nade mną dłużej. Poświęciłam już dość w mojej nieustępliwej pogoni za wiedzą. Czemu miałabym odmawiać sobie jedynej rzeczy, która sprawia, że czuję się cała?

Z podszytu wyłonił się Alyster, jego złote włosy potargane, srebrne oczy błyszczały niewypowiedzianymi pytaniami. — Careena? Wszystko w porządku?

Skrzyżowałam z nim spojrzenie bez cienia skruchy. — Wszystko jest dokładnie tak, jak być powinno. — Zrobiłam krok bliżej, głosem niskim i pewnym. — Nie chcę już więcej niczego żałować, Alyster. Jakiekolwiek wyzwania czekają przed nami, chcę stawić im czoła. Z tobą u boku.

Jego usta wygięły się w ten znajomy, psotny uśmieszek. — W takim razie... — podał mi dłoń. — Kontynuujemy naszą małą przygodę?

Splotłam palce z jego palcami, a dreszcz rozkosznego napięcia przeszedł mnie na sam kontakt. — Prowadź.

Gdy ruszyliśmy głębiej w las, uniosłam głowę wysoko, zdecydowana przyjąć tę chwilę, cokolwiek by nie niosła. Przyszłość była niepewna, ale jedno było krystalicznie jasne — koniec z życiem w cieniu przeszłości. Czas rozwinąć skrzydła i wzlecieć.

Las gęstniał, im dalej brnęliśmy, a zwarta roślinność tłumiła cętkowane promienie słońca. Alyster poruszał się z drapieżną gracją, czujnymi oczami śledząc na ziemi znaki przejścia naszej zwierzyny.

— Trop jest coraz świeższy — mruknął, kucając, by obejrzeć złamaną gałązkę. — Daleko już nie zaszedł.

Skinęłam głową, wysyłając własne zmysły, by wybadały okoliczny bór. Aura zmiennokształtnego była ulotna, migała i gasła jak dogasający płomyk świecy. Ale była — kusząco blisko.

Przyspieszyliśmy, a Alyster prowadził z niezmordowaną determinacją. Przebiegaliśmy nad powalonymi pniami i przez splątane zarośla, nie zważając na gałęzie, które szarpały nasze ubrania i włosy. Płuca paliły mnie wysiłkiem, lecz parłam naprzód, nie chcąc zostawać w tyle.

Gdy przeskakiwaliśmy przez wąski strumień, nie mogłam się nadziwić pozornie niewyczerpanej wytrzymałości Alystera. Jego ruchy pozostawały płynne i potężne, nawet gdy mijały godziny, a teren stawał się coraz trudniejszy.

— Jak ty to robisz? — wysapałam, z trudem dotrzymując mu kroku. — To jakaś magia Fae?

Alyster posłał mi uśmiech przez ramię. — Żadnej magii. Tylko stara, dobra upartość. Alyster przemykał między drzewami niczym zjawa, jego smukła sylwetka rozmywała się, gdy z niepodzielnym skupieniem śledził trop zmiennokształtnego. Z podziwem patrzyłam na jego nieludzką wytrzymałość, podczas gdy moje mięśnie krzyczały protestem, gdy przeskakiwaliśmy kolejne pnie i schylaliśmy się pod zwisającymi nisko gałęziami.

Zmiennokształtny był przebiegły, trzeba mu to oddać. Plótł zawrotną ścieżkę, kluczył, zawracał i przechodził przez strumienie, by zmylić pościg. Lecz Alyster był nieustępliwy, czytał z leśnych znaków rzeczy, których nie byłam w stanie pojąć. Złamane gałązki, poruszone liście, zbłąkana kępka sierści — nic nie uszło jego wyostrzonym zmysłom Fae.

— Słabnie — zawołał Alyster przez ramię, nawet się nie zająknąwszy. — Trop jest świeższy. Doganiamy go.

Zdołałam tylko skinąć głową, nie ufając, że zdołam odezwać się bez zdradzenia mojego wyczerpania. W duchu przeklinałam ograniczenia mojej ludzkiej powłoki, choć pchałam ją do granic wytrzymałości. Odmówiłam bycia najsłabszym ogniwem.

Teren stawał się coraz bardziej wyboisty, skalne występy przebijały glebę, a korzenie drzew spiskowały, by podstawiać mi nogę na każdym kroku. Pot przyklejał mi włosy do czoła i szczypał w oczy, ale mrugałam, nie chcąc tracić ani sekundy widoczności.

Alyster skoczył przez zawalony rumosz głazów z kocią gracją i bezszelestnie wylądował po drugiej stronie. Wgramoliłam się za nim, moje ołowiane nogi groziły ugięciem, gdy wciągałam się po nierównych kamieniach. W mrożącej krew chwili palce mi się ześlizgnęły — lecz wtedy Alyster już był przy mnie, chwycił mnie za nadgarstek i bez wysiłku wywindował na szczyt.

— Spokojnie — wyszeptał, gdy jego srebrzyste oczy spotkały się z moimi. W ich głębi mignęło zatroskanie, szybko zamaskowane. — Wkrótce zagonimy go do nory.

Nie mogłam nie podziwiać jego determinacji, dzikiej intensywności, która biła od niego, gdy znów podjął pościg, nie tracąc rytmu. Czerpałam siłę z jego postanowienia, przywołując ostatnie rezerwy, by dotrzymać mu kroku.

Ale nawet niezłomny rycerz Fae miał swoje granice. Gdy słońce zaczęło chować się za wierzchołkami drzew, dostrzegłam pierwsze oznaki znużenia w jego postawie.

Kroki mu się ledwie, ledwie plątały, a na czole zalśniła warstewka potu.

— Alyster — zawołałam miękko, kładąc dłoń na jego ramieniu. — Może powinniśmy chwilę odpocząć. Zebrać siły.

Przez ułamek sekundy myślałam, że zaprotestuje. Lecz jego ramiona opadły, tylko odrobinkę, i skinął głową. — Masz rację. Na nic się nie przydamy, jeśli zajedziemy się na śmierć.

Znaleźliśmy małą polanę i opadliśmy na powalone drzewo, łapiąc haustami poszarpany oddech. Odchyliłam głowę, rozkoszując się chłodem wieczornego powietrza na rozpalonej skórze.

Obok mnie Alyster przeczesał dłonią potargane włosy, wzrok miał nieobecny. Niemal widziałam, jak w głowie obracają mu się tryby, planując nasz następny ruch.

— Znajdziemy go — powiedziałam cicho, kładąc dłoń na jego dłoni. — Razem.

Jego palce zacisnęły się na moich, milczące potwierdzenie niewypowiedzianej więzi między nami. W tej chwili wiedziałam z absolutną pewnością, że jakie by wyzwania nie czekały, stawimy im czoła jako jedno.

Nagle coś poruszyło się na skraju pola widzenia Alystera, a on zerwał się na równe nogi, dłoń sama sięgnęła po rękojeść miecza. Podążyłam za jego spojrzeniem, serce łomotało mi w piersi.

Tam, tuż za linią drzew, wyłoniła się postać. Mężczyzna, w burej odzieży, z ciemnymi włosami splątanymi z liśćmi i gałązkami. Poruszał się pośpiesznie, jak zwierzyna łowna, wzrokiem nerwowo omiatając boki.

Dłoń Alystera zacisnęła się na mieczu, całe ciało napięte jak sprężyna. — To on — syknął. — Zmiennokształtny.

Skinęłam głową, sama napinając mięśnie w oczekiwaniu. To był moment, na który czekaliśmy.

Zmiennokształtny chyba wyczuł naszą obecność, bo zwolnił i stał się jeszcze ostrożniejszy. Alyster wystąpił naprzód, a jego głos poniósł się przez polankę.

— Poddaj się, zmiennokształtny! — zawołał, tonem zimnym i władczym. — Nie masz dokąd uciec.

Mężczyzna znieruchomiał, oczy rozszerzyły mu się ze strachu. Przez ułamek chwili zdawał się wahać, jakby rozważał opcje.

Alyster zrobił jeszcze krok naprzód, a jego miecz błysnął w gasnącym świetle. — Nie poproszę drugi raz — ostrzegł niskim, niebezpiecznym tonem. — Poddaj się albo ponieś konsekwencje.

Wstrzymałam oddech, wpatrzona w zmiennokształtnego. Czy podda się bez walki, czy będzie walczył? Napięcie gęstniało w powietrzu, ciszę przerywało tylko dudnienie mojego serca.

No dalej, pomyślałam, usiłując przemówić mu do rozsądku. Sięgnęłam ku niemu moimi czarami perswazji, choć nie miałam pojęcia, czy działają na jego rodzaj. *Nie utrudniaj tego bardziej, niż trzeba.*

— Dobrze więc, Fae. Pokonałeś mnie. Poddaję się.

Coś zaswędziało mnie na skraju zmysłów, fałszywa nuta wśród pozornej kapitulacji. Pochyliłam się do Alystera, głosem niskim i naglącym. — Kłamie. Czuję to.

Szczęka Alystera stwardniała, dłoń opadła na rękojeść miecza. — Przestań kłamać! — zażądał, robiąc krok naprzód. — Dość gierek!

Pośród drzew rozległ się gardłowy chichot. — Jak sobie życzysz.

Powietrze zafalowało, po czym jakby eksplodowało na zewnątrz, gdy z podszytu wypadła ogromna istota. Ledwie zdążyłam zarejestrować błysk szarej sierści i połysk kłów, nim zmiennokształtny dopadł nas — już nie człowiek, lecz wilk monstrualnych rozmiarów.

Alyster zareagował natychmiast, jego ostrze wyskoczyło z pochwy, by stawić czoło nadciągającemu zagrożeniu. Lecz wilk był zbyt szybki, zbyt potężny. Runął na niego z impetem tarana, posyłając go w powietrze.

Krzyknęłam, serce podeszło mi do gardła, gdy zobaczyłam, jak Alyster z impetem uderza o ziemię i nieruchomieje. Wściekłość i strach zwarły się we mnie, sięgnęłam po moc, która zawsze tliła się tuż pod skórą, gotowa spuścić naszemu wrogowi święty sąd.

Lecz gdy tylko zebrałam siły, wilk obrócił się ku mnie, a w jego oczach błysnęła dzika inteligencja, która wryła mnie w miejsce. W tym bezdechowym mgnieniu ujrzałam nie bezmyślnego potwora, lecz istotę pędzoną rozpaczliwą potrzebą, której ledwie zdołałam dosięgnąć zrozumieniem.

A potem zniknął, wtopił się w pogłębiające się cienie tak szybko i cicho, jak się pojawił, zostawiając mnie, bym popędziła na pomoc Alysterowi, z sercem tłukącym się w piersi i umysłem kipiącym od pytań bez łatwych odpowiedzi.

Dopadłam do Alystera, serce waliło mi jak młot, gdy klęknęłam obok niego. Miał zamknięte oczy, twarz pobladła spod brudu i krwi. Przez przerażającą chwilę bałam się najgorszego.

— Alyster — wyszeptałam, głos mi się załamał. — Proszę, obudź się.

Z jego ust wyrwał się jęk, powieki zadrżały i uniosły się. Ulga zalała mnie tak silna, że aż zakręciło mi się w głowie.

— Careena? — Mrugnął do mnie, wzrok miał nieobecny. — Co się stało?

— Zmiennokształtny — powiedziałam, pomagając mu się podnieść. — Przemienił się i cię zaatakował. Ale już go nie ma.

Szczęka Alystera się zacisnęła, a on z trudem wstał, lekko się chwiejąc. Chwyciłam go za ramię, by go ustabilizować, z podziwem wyczuwając siłę, która biła od niego mimo obrażeń.

— Musimy za nim ruszyć — warknął, w oczach błysnęła determinacja. — Nie możemy pozwolić mu uciec.

Zawahałam się, rozdarta między obowiązkiem a natrętnym poczuciem, że kryje się tu coś więcej. Rozpacz zmiennokształtnego, sposób, w jaki spojrzał na mnie w tamtym przelotnym momencie... to mnie prześladowało.

— Alyster, czekaj — powiedziałam, mocniej ściskając jego ramię. — Tu dzieje się coś jeszcze. Czułam to. Musimy się dowiedzieć, dlaczego ta książka jest dla niego tak ważna.

Wpatrywał się we mnie, niewzruszony. Przez długą chwilę myślałam, że będzie się spierał, że nalegać będzie na kontynuowanie pościgu. Ale westchnął i ramiona mu opadły.

— Masz rację — przyznał, przeczesując dłonią włosy. — To coś więcej niż zbuntowany zmiennokształtny. Potrzebujemy odpowiedzi.

Skinęłam głową, ulga zmieszała się z niepokojem. Droga przed nami była niepewna, ale jedno było jasne: nie mogliśmy już zawrócić. Jakiekolwiek sekrety kryli zmiennokształtny i jego księga, musieliśmy je odkryć, bez względu na cenę.

— Polecę za nim. Już jesteśmy poza lasem; nie ukryje się przede mną. Dopadnę go.

Alyster skinął krótko. — Dogonię cię. Leć. Dorwij drania.

Rozwinęłam skrzydła, czując znajomy przypływ mocy, gdy wzbiłam się w powietrze. Wiatr szarpał mi włosy, gdy szybowałam nad drzewami, wypatrując na dole jakiegokolwiek śladu zmiennokształtnego.

Tam! Błysk ciemnej sierści, pędzący przez otwarte pole. Ostrym skrętem złożyłam skrzydła, niosąc się szybciej, niż jakakolwiek śmiertelna istota byłaby w stanie biec. Zmiennokształtny był szybki, ale ja byłam szybsza.

Bez trudu go wyprzedziłam, pikując, by odciąć mu drogę ucieczki. Zarył łapami, wilcze oczy rozszerzyły się ze strachu i rozpaczy. Przez ułamek chwili wpatrywaliśmy się w siebie, jakby świat wstrzymał oddech.

Potem zanurkowałam, składając skrzydła, gdy runęłam ku niemu. Próbował uskoczyć, ale byłam zbyt szybka. Uderzyłam w niego, a impet posłał nas oboje w trawę, splątanych sierścią i piórami.

Turlaliśmy się, zęby i pazury błyszczały, lecz ja miałam przewagę dłoni. Przypięłam go do ziemi, zaciskając palce w jego sierści i wykorzystując ciężar ciała, by go przytrzymać. Szarpał się i warczał, ale trzymałam twardo, moja siła przewyższała jego.

— Dość! — rozkazałam, głosem twardym jak rozkaz. — Poddaj się, zmiennokształtny. Nie uciekniesz mi.

Znieruchomiał pod moim ciężarem, boki falowały mu od wysiłku. Czułam szybki galop jego serca, drżenia przechodzące przez futrzaste ciało.

— Dobrze więc — powiedziałam, hartując serce na cierpienie leżącego pod mną zwierzęcia. To nie było zwierzę, lecz istota rozumna, i to złodziej, który wciąż ściskał w pysku księgę, której potrzebowałam. — Jeśli nie przemienisz się z własnej woli...

Źródło mojej mocy nie zdołało się jeszcze do końca odnowić, ale było jej więcej niż dość, by wlać ją w szarą, szarpiącą się sylwetkę wilka, zmusić przemianę z powrotem do naturalnego stanu istoty uwięzionej wewnątrz, i po chwili na ziemi leżał już nie wilk, lecz mężczyzna.

Wciąż go przytrzymywałam, teraz dłońmi na ramionach, ze skrzydłami rozpostartymi nad nami niczym płaszcz. Był szczupły i żylasty, z burzą ciemnych włosów i oczami błyszczącymi dzikim światłem. Księga zaklęć wypadła mu z pyska w chwili przemiany i leżała tuż poza zasięgiem.

— Co... co mi zrobiłaś? — Był śmiertelnie przerażony.

— Jest w tobie coś bardzo dziwnego. — W swoim czasie natrafiłam na całkiem wielu zmiennokształtnych, ale żaden nie potrafił przybrać więcej niż jednej zwierzęcej postaci, a ten mężczyzna miał co najmniej dwie: lisa i wilka. — Nie jesteś zwykłym zmiennokształtnym, prawda? — Zawahał się długą chwilę, wpatrując się we mnie, po czym szarpnięciem głowy przytaknął. — Masz rację. Nie jestem zwyczajnym zmiennokształtnym i nie jestem też człowiekiem. Przynajmniej nie w pełni. Jestem przeklęty. Przeklęty, by przemieniać się w różne istoty wbrew własnej woli, bez żadnej kontroli nad tym, kiedy i w co się zmieniam. Tak jest od wieków, odkąd...

Serce ścisnęło mi się z litości, gdy opowiadał swoją historię — rozdzierającą opowieść o okrutnym magu i przerażonym chłopcu. Czułam szczerość w jego słowach, wiedziałam, że każde z nich to bolesna prawda. — Mówisz prawdę — rzekłam łagodnie. — Od jak dawna tak masz?

Parsknął gorzko śmiechem. — Od wieków!

Tętent kroków zwiastował nadejście Alystera. Przeciął pole biegiem, z dobytym mieczem, a jego twarz była maską furii. Srebrne oczy błysnęły, gdy padły na zmiennokształtnego, i ruszył naprzód ze śmiertelnym zamiarem.

— Śmiesz nam się sprzeciwiać? — warknął, głosem zimnym jak zimowy wiatr. — Śmiesz uciekać po tym, jak okradłeś Fae? Powinienem zabić cię, gdzie leżysz!

Czułam, jak zmiennokształtny napina się pod moimi dłońmi, mięśnie sprężynują jak stal. Wiedział równie dobrze jak ja, że Alyster nie rzucał czczych pogróżek.

— Zaczekaj — powiedziałam, nie odrywając oczu od zmiennokształtnego. — Potrzebujemy go żywego. Może mieć informacje, których potrzebujemy.

Warga Alystera wygięła się w pogardliwym grymasie. — Jakie informacje ta nędzna kreatura mogłaby mieć, które by nas interesowały?

Zawahałam się, wspominając rozpacz, którą wyczułam w zmiennokształtnym, sposób, w jaki kurczowo trzymał księgę zaklęć jak ostatnią nadzieję. To nie była zwykła kradzież, byłam tego pewna. Nie mogłam pozwolić, by Alyster go zabił. Jeszcze nie. Nie, dopóki nie zdobędę odpowiedzi.

— Nie dowiemy się, jeśli nie zapytamy — powiedziałam stanowczo, wreszcie unosząc wzrok na Alystera. — Włóż miecz do pochwy. Nigdzie się nie wybiera.

Ciemne oczy zmiennokształtnego biegały między nami, a ja dostrzegłam w ich głębi błysk czegoś. Strachu, owszem, ale także... nadziei?

Pochyliłam się, twarzą na odległość od jego. — Dlaczego zabrałeś księgę zaklęć? — zażądałam, głosem niskim i napiętym. — Co ona dla ciebie znaczy?

Przełknął ślinę, jabłko Adama drgnęło mu w gardle. Przez długą chwilę milczał, a ja czułam, jak za moimi plecami rośnie niecierpliwość Alystera.

— Mów — warknął Alyster, zaciskając dłoń na jelcu miecza. — Zanim całkiem stracę cierpliwość.

Zmiennokształtny utkwił we mnie wzrok i zobaczyłam moment, gdy podjął decyzję. — Księga — powiedział, głosem chropawym od emocji. — To moja jedyna szansa.

Zmarszczyłam brwi, nie pojmując, choć zmysły mówiły mi, że mówi prawdę. — Jedyna szansa na co?

Zamknął oczy, jakby słowa sprawiały mu ból. — Żeby złamać klątwę. Żeby uwolnić się od tego... tej przemiany. Nigdy o to nie prosiłem, nigdy tego nie chciałem. Księga... to musi być odpowiedź.

Nad polanką zapadła cisza, gdy jego słowa w nas wsiąkały. Czułam zaskoczenie Alystera, odbijające moje własne. Ze wszystkich rzeczy, jakie spodziewałam się usłyszeć od zmiennokształtnego, tego nie było na liście.

— Klątwa? — powtórzyłam powoli, myślami pędząc jak oszalałe. Jeśli mówił prawdę, to zmieniało wszystko. Nie był złodziejem, lecz ofiarą. Pionkiem w cudzej grze.

Wstałam, odsuwając się od zmiennokształtnego. Alyster spojrzał na mnie z zmarszczonym czołem.

— Careena, co ty robisz? — zapytał, lecz go zignorowałam, skupiając się na zmiennokształtnym.

— Powiedz nam wszystko — rozkazałam. — Zacznij od początku. I niczego nie pomijaj.

Zmiennokształtny spotkał moje spojrzenie i po raz pierwszy ujrzałam w jego oczach przebłysk zaufania. Powoli skinął głową, po czym zaczął mówić.

— Nazywam się — powiedział — Rafail Rubakis. I urodziłem się jako człowiek... ponad siedemset lat temu.

Rozdział dziesiąty

Rafail

Krzyk wyrwał mi się z gardła, gdy magia anielicy uderzyła we mnie oślepiającym białym światłem, które wypaliło się przez ciało i umysł. To było jak moje własne przemiany: trzask pękających i na nowo składających się kości, mięśnie i ścięgna wijące się w nowe kształty — a jednak inne. Łagodniejsze, w jakiś sposób, nieodparte siły prowadzącej zmianę zamiast wściekłego szarpnięcia, do którego byłem przyzwyczajony.

Nie było bólu. Ta świadomość walnęła mnie jak obuchem. Futro cofało się, kończyny się wydłużały, pysk spłaszczał się w ludzką twarz, a ja przez cały ten czas czułem tylko osobliwe rozciąganie. Czy tak właśnie mogłoby być, gdybym zdołał złamać klątwę? Bezbolesny ślizg między formami zamiast katuszy nie do zniesienia?

Światło przygasło i zamrugałem, lustrując swoje ciało. Kształt ludzki — jest. Dziesięć palców, dziesięć palców u nóg.

— Co... co mi zrobiłaś? — wychrypiałem wreszcie, wpatrując się w anielicę z mieszaniną zachwytu i grozy.

Uścisk anielicy na moich nadgarstkach się wzmocnił, gdy pochyliła się bliżej, a jej oczy czarne jak noc wwiercały się we mnie troską podszytą podejrzliwością. Serce mi waliło, tłukąc o żebra jak uwięzione zwierzę, które za wszelką cenę chce się wyrwać.

— Jest z tobą coś bardzo dziwnego — powiedziała melodyjnym głosem, w którym jednak dźwięczała stal. — Nie jesteś zwykłym zmiennokształtnym, prawda?

Przełknąłem ślinę, nagle sucho jak w gardle miałem jak na pustyni. To było to — chwila przełomowa, której równie bardzo się bałem, co jej wyczekiwałem. Sekret, którego strzegłem zawzięcie przez stulecia, ciążył mi na języku, błagając, by wreszcie wypowiedzieć go na głos.

Ale stare nawyki umierają trudno. Chęć zbycia, skłamania, zrobienia wszystkiego, by ukryć moją klątwę, wezbrała jak fala. Czułem, jak mięśnie napinają mi się, gotowe wyrwać się z uścisku anielicy, jeśli zajdzie potrzeba.

A jednak...

W jej spojrzeniu było coś, co kazało mi się zawahać. Za podejrzliwością czaił się przebłysk szczerego niepokoju, współczucia. Przed chwilą użyła magii, żeby mi pomóc, przeprowadzić mnie przez bezbolesną przemianę, choć mogła równie dobrze pozwolić mi cierpieć. Może, tylko może, mogłem powierzyć jej prawdę.

— Masz rację — powiedziałem w końcu szeptem. — Nie jestem zwykłym zmiennokształtnym i człowiekiem też nie. Przynajmniej nie w pełni.

Wziąłem głęboki, drżący oddech, zbierając się w sobie przed słowami, które miały zmienić wszystko.

— Jestem przeklęty. Skazany na przemiany w najróżniejsze stworzenia wbrew własnej woli, bez żadnej kontroli nad tym, kiedy i w co się zmienię. Taki jestem od stuleci, odkąd...

Wspomnienia wezbrały, żywe i palące jak tamtego dnia. Zacisnąłem powieki, ginąc w przeszłości.

— To było tak dawno temu, kiedy byłem tylko chłopcem. Natknąłem się na maga, potężnego. Umierałem z głodu, dzieciak z ulicy — włamałem się do jego wieży, żeby coś ukraść, złoto... jedzenie. Przyłapał mnie i wpadł w szał. Stwierdził, że trzeba mnie ukarać.

Gorzki śmiech wyrwał mi się z ust. — Chyba uznał, że zamieniając mnie w bestię, da mi nauczkę.

Wciąż widziałem oczy tamtego starożytnego maga, rozjarzone złośliwością, gdy powykrzywiane palce kreśliły w powietrzu znaki, a spękany głos intonował inkantację. Słowa paliły jak kwas, wypalając się w samej duszy.

— Kiedy przemieniłem się po raz pierwszy... — zadrżałem, gdy upiór bólu przeszył ciało. — To była gehenna. Jakby łamała się każda kość, a każdy mięsień darł się na strzępy. Myślałem, że umieram.

Pamiętałem, jak skóra mi falowała i pełzała, jak futro wyrastało tam, gdzie nie miało prawa. Ohydny trzask przeformowującej się czaszki, zęby wydłużające się w zajadłe kły. I krzyki — Boże, krzyki, które rozdzierały mi gardło, bardziej zwierzęce niż ludzkie.

— Nie miałem pojęcia, co się dzieje, żadnej nad tym kontroli. W jednej chwili byłem sobą, a w następnej... byłem czymś zupełnie innym. Czymś potwornym.

Przełknąłem, zmuszając się, by spotkać spojrzenie anielicy. Jej oczy czarne jak noc rozszerzyły się z przerażenia i współczucia, a uścisk na moich nadgarstkach złagodniał.

— To był dopiero początek. Od tamtej pory przemieniam się losowo, nigdy nie wiedząc, kiedy ani w co się zmienię. To koszmar, z którego nie potrafię się obudzić.

Słowa zawisły ciężko między nami — wreszcie naga prawda. Wstrzymałem oddech, czekając na jej reakcję, na obrzydzenie albo strach, które na pewno miały nadejść.

Ale anielica znów mnie zaskoczyła. — Mówisz prawdę — szepnęła. — Jak długo jesteś w takim stanie?

Parsknąłem gorzko. — Odkąd byłem tylko chłopakiem. Przestałem liczyć, ile żywotów już przeżyłem, uwięziony w tej przeklętej egzystencji. Zawsze w biegu, nigdzie nienależący.

Ciężar tych bezkresnych lat przygniótł mnie znowu, samotność i desperacja groziły, że mnie pochłoną. Próbowałem wszystkiego, by złamać klątwę — starożytnych rytuałów, układów z demonami, nawet samej śmierci. Nic nie zadziałało.

Głośne tupotanie obwieściło przybycie wojownika Fae, z mieczem w dłoni. Wyglądał, jakby już miał mi ściąć głowę, a ja zesztywniałem, gotów spróbować się przemienić, uciec po raz kolejny. W miejscu, gdzie ściskała moje nadgarstki, magia anielicy zapulsowała ostrzegawczo i spojrzałem na nią błagalnie, prosząc wzrokiem, by powstrzymała Fae od zrobienia ze mnie sieczki.

Westchnęła, ale pokręciła też głową. — Potrzebujemy go żywego — powiedziała, a Fae wykrzywił usta w grymas.

— Jakie informacje mogłoby mieć to nędzne stworzenie, które by nas interesowały?

— Nie dowiemy się, jeśli nie zapytamy — odparła spokojnie anielica, a ja wypuściłem ciche westchnienie.

Czas spróbować wyjść z tego gadaniem.

Anielica miała na imię najwyraźniej Careena, a Fae — Alyster. W końcu pozwolili mi wstać, choć Alyster nie zdjął dłoni z rękojeści miecza. Księga leżała pośrodku naszego małego kręgu, gdy siedliśmy, by rozmawiać.

— Wytropiłem księgę do legowiska kowenu, ale sam nie zdołałem się wystarczająco zbliżyć. Kiedy po prostu wparowaliście i zgarnęliście ją sprzed ich nosa, a potem się pobiliście — zobaczyłem swoją szansę i ją wykorzystałem, i nie jest mi przykro. Potrzebuję tej księgi. Muszę raz na zawsze złamać tę klątwę, żebym mógł być wolny.

Słowa zawisły między nami jak desperacka prośba.

Alyster prychnął sceptycznie, ale oczy Careeny, czarne jak noc, wwiercały się we mnie, szukając śladu fałszu. Cisza rozciągała się między nami, ciężka od wagi moich wyznań.

— Chcesz mi powiedzieć, że ta księga zaklęć, ten pradawny tom mrocznej magii, to jedyny sposób, by złamać twoją klątwę?

Skinąłem głową, serce znów tłukło o żebra. — To księga, z której pochodziło zaklęcie, które mnie przemieniło w to, czym jestem. Poznałbym ją wszędzie — jej mroczną magię czuję od stuleci.

Badała mnie przez dłuższą chwilę, mrużąc oczy. — A co, jeśli ci się nie uda? Co, jeśli magia księgi cię pochłonie?

Parsknąłem gorzko. — Nie będzie mi gorzej niż teraz. Wieczność przemian, nigdy w pełni człowiek ani w pełni zwierzę. Wieczne nigdzie-należenie.

Wyraz twarzy Careeny złagodniał, w spojrzeniu mignęło współczucie. — Znam ten ciężar — bycia nigdzie u siebie. Ale ta księga, Rafail... jest niebezpieczna. Kowen używał jej do mrocznych rytuałów, przyzywania demonów. Nie możemy pozwolić, by taka moc trafiła w niepowołane ręce.

— Wiem. — Pochyliłem się, mówiąc niskim, naglącym tonem. — Ale w odpowiednich rękach mogłaby przynieść wiele dobra. Mogłaby mnie uwolnić od tej klątwy.

Zmarszczyła brwi, rozważając moje słowa. — I uważasz, że twoje ręce są tymi właściwymi?

Spotkałem jej spojrzenie bez mrugnięcia. — Muszę spróbować. Nie dam rady tak żyć dalej. A może mógłbym pomóc innym.

Wargi Alystera wykrzywiły się w pogardliwym uśmiechu. — Pomóc? Twoi pomagają tylko sobie. Daj mi jeden dobry powód, żebym nie zakończył cię tu i teraz.

Careena odwróciła się do niego z gniewnym spojrzeniem. — Alyster, czekaj — jej głos brzmiał twardo, rozkazująco. — Ma wcześniejsze prawo. I kto powiedział, że nie możemy użyć księgi, by złamać jego klątwę, a potem zdecydować, kto ją zatrzyma: Królowa czy Rada?

Wzrok rycerza Fae mignął ku niej, po czym wrócił do mnie. — Mów, zmiennokształtny. I dobieraj słowa ostrożnie. Twoje życie od nich zależy.

Wziąłem głęboki wdech, myśli pędziły. Musiałem ich przekonać, sprawić, by zobaczyli we mnie kogoś więcej niż zmiennokształtnego, więcej niż klątwę, która tak długo definiowała moje życie.

— Kowen — zacząłem głosem równym mimo strachu dudniącego w żyłach. — Widziałem, co potrafią z magią księgi. Rytuały, demony, które przyzywają. Tu nie chodzi tylko o kontrolę nad zmiennokształtnymi. Chodzi o coś znacznie, znacznie gorszego.

Oczy Careeny rozszerzyły się, twarz spoważniała. — Mów dalej — ponagliła.

Oblizałem wargi, porządkując myśli. — Planują coś wielkiego. Coś, co mogłoby zagrozić całemu światu, całemu naturalnemu porządkowi rzeczy. I myślę, że klucz do ich powstrzymania leży w pochodzeniu księgi. W starożytnej magii, która ją stworzyła.

Alyster zmarszczył brwi, w oczach zamigotało zainteresowanie. — I znasz tę starożytną magię?

Zawahałem się, uważnie ważąc słowa. — Jedno jej zaklęcie zrobiło ze mną to, co widzisz. Wiem tyle, by wiedzieć, że jest niebezpieczna. Że wiąże się z czymś jeszcze starszym, jeszcze potężniejszym. Z czymś, co kowen próbuje uwolnić.

Careena i Alyster wymienili spojrzenia, bezgłośnie porozumiewając się między sobą. Wstrzymałem oddech, czekając na wyrok.

W końcu Careena znów spojrzała na mnie z determinacją. — Powiedz nam wszystko, co wiesz, Rafail. Każdy szczegół, choćby najmniejszy. Musimy powstrzymać kowen, zanim będzie za późno.

Skinąłem głową, czując, jak rozlewa się po mnie ulga. Wykroiłem sobie trochę czasu, przekonałem ich, by mnie wysłuchali.

Teraz musiałem tylko mieć nadzieję, że informacje, które mam, wystarczą, by utrzymać mnie przy życiu.

Wziąłem głęboki oddech, zbierając myśli. — Obrzędy, które widziałem, gdy szpiegowałem kowen, nie przypominały niczego, co kiedykolwiek widziałem. Używali księgi, by kanalizować mroczną energię, przyzywać istoty z innych sfer. Samo powietrze zdawało się pulsować wrogością, a członkowie kowenu skandowali w języku, którego nie rozumiałem. — Spojrzałem na księgę leżącą na ziemi między nami. — Może staroegipski. — Wskazałem na księgę. — To pismo hieroglificzne.

Alyster pochylił się, oczy rozbłysły intensywnością. — Jakie istoty?

Zadrżałem na to wspomnienie. — Demony albo coś w tym rodzaju. Ich kształty były wykrzywione, nienaturalne, a oczy świeciły głodem, od którego mroziło mi krew w żyłach. Kowen zdawał się mieć nad nimi jakąś kontrolę, ale najwyżej iluzoryczną.

Twarz Careeny stężała. — Już na jednego trafiliśmy — piekielnego ogara. Jak sądzisz, co kowen planuje?

Zawahałem się, czując ciężar kolejnych słów na języku. — Myślę, że próbują przepuścić coś na nasz świat. Coś pradawnego i potężnego, coś, co nigdy nie miało stąpać po tej ziemi. I sądzą, że księga jest kluczem, by to uczynić.

Dłoń Alystera zacisnęła się mocniej na rękojeści miecza. — Nie możemy do tego dopuścić. Cokolwiek to jest, może oznaczać koniec wszystkiego, co znamy.

Skinąłem głową, serce znów przyspieszyło. — Zgadzam się. Ale nie sądzę, by kowen w pełni rozumiał, z czym igra. Majstrują przy siłach poza ich kontrolą, a konsekwencje mogą być katastrofalne.

Nasze spojrzenia się spotkały, a między mną a Careeną przemknęło porozumienie. — Rafail, widziałeś na własne oczy okropieństwa, do których kowen jest zdolny. Wiesz, jak wielkie stanowią zagrożenie — nie tylko dla siebie, ale dla wszystkich. Musimy ich powstrzymać.

Przełknąłem, czując, jak odpowiedzialność osiada mi na barkach. — Wiem. Ale to nie będzie łatwe. Są potężni, a chociaż mamy teraz księgę, już przyzwali demony. Może nie potrzebują jej już więcej.

— Myślę, że potrzebują — zaprzeczyła Careena. — Wpadli w furię, kiedy odkryli, że zniknęła, i posłali za nami piekielnego ogara. Sądzę, że wciąż potrzebują księgi, żeby dokończyć... cokolwiek planują. Ale demony, które już przepuścili, i tak są wystarczająco złe.

Szczęka Alystera się zacisnęła. — Musimy ich powstrzymać — wydusił, jakby słowa niechętnie opuszczały mu usta.

Spojrzałem na Careenę, a olśnienie przyszło nagle. — Careena, ty jesteś anielicą. Masz wyjątkową moc, łączność z boskością, której nam brak. Może w tym jest klucz, by to zatrzymać.

Zmarszczyła brwi, niepewność przyćmiła jej rysy. — Nie wiem, co mogę zrobić. Nie jestem już aniołem, którym byłam. Jestem upadła.

Pokręciłem głową. — To nie ma znaczenia. Ważne, że jesteś tu i teraz i masz szansę coś zmienić. My wszyscy mamy. Możemy ocalić niezliczone istnienia, ochronić niewinnych przed złem, które próbuje się przebić.

Zobaczyłem w jej oczach błysk determinacji. — Masz rację. Mogłam upaść, ale wciąż mam obowiązek chronić tych, którzy nie mogą obronić się sami. A jeśli to oznacza stanąć naprzeciw kowenu i tego, co próbują uwolnić, to właśnie to zrobię.

Alyster skinął głową, w oczach zapłonął dziki blask. — Jesteśmy z tobą, Careena. Cokolwiek będzie trzeba.

Poczułem przypływ nadziei, wrażenie, że może, tylko może, mamy szansę. To nie będzie łatwe, a niebezpieczeństwa są niewyobrażalne. Ale z anielską mocą Careeny, siłą Alystera i moją wiedzą o planach kowenu nie jesteśmy bez szans.

I to mi wystarczyło.

Wziąłem głęboki oddech, wiedząc, że muszę im powiedzieć wszystko, co wiem, wszystko, czego dowiedziałem się o księdze przez wieki poszukiwań. — Jest jeszcze coś, co musicie wiedzieć o tej księdze — powiedziałem cicho, ale stanowczo.

Careena pochyliła się bliżej, czarne oczy wpiły się w moje. — Co takiego, Rafail?

— Księga... to nie tylko zbiór zaklęć i inkantacji. Jest pradawna, o wiele starsza, niż ktokolwiek przypuszcza. To egipska księga, teraz to rozumiem.

Zobaczyłem w oczach Careeny błysk intrygi, ten głód wiedzy, który zawsze nią kierował. — Mów dalej — ponagliła.

— Podobno zawiera tajemnice samych bogów, moc manipulowania samą tkanką rzeczywistości. Ale ta moc ma straszliwą cenę.

Alyster zmarszczył brwi, opierając dłoń na rękojeści miecza. — Jaką cenę?

Zawahałem się, czując ciężar prawdy. — Księga... to nie tylko narzędzie. To naczynie, kanał dla czegoś znacznie mroczniejszego. W jej kartach uwięziona jest istota — pradawna i złowroga — która pragnie się uwolnić.

Oczy Careeny rozszerzyły się, w determinacji zamigotał cień strachu. — Jaka istota?

Pokręciłem głową, serce mi przyspieszyło. — Nie wiem na pewno. Ale słyszałem szepty, strzępy dawnej wiedzy. Mówią o bycie o przeogromnej mocy, stworzeniu żywiącym się chaosem i zniszczeniem. A jeśli kowen zdoła je wypuścić...

— Może któryś ze starożytnych bogów Egiptu — szepnął Alyster, nazywając mój najczarniejszy lęk.

Careena zadrżała, jej skrzydła zaszumiały głośno. — Zostali spętani przed tysiącami lat — powiedziała, ale słyszałem w jej głosie niepewność.

— W jaki sposób spętani? — zapytał Alyster i wszyscy troje spojrzeliśmy na księgę.

— Nie wiem — wyszeptała Careena i nagle wydała mi się bardzo młoda.

— Ile ty w ogóle masz lat? — Sam nie wiem, co mnie tknęło, by zadać to pytanie. Zarówno Alyster, jak i ja w pewien sposób jej ustępowaliśmy, niemal odruchowo. Te anielskie skrzydła i niebiańska aura dodawały jej autorytetu, ale wyglądała, jakby była poza swoją głębią. Co było, szczerze mówiąc, więcej niż trochę przerażające. Jeśli anielica czuła się niepewnie...

— Mam pięćdziesiąt trzy. — Wyprostowała dumnie plecy i uniosła podbródek.

Alyster i ja spojrzeliśmy po sobie. Już im powiedziałem, że mam ponad siedemset lat, więc pytająco zerknąłem na niego.

— Trochę ponad tysiąc lat — odparł Alyster, a my obaj wypuściliśmy zaniepokojone parsknięcia i spojrzeliśmy z powrotem na Careenę.

Czy naprawdę byliśmy gotowi pozwolić, by ktoś, kto w porównaniu z nami był ledwie dzieckiem, prowadził nas w tym wszystkim?

Rozdział jedenasty

Careena

Wpatrywałam się w księgę leżącą na ziemi między nami, a w mojej głowie wciąż pobrzmiewały rewelacje Rafaila. Udręka w jego głosie, desperacja w oczach — to mnie prześladowało. Klątwa zadana przez tę samą księgę zaklęć, którą powierzono mi odzyskać.

— Careena? — Głos Rafaila przebił się przez moje myśli. — O czym myślisz?

Spojrzałam mu w oczy, widząc, jak mieszają się w nich nadzieja i strach. — Wierzę ci, jeśli chodzi o klątwę. I myślę... myślę, że masz prawo użyć księgi, żeby ją odwrócić.

— Naprawdę? — Jego oczy się rozszerzyły. — A co z Aureliusem? Królową Fae?

Ciężko westchnęłam, wpatrując się w swoje dłonie. Ciężar zobowiązań napierał na mnie z każdej strony.

— Nie wiem. Sprzeciwienie się im... pociągnie za sobą konsekwencje. — Spojrzałam znów na Rafaila. — Ale jak mogłabym zignorować twoje cierpienie? To księga najpierw uczyniła z ciebie ofiarę. Pomóc ci odwrócić klątwę wydaje się właściwe.

Rafail wyciągnął dłoń i ujął moją. Jego dotyk był ciepły, kojący. — Dziękuję, Careena. Twoje współczucie... znaczy dla mnie wszystko.

Ścisnęłam jego dłoń z małym uśmiechem. W środku jednak szalała burza. Droga naprzód była niejasna, pełna ryzyka bez względu na to, w którą stronę pójdę.

Dostarczyć księgę, jak rozkazano, i pozostawić Rafaila na pastwę klątwy? Czy też w pierwszej kolejności naprawić wyrządzoną mu krzywdę i zmierzyć się z gniewem tych, którym złożyłam przysięgi?

Serce bolało mnie od niezdecydowania. Kusiło, by trzymać się zasad, hierarchii, którą znałam od zawsze. Silniejsza siła zmuszała mnie jednak, bym postąpiła zgodnie z sumieniem.

Zamknęłam oczy i wciągnęłam głęboki oddech. Gdy je otworzyłam, wewnątrz skrystalizowała się decyzja. Nie mogłam — i nie zamierzałam — zostawić Rafaila, by cierpiał. Nawet jeśli oznaczało to sprzeciw wobec Aureliusa i Królowej Fae. Nawet jeśli miało odmienić bieg mojego przeznaczenia.

Jeszcze raz spotkałam się z jego spojrzeniem, decyzja została podjęta. — Wymyślimy, jak złamać twoją klątwę. Razem. Bez względu na cenę.

— Och, naprawdę? — oburzył się Alyster. — Czy ja mam tu coś do powiedzenia?

Odwróciłam się do Alystera, a moja pewność siebie nie zachwiała się mimo jego sprzeciwu. — Alyster, wiesz tak samo dobrze jak ja, że ani Aurelius, ani Królowa Fae nie kiwnęliby palcem, żeby pomóc Rafailowi. Obchodzi ich tylko księga zaklęć, nie życia, które zrujnowała.

Srebrne oczy Alystera błysnęły frustracją. — I uważasz, że powinniśmy po prostu sprzeciwić się ich rozkazom? Zaryzykować ich gniew? — Pokręcił głową. — Careena, rozumiem twoje współczucie dla Rafaila, ale mamy obowiązek do spełnienia.

Nie ustąpiłam. — Naszym prawdziwym obowiązkiem jest chronić niewinnych i naprawiać krzywdy wyrządzone przez tę przeklętą księgę. Rafail jest ofiarą, nie złoczyńcą.

Alyster chodził tam i z powrotem, z czołem ściągniętym w zamyśleniu. Widziałam, jak toczy wewnętrzną walkę. W końcu zatrzymał się i ciężko westchnął. — Naprawdę wierzysz w jego szczerość? Że nie manipuluje nami dla własnej korzyści?

Skinęłam bez wahania głową. — Tak. Moja intuicja nigdy mnie nie zawiodła. Opowieść Rafaila brzmi wiarygodnie. Najpierw musimy skupić się na powstrzymaniu demonów. Dostarczenie księgi może poczekać.

Alyster zmarszczył brwi, w jego spojrzeniu zamigotała wątpliwość. — A co z naszymi zobowiązaniami wobec Aureliusa i Królowej Fae?

Zbliżyłam się o krok, mówiąc spokojnie i przekonująco: — Pomyśl, Alysterze. Demony stanowią bezpośrednie zagrożenie dla niewinnych. Jeśli nie zadziałamy teraz, niezliczeni ludzie mogą cierpieć. Czy chcesz podjąć takie ryzyko?

Odwrócił wzrok, zaciskając szczękę, gdy rozważał moje słowa. Nacisnęłam dalej, odwołując się do jego poczucia obowiązku. — Jesteś doskonałym wojownikiem, Alysterze. Twoja siła i zdolności mogą przesądzić o wyniku tej walki. Mamy szansę ochronić niewinnych, naprawdę coś zmienić. Czy to nie jest najważniejsze?

Dłoń Alystera powoli pogładziła rękojeść miecza u jego boku. Tego, który stworzyłam z niebiańskiej magii, który odpowiadał tylko na jego dłoń i który mógł okazać się naszą najlepszą bronią przeciwko demonom. Potrzebowaliśmy go.

— Zawsze mamy wybór, Alysterze. To od nas zależy, czy podejmiemy właściwe decyzje — powiedziałam cicho.

Alyster długo mi się przyglądał, potem zerknął na Rafaila. Coś w mojej nieugiętej determinacji musiało go przekonać. — Dobrze — powiedział w końcu. — Priorytetem będzie złamanie klątwy i powstrzymanie demonów. Ale jeśli to się obróci przeciwko nam, odpowiedzialność spada na ciebie.

Uczucie ulgi zalało mnie od środka. — Dziękuję, Alysterze. Wiem, że to niełatwa decyzja.

Rafail pochylił się do przodu, a w jego oczach błyszczała wdzięczność. — Nie wiem, jak wam obojgu dziękować. Nigdy nie sądziłem, że ktokolwiek mi uwierzy, a tym bardziej narazi się tak bardzo, żeby pomóc mi złamać klątwę.

Położyłam dłoń na jego ramieniu. — Każdy zasługuje na szansę odkupienia. Znajdziemy sposób, by to naprawić. A skoro mowa o klątwie, chyba mogę w tym pomóc. Jako anioł mam wrodzoną zdolność rozumienia wszystkich języków ludzi, w tym starożytnych hieroglifów.

Oczy Rafaila rozszerzyły się, rozbłysła w nich iskra nadziei. — Potrafisz odczytać hieroglify w księdze zaklęć?

Skinęłam głową, a na moich ustach zatańczył cień uśmiechu. — Tak, to jedna z zalet bycia aniołem, nawet upadłym.

Ramiona Rafaila opadły w geście ulgi, jakby z jego istoty zniknął nagle olbrzymi ciężar. — To niesamowite, Careena. Dzięki twojej umiejętności czytania księgi i naszym wspólnym zdolnościom mamy realną szansę odwrócić tę klątwę i na dobre powstrzymać demony.

Kiedy słońce zaczęło chylić się ku horyzontowi, skąpąc krajobraz w eterycznym blasku, postanowiliśmy znaleźć bezpieczne miejsce na obóz. Alyster poprowadził nas do ustronnej polany, osłoniętej strzelistymi drzewami i ukrytej przed ciekawskimi oczami. Miękki szelest liści i cichy, kojący plusk pobliskiego strumienia stworzyły ukojącą atmosferę — chwilową odskocznię od otaczającego nas chaosu.

Ułożyliśmy się wygodniej, zebraliśmy suche gałęzie i rozpaliliśmy małe ognisko. Gdy płomienie roztańczyły się, rzucając na nasze twarze migotliwe cienie, skupiliśmy się wokół ciepła, omawiając kolejny krok.

— Musimy zdecydować, kto powinien sprawować pieczę nad księgą zaklęć — powiedział Alyster, a jego srebrne oczy odbijały blask ognia. — To potężny artefakt i nie możemy ryzykować, że wpadnie w niepowołane ręce.

Spojrzenie Rafaila przebiegało między mną a Alysterem, jego brwi były ściągnięte. — Uważam, że powinienem ją zatrzymać przy sobie. W końcu to klucz do złamania mojej klątwy.

Alyster pokręcił głową, mówiąc twardo: — Nie, nie mogę ci jej powierzyć. Skąd mamy wiedzieć, że nie użyjesz jej do własnych celów?

Rafail prychnął, zwężając oczy. — A ty myślisz, że ja tobie ufam, Fae? Masz własną agendę i wątpię, by pokrywała się z naszą. Mógłbyś zniknąć w środku nocy, przekroczyć granicę do krainy Fae i już byśmy cię nie zobaczyli!

Uniosłam dłonie, przerywając ich sprzeczkę. — Dość, wy obaj. Jesteśmy w tym razem i musimy sobie ufać, jeśli chcemy odnieść sukces.

Zapadła cisza, a ich spojrzenia zwróciły się ku mnie. Wzięłam głęboki oddech, zachowując spokojny ton i starając się przekonać ich logiką. — Proponuję, żebym to ja przechowywała księgę. Żaden z was nie ufa drugiemu, ale wierzę, że obaj ufacie mnie — że nie porzucę naszej misji ani nie użyję księgi do własnych celów.

Alyster i Rafail wymienili spojrzenia — milcząca rozmowa przeszła między nimi. Po chwili obaj niechętnie skinęli głowami.

— Dobrze — burknął Rafail. — Ufam ci, Careena. Ale jeśli cokolwiek stanie się tej księdze...

Spojrzałam mu prosto w oczy. — Daję ci słowo, Rafailu. Będę jej strzec własnym życiem i użyję jej tylko po to, by pomóc złamać twoją klątwę i powstrzymać demony.

Alyster westchnął, jego ramiona nieco się rozluźniły. — Zgadzam się. Ona jest z nas najbardziej godna zaufania i wierzę, że dotrzyma słowa. — Spojrzał w dół, drapiąc czubkiem długiego palca ziemię. — Powiem szczerze... nie chcę jej nosić. Czuję, jak emanuje z niej mroczna magia, próbując mnie skazić. Myślę, że anioł będzie na to mniej podatny.

Rafail skinął głową, a mnie nagle zaschło w gardle. Nawet nie przyszło mi do głowy, że mroczne moce księgi mogą być niebezpieczne, nawet gdy się z nich nie korzysta. Podobnie jak Alyster, czułam je — ciemne i lepkie. Kiedy jednak odkładałam księgę, mroczne, lepkie wrażenie nie zostawało... co, miejmy nadzieję, znaczyło, że zepsucie nie potrafiło się do mnie przyczepić. Pozostało mi wierzyć, że moja niebiańska natura mnie przed nim ochroni.

Gdy noc pogrążała się w mroku, umówiliśmy się na zmiany przy wartach. Trzaskające ognisko rzucało tańczące cienie na małą polanę, którą wybraliśmy na obóz. Pierwszą wartę wziął Alyster, a jego wyostrzone zmysły Fae były czujne na każdy znak niebezpieczeństwa.

Położyłam się na posłaniu, a mój umysł mielił wydarzenia ostatnich dni. Ciężar księgi zaklęć w moim plecaku zdawał się rosnąć z każdą chwilą — nieustanne przypomnienie o zadaniu, które przed nami.

Kiedy właśnie zaczynałam odpływać w sen, usłyszałam miękki szelest kroków. Otworzyłam oczy i zobaczyłam, jak Rafail siada obok mnie, z zamyślonym wyrazem twarzy.

— Nie możesz zasnąć? — zapytałam szeptem.

Pokręcił głową, wpatrzony w migoczące płomienie. — Zastanawiałem się nad tobą, Careena. Jak anioł taki jak ty mógł popaść w niełaskę?

Usiadłam, podciągając kolana pod brodę. Pytanie zbiło mnie z tropu, ale w oczach Rafaila była taka szczerość, że poczułam przymus odpowiedzi.

— To długa historia — zaczęłam. — Zawsze byłam ciekawska, zawsze kwestionowałam zasady i sposób, w jaki rzeczy mają się w niebie. Szukałam wiedzy i zrozumienia, ale Rada Archaniołów uznała to za nieposłuszeństwo.

Rafail słuchał uważnie, marszcząc czoło. — Ale jesteś uosobieniem tego, czym powinien być anioł — dobra, troskliwa, współczująca. Jak mogli cię za to wygnać?

Uśmiechnęłam się krzywo, rysując palcami wzory w ziemi. — Niebiosa mają własne prawa, Rafailu. Prawa, których nie umiałam nie kwestionować. I dlatego mnie wygnano, zesłano do świata śmiertelników, żebym dowiodła, że zasługuję na odkupienie.

Rafail wyciągnął rękę i delikatnie położył ją na moim ramieniu. Ciepło jego dotyku przebiegło dreszczem po moich plecach i nieświadomie wtuliłam się w to ukojenie.

— Nie zasłużyłaś na to, Careena — powiedział miękko, a w jego oczach pojawiła się głębia zrozumienia, która mnie zaskoczyła. — Masz dobre serce, a to liczy się najbardziej.

Fala wdzięczności spłynęła na mnie i przez chwilę ciężar mojego upadku wydawał się lżejszy. W obecności Rafaila dostrzegłam przebłysk nadziei, poczucie, że może moja droga nie jest tak samotna, jak mi się dotąd wydawało.

Śmiech Rafaila przerwał moją zadumę, aż podskoczyłam ze zdziwienia. Odwróciłam się do niego z marszczonymi brwiami.

— Ciekawość, grzech? — zachichotał, kręcąc głową. — Jeśli niebo uważa to za zbrodnię, to chyba i tak nie chciałbym tam trafić.

Wpatrywałam się w niego, zdumiona jego zuchwałym tonem. Nikt nigdy nie mówił tak swobodnie o niebiosach w mojej obecności. Było to zarazem niepokojące i dziwnie wyzwalające.

— Nie rozumiesz — zaczęłam niepewnie. — Prawa niebios są absolutne. Kwestionować je to zapraszać chaos, naruszać samą tkankę porządku niebieskiego.

Rafail odchylił się, a w jego oczach zalśniło rozbawienie.

— Ale czy właśnie to nie czyni życia ciekawym? Możliwość kwestionowania, badania, odkrywania nowych rzeczy?

Otworzyłam usta, by zaprotestować, lecz zabrakło mi słów. W pewnym sensie miał rację. Ciekawość zawsze mną kierowała — głód wiedzy, którego nie sposób było nasycić.

— Ja... nie wiem — przyznałam, spuszczając wzrok. — Wiem tylko, że to moje pytania doprowadziły do mojego upadku, i że teraz muszę znaleźć sposób, by się odkupić.

Twarz Rafaila złagodniała i ujął mnie pod brodę, zmuszając, bym spotkała się z jego spojrzeniem. — Careena, nie musisz się nikomu tłumaczyć ani odkupywać win. Jesteś tutaj, z nami, walczysz, by chronić niewinnych. To się liczy.

Jego słowa poruszyły we mnie czułą strunę, niosąc prawdę, której bałam się dotąd przyznać. Może mój upadek nie był karą, lecz szansą. Możliwością, by wykuć własną ścieżkę, znaleźć cel poza ramami krainy niebios.

Uśmiech poruszył kąciki moich ust — obce uczucie, zarazem ekscytujące i przerażające. — Wiesz, Rafailu, zaczynam się zastanawiać, czy w ogóle chcę wracać — wyznałam szeptem. — Ale nie mam pojęcia, co robiłabym inaczej. Bycie aniołem to jedyne, co umiem.

Oczy Rafaila lekko się rozszerzyły, zaskoczone moim wyznaniem. Pochylił się bliżej, przybierając konspiracyjny ton. — Czy anioły kiedykolwiek po prostu odchodzą? Wiesz, zostawiają wszystko i zaczynają nowe życie?

Pokręciłam głową, marszcząc brwi nad jego pytaniem. — Ja... nie wiem. O tym się nie mówi. Uczy się nas, że naszym celem jest służba, podążanie za wolą boskości.

Rafail zachichotał cicho i odgarnął z mojej twarzy niesforny kosmyk. — Może więc czas, żebyś napisała własne zasady. Już dowiodłaś, że nie boisz się kwestionować władzy i stawać w obronie tego, w co wierzysz.

Poczułam, jak w piersi rozchodzi się ciepło — płomyk nadziei, że może moje istnienie znaczy więcej niż wąska ścieżka, po której dotąd musiałam stąpać. — Może masz rację — wyszeptałam, wpatrując się w niego. — Może pora odkryć, kim naprawdę jestem, poza etykietami i oczekiwaniami.

Rafail uśmiechnął się szczerze, a jego twarz rozjaśniła się. — I cokolwiek postanowisz, Careena, wiedz, że nie będziesz sama. Masz przyjaciół, którzy staną u twojego boku, bez względu na wszystko.

Przyjaciele? Wpatrywałam się w niego, a w piersi wezbrało ciepło. Nigdy nie miałam przyjaciela. Ale tak ... zaczynałam uważać i Rafaila, i Alystera za przyjaciół. Skinęłam głową, a fala wdzięczności przepłynęła przeze mnie. — Dziękuję, Rafailu. To znaczy dla mnie więcej, niż możesz sobie wyobrazić.

Uścisnął lekko moje ramię, po czym podniósł się na nogi. — Dobrze, pora, żebym przejął wartę. Spróbuj się przespać. Przed nami długa droga.

Skinęłam głową i odruchowo rozprostowałam skrzydła, szykując się do snu. — Masz rację. Obudź mnie, jeśli cokolwiek się wydarzy, dobrze?

Rafail skinął głową, a jego oczy już omiatały okolicę w poszukiwaniu oznak kłopotów. — Obudzę cię. Śpij dobrze, Careena.

Kiedy znów się położyłam, próbując zasnąć, nie mogłam nie roztrząsać możliwych konsekwencji naszej decyzji. Sprzeciwić się Aureliusowi i Królowej Maeve to nie błahostka. Oboje dysponowali ogromną władzą i wpływami, i wiedziałam, że nie przyjmą z uśmiechem tego, iż przedłożyłam los Rafaila nad ich żądania.

Wpatrywałam się w usiane gwiazdami niebo, ze złożonymi za plecami skrzydłami. Ciężar moich wyborów zdawał się przygniatać mi ramiona. Co, jeśli Aurelius na stałe pozbawi mnie anielskiego statusu? Co, jeśli Królowa Maeve spuści swój gniew na nas wszystkich?

A jednak, mimo że te lęki wirowały w mojej głowie, wewnątrz twardniała we mnie determinacja. Nie mogłam stać bezczynnie, gdy stawką były niewinne życia. Demony przyzwane przez sabat stanowiły o wiele większe zagrożenie niż jakiekolwiek osobiste konsekwencje, jakie mogły mnie spotkać.

Myślałam o ludziach, których zdołamy uratować, jeśli uda nam się powstrzymać demony. O rodzinach oszczędzonych bólu straty, o społecznościach ocalonych przed zagładą. W wielkiej skali rzeczy — czyż to nie jest warte każdej ceny, jaką przyjdzie mi zapłacić?

Nie mogłam się nadziwić dziwnym zrządzeniom losu, które przywiodły mnie do tej chwili — w sojuszu ze zmiennokształtnym i Fae przeciwko wspólnemu wrogowi.

Moje myśli powędrowały do Aureliusa, surowego nadzorcy, który dostał rozkaz sprowadzenia mnie z powrotem do sfery niebiańskiej. Zastanawiałam się, co pomyśli o moich czynach, o wyborach, jakich dokonałam. Czy zrozumie moją chęć ochrony niewinnych, naprawy krzywd, które spuszczono na ten świat?

Gdy wreszcie dogonię Aureliusa, przeprowadzę z nim długą i szczerą rozmowę. Zadadam pytania, które paliły mnie od tak dawna — wątpliwości i niepewności, które dręczyły mnie od mojego upadku.

Tak wiele było, czego nie wiedziałam; tak wiele musiałam zrozumieć o własnej naturze i prawdziwym celu zastępów anielskich. Ale na razie musiałam skupić się na tym, co przed nami — na powstrzymaniu demonów i pomocy Rafailowi w złamaniu jego klątwy.

Zamknęłam oczy, pozwalając, by chłodny nocny wietrzyk musnął moją twarz. Podjęłam decyzję i doprowadzę ją do końca, bez względu na to, jakie wyzwania czekają. Byłam aniołem — upadłym czy nie — a moim celem była służba i ochrona.

Kiedy odpływałam w sen, posłałam ku niebiosom cichą modlitwę o przewodnictwo i siłę w bitwach, które nadejdą. Wiedziałam, że ścieżka, którą wybrałam, jest najeżona niebezpieczeństwami i niepewnością, ale równie mocno czułam w sercu, że to właściwa droga.

Rozdział dwunasty

Alyster

Księżyc wisiał nisko na niebie, roztaczając bladą poświatę nad lasem. Siedziałem na powalonym pniu na skraju naszego obozowiska, wpatrując się w cienie między drzewami. Słowa Królowej Fae wciąż dźwięczały mi w głowie, gdy trzymałem wartę.

— Księga zaklęć została skradziona z naszej krainy przez przebiegłego złodzieja i obawiam się konsekwencji, jeśli wpadnie w niepowołane ręce.

Zmarszczyłem brwi, obracając jej słowa w myślach. Nie sprecyzowała, kiedy dokładnie księga została skradziona, ani jak Królowa w ogóle weszła w posiadanie tak potężnego artefaktu. Mówiono, że księga zawiera magię tak starą i potężną, że może przeobrażać całe krainy. Z pewnością była skrywana przez wieki, a nie wystawiona na półce w komnatach Maeve. Kiedy właściwie weszła w jej posiadanie?

Im dłużej nad tym myślałem, tym więcej pytań się rodziło. Mocniej otuliłem się płaszczem, tłumiąc dreszcz, który miał niewiele wspólnego z chłodem nocy. Coś tu nie grało. Ale jaki miałem wybór? Przysiągłem służyć mojej Królowej, spętany przysięgami starszymi niż drzewa wokół mnie.

Spojrzałem na towarzyszy, skulonych przy dogasających żarach ognia. Rafail i Careena — złodziej i upadły anioł — tak różni ode mnie, a teraz związani ze mną tą wyprawą. Motywacje Rafaila łatwo było pojąć — o ile mówił prawdę, a Careena zdawała się przekonana, że tak — i przyłapałem się na tym, że ufam jej osądowi. Czy Careena coś podejrzewała? Czy może po prostu wykonywała rozkazy, jak ja?

Do głowy wdarły się nieproszone wspomnienia — niezliczone audiencje w komnatach Królowej, jej świetlista twarz nieporuszona, gdy wydawała rozkazy lub wymierzała kary. Na własne oczy widziałem, jak włada swoją potęgą, subtelną jak jedwabny stryczek. Najlżejsze uniesienie brwi, skręt warg, potrafiły wynieść lub zniszczyć najpotężniejszych spośród Fae. A tym, którzy ośmielili się ją wyzwać, chętnie fundowała pokazowe kary.

Zawsze przyjmowałem jej okrucieństwa jako coś należnego; cenę, jaką władczyni Fae musi płacić, by utrzymać tron. Kim ja byłem, zwykły rycerz, by kwestionować jej rządy? Teraz jednak, wraz z pojawieniem się księgi, szepty, że Królowa za bardzo lubuje się we własnej władzy, nabrały złowieszczej wymowy.

Nie miałem dowodów, tylko przeczucie, które wiło się w trzewiach jak węże. Jeśli Królowa miała księgę, co zamierzała z nią zrobić? Tyle mocy w jej rękach... Na tę myśl krew mi zamarzała.

Zamknąłem oczy, wciągając rześkie, nocne powietrze. Musiałem ukryć swoje podejrzenia. Na razie zagram swoją rolę w tej wyprawie. Czuwać, czekać i zbierać wszelkie tropy. Jeśli działo się tu coś głębszego i mroczniejszego, musiałem to odkryć. Dla dobra krain, a może i własnej duszy. Ceną porażki w mojej misji byłoby życie, lecz koszt sukcesu mógł okazać się zbyt wielki, by o nim myśleć.

Westchnąłem i oparłem się plecami o pień, kładąc dłoń na rękojeści miecza. Mimowolnie kąciki ust uniosły mi się w uśmiechu, gdy pogładziłem rękojeść. Wciąż leżała w dłoni jak mój stary sztylet — swojsko, a zarazem zupełnie inaczej; potężna, niebiańska magia, którą nasycono teraz ostrze, otulała mnie ciepłem i błogostanem za każdym razem, gdy go dotykałem.

Ciekawe, czy bycie aniołem właśnie tak czuje się przez cały czas?

Mój wzrok powędrował przez obozowisko do miejsca, gdzie Careena i Rafail siedzieli skuleni przy ogniu. Płomienie tańczyły w oczach Careeny czarnych jak północ, gdy z przejęciem słuchała czegoś, co mówił zmiennokształtny. Uśmiech błąkał się w kąciku jej warg.

Zmarszczyłem brwi; coś obcego ścisnęło mi pierś. Kiedy zdążyli się tak zbliżyć? Między nimi płynęło porozumienie, niewypowiedziane, a wyczuwalne.

Rafail powiedział coś zbyt cicho, bym dosłyszał, a Careena odchyliła głowę i zaśmiała się. Jej śmiech był muzyczny, hipnotyzujący. Nigdy wcześniej nie słyszałem, by tak się śmiała. Przeszył mnie ostry, gorący ukłucie. Zazdrość?

Potrząsnąłem głową. Nie miałem żadnych praw do uczuć upadłej anielicy. Była tajemnicza jak księżyc. A jednak nie mogłem zaprzeczyć przyciąganiu, jakie do niej czułem — jak ćma do płomienia.

Ale jaki płomień płonął między nią a Rafail'em? Mimo łobuzerskiego uroku zmiennokształtnego, wyczuwałem w nim ciemność, głęboką ranę, która nigdy się do końca nie zagoiła. Czy Careena też to widziała? Czy chciała być tą, która ukoi ten ból?

Oderwałem wzrok, skupiając się znów na cieniach tańczących między drzewami. Nie miałem prawa dociekać ani węszyć. Wybory Careeny należały do niej. Tak samo jak Rafaila. A jednak nie potrafiłem uciszyć ciekawości, która mnie gryzła, zastanawiając się, jakie sekrety dzielą — takie, do których nie dopuszczają mnie. I dlaczego ta myśl zostawiała na języku gorzki posmak.

Westchnąłem, znów zagłębiając się w siebie. Księga zaklęć ciążyła mi na myślach, jej pradawne karty szeptały o mocy i wiedzy poza moim zasięgiem. Królowa Fae powierzyła mi jej odzyskanie, obiecując w zamian chwałę i względy. Lecz gdy siedziałem i patrzyłem na grę między Careeną a Rafail'em, zwątpienie zaczęło się skradać jak mgliste macki.

Dlaczego Królowa tak żarliwie pragnie księgi? Jakie skrywa tajemnice, że chce je posiąść? Zawsze byłem jej wiernym sługą, bez cienia wahania w oddaniu. Ale teraz ziarnko niepewności zapuściło korzenie i rosło z każdą chwilą.

Może ta wyprawa kryła w sobie więcej, niż widać na pierwszy rzut oka. Motywy Królowej były nieprzejrzyste jak ciemne wody krainy Fae. Zawsze zakładałem, że jej intencje są czyste, ale co, jeśli się myliłem? Co, jeśli księga niosła nie tylko moc, ale i zagrożenie?

Moje własne pragnienia były mętne, splątane z obowiązkiem i ambicją. Tak długo zabiegałem o łaski Królowej, usiłując dowieść swojej wartości. Ale jakim kosztem? Czy ślepo szedłem ścieżką, którą mi wyznaczono, nie zastanawiając się, dokąd prowadzi?

W uszach zabrzmiały mi wcześniejsze słowa Careeny.

— Zawsze są wybory, Alysterze. To do nas należy, by podjąć właściwe.

Ale co było właściwym wyborem? Skonfrontować Careenę i Rafaila z moimi podejrzeniami, ryzykując ich zaufanie i nasz kruchy sojusz? Czy może zachować wątpliwości dla siebie, zakopać je głęboko i iść dalej, jakby nic się nie zmieniło?

Nie znałem odpowiedzi. Wiedziałem tylko, że ścieżka przede mną tonęła we mgle, a ja nie mogłem nią iść z dawną, ślepą wiarą. Nadchodziła zmiana, czy tego chciałem, czy nie. I będę musiał zdecydować, po czyjej stanę stronie, gdy nadejdzie.

Dźwięk kroków wyrwał mnie z zamyślenia. Rafail zbliżał się, by przejąć wartę. Wyprostowałem się, a dłoń mimowolnie zacisnęła się na rękojeści miecza.

— Zamyśliłeś się, Rycerzu Fae? — w głosie Rafaila pobrzmiewała kpina. — Uważaj, to bywa tu niebezpieczne.

Spotkałem jego spojrzenie, z kącikami ust drgającymi w uśmiechu. — Niebezpieczeństwo to rzecz względna. Na mnie działa całkiem stymulująco.

— Tak mówi ktoś, kto nigdy naprawdę go nie doświadczył.

Uniosłem brew, śmiejąc się w duchu. Gdyby widział koszmary, z którymi mierzyłem się przez ostatnie milenia! — A ty?

— Bardziej, niż ci się wydaje. — W jego słowach zadźwięczała ostra nuta, przebłysk czegoś surowego pod brawurą.

Przyjrzałem mu się, ciekawy mimo siebie. — Może łączy nas więcej, niż sądziłem.

Oczy Rafaila zwęziły się. — Wątpię. Wy, Fae, zawsze myślicie, że stoicie ponad resztą.

— To dość powszechne nieporozumienie. — Oparłem się, usiłując zachować swobodę. — Po prostu mamy inną perspektywę.

— Ta. Z waszych wyniosłych tronów.

Zachichotałem. — Mylisz pozycję z perspektywą, przyjacielu. Widok z ziemi bywa równie pouczający co ten ze szczytu.

— Przyjacielu? Dobre sobie, jak na ciebie.

— Doprawdy? Myślałem, że wszyscy stoimy tu po tej samej stronie.

— Strony potrafią się zmieniać. — Spojrzał wyzywająco. — Zwłaszcza kiedy w grę wchodzą sekrety.

Zabrakło mi tchu. — Sekrety?

— Nie udawaj głupka. Myślisz, że nie widzę, jak trybiki kręcą ci się w tej ślicznej główce? Coś ukrywasz.

Uśmiechnąłem się, ale czułem, że to uśmiech napięty. — Wszyscy mamy swoje tajemnice, Rafailu. Dzięki nim życie jest ciekawsze.

— Dopóki te tajemnice nie wrócą, by cię ugryźć.

— To groźba? — spytałem nisko, bez cienia żartu.

Rafail uniósł dłonie. — Tylko spostrzeżenie. Ale na twoim miejscu uważałbym, komu ufasz.

— Tobie powiedziałbym to samo.

Wpatrywaliśmy się w siebie, napięcie gęstniało między nami. Pojedynek woli, z którego żaden nie zamierzał się wycofać.

W końcu Rafail odwrócił wzrok. — Po prostu miej oczy otwarte, Rycerzu Fae. Rzeczy nie zawsze są takie, na jakie wyglądają.

Po tych słowach odwrócił się i odszedł, znów zostawiając mnie sam na sam z myślami.

Patrzyłem za nim, marszcząc czoło. Rafail okazał się bardziej przenikliwy, niż mu przypisywałem. Przejrzał moją maskę, wyczuł wątpliwości kotłujące się pod powierzchnią.

Ale on też coś ukrywał. Czułem to po tym, jak naciskał i sondował, próbując wydobyć moje sekrety, strzegąc jednocześnie własnych.

Byliśmy obaj graczami w tej samej grze, krążyliśmy wokół siebie, wymieniając zawoalowane słowa i celne spojrzenia. Testowaliśmy granice, szukaliśmy słabości.

A jednak pod czujnością tliło się coś jeszcze. Zrozumienie, może. Rozpoznanie masek, które obaj nosiliśmy, ról, jakie odgrywaliśmy.

W tamtej chwili poczułem z Rafail'em dziwne pokrewieństwo. Dwaj wyrzutkowie, związani okolicznościami i sekretami, którzy brnęli przez świat nie całkiem swój.

To była myśl niebezpieczna, nad którą nie mogłem się rozwodzić. A jednak, gdy znów spojrzałem ku horyzontowi, nie umiałem pozbyć się wrażenia, że wszystko zaraz się zmieni.

A kiedy już się zmieni, będę musiał wybrać stronę. Nie tylko w sprawie księgi zaklęć, lecz w bitwie o własną tożsamość.

Zbyt długo pozwalałem innym definiować, kim jestem. Królowej Fae — z jej oczekiwaniami i żądaniami. Mojej własnej rodzinie — z tradycjami i dziedzictwem.

Może jednak nadszedł czas, by wykuć własną ścieżkę. Zdecydować, kim chcę być, a nie tylko kim mam być.

To perspektywa onieśmielająca, ale i ekscytująca. Szansa, by się wyzwolić, by odkryć, co leży poza ciasnymi ramami obowiązku i przeznaczenia.

I może, tylko może, nie będę musiał tego robić sam.

Z Careeną i Rafail'em u boku wszystko wydawało się możliwe. Razem moglibyśmy rozsupłać tajemnice księgi, a może i własnych serc.

To ryzyko — zaufać im. Ale byłem gotów je podjąć.

Bo w końcu na tym polega życie. Na podejmowaniu wyzwań, stawianiu czoła lękom i znajdowaniu odwagi, by objąć nieznane.

Ścieżka przede mną była niepewna, ale jedno było jasne. Skończyłem żyć w cieniu cudzych oczekiwań.

Poranek w końcu nadszedł, z tępą, mżystą strużką deszczu. Zmiennokształtny zniknął między drzewami, żeby poszukać drogi ucieczki z kryjówki, zostawiając Careenę i mnie, byśmy zakopali resztki ognia.

— Musimy porozmawiać — powiedziała Careena niskim, pilnym tonem, gdy Rafail odszedł.

Uniosłem brew. — O czym?

— O księdze zaklęć. I o tym, co z nią zrobimy, kiedy ją znajdziemy. Ta księga jest zbyt niebezpieczna, by trafić w czyjekolwiek ręce, zwłaszcza twojej Królowej.

Poczułem, jak odzywa się we mnie odruch obronny. — Królowa jest mądra. Będzie wiedziała, co z nią zrobić.

— Naprawdę? — wyzwała, robiąc krok bliżej. — Czy raczej użyje jej dla własnych korzyści, tak jak wszyscy, którzy kiedykolwiek pragnęli jej mocy?

Jej słowa trafiły w czuły punkt, wybrzmiewając wątpliwościami, które i we mnie kiełkowały. Ale nie mogłem dać po sobie poznać.

— Mam obowiązek wobec mojej Królowej — powiedziałem twardo. — Lojalność, której nie mogę tak po prostu odrzucić.

Oczy Careeny błysnęły. — A lojalność wobec samego siebie? Wobec tego, co wiesz, że jest słuszne?

Otworzyłem usta, by odciąć się ripostą, ale zabrakło mi słów. Prosiła, żebym zakwestionował wszystko, co znałem, w co wierzyłem.

A część mnie właśnie tego pragnęła.

Careena musiała dostrzec konflikt w moich oczach, bo jej wyraz złagodniał. Wyciągnęła dłoń i położyła mi ją na ramieniu.

— Alysterze — odezwała się, a moje imię zabrzmiało jak łagodna prośba na jej ustach. — Wiem, że to nie jest łatwe. Ale mamy szansę zrobić coś dobrego. Coś, co ma znaczenie.

Od jej dotyku przeszedł mnie dreszcz, ciepło, które nie miało nic wspólnego z ogniem. Spojrzałem na jej dłoń, potem z powrotem na jej twarz.

W tej chwili zobaczyłem w niej nie tylko niesforną anielicę, ale pokrewną duszę. Kogoś, kto rozumiał ciężar oczekiwań i tęsknotę za czymś więcej.

I zapragnąłem jej. Nie tylko ciała, lecz umysłu, serca, samej istoty.

To było pragnienie niebezpieczne, zdolne rozpruć wszystko, co zbudowałem. Ale patrząc w jej oczy, nie byłem w stanie się tym przejąć.

— Dobrze — powiedziałem cicho, przykrywając jej dłoń swoją. — Zrobimy po twojemu. Znajdziemy księgę zaklęć i razem zdecydujemy o jej losie.

Uśmiech Careeny był jak słońce przebijające się przez chmury. — Razem — zgodziła się, splatając palce z moimi.

I w tym jednym słowie poczułem poruszenie czegoś nowego, potężnego. Więzi wykraczającej poza obowiązek czy przeznaczenie.

Więzi wyboru, zaufania i możliwości.

Jej uśmiech przygasł, gdy badała moją twarz, marszcząc brwi. — Alysterze, co cię trapi? Widzę w twoich oczach zwątpienie.

Zawahałem się, słowa ugrzęzły mi w gardle. Tak długo trzymałem swoje myśli w ukryciu, prawdziwe uczucia pod kluczem. Ale przy Careenie zapragnąłem się otworzyć, dać jej zobaczyć prawdziwego mnie.

— Chodzi o Królową Fae — przyznałem cicho. — Nie jestem pewien, czy ufam jej motywom. Dlaczego chce tej księgi? Co zamierza z nią zrobić?

Careena skinęła głową, zamyślona. — Ja też miałam takie podejrzenia. Królowa Fae słynie z manipulacji, z tego, że zawsze realizuje własną agendę.

— Właśnie. — Przeciągnąłem dłonią po włosach, czując narastającą frustrację. — Tak długo byłem jej wierny, ale teraz... teraz nie mam pewności, czy robię właściwie.

— Hej. — Ujęła moją twarz w dłoń, zmuszając mnie, bym spotkał jej spojrzenie. — Zadawanie pytań, szukanie prawdy... to nie słabość, Alysterze. To siła.

Jej słowa spłynęły na mnie, kojąc chaos w głowie. — Naprawdę tak uważasz?

— Tak. — Jej kciuk musnął moją skórę, posyłając we mnie iskry. — I jakby co, uważam, że robisz dobrze, mówiąc mi o tym. Jesteśmy w tym razem, pamiętasz?

Przysunąłem policzek do jej dłoni, sycąc się ciepłem jej skóry. — Pamiętam. A, Careena... dziękuję. Za to, że słuchasz. Że rozumiesz.

Znów się uśmiechnęła, miękko, łagodnie. — Zawsze. A teraz ustalmy kolejny krok. Musimy znaleźć księgę zaklęć i przechytrzyć kowen czarownic.

Wziąłem głęboki oddech, zbierając się w sobie. — Masz rację. Potrzebujemy planu.

Jak na zawołanie z cieni wyłonił się Rafail, stąpając bezszelestnie po leśnej ściółce. — Ktoś mówił, że potrzebuje planu?

Careena przewróciła oczami, ale w jej głosie zabrzmiała nutka rozbawienia. — Znowu podsłuchujesz, Rafailu?

Wzruszył ramionami, z chytrym uśmieszkiem. — Stare nawyki ciężko wykorzenić. Ale serio, jeśli mamy utrzymać tę księgę w bezpieczeństwie, musimy współpracować.

Czoło Careeny zmarszczyło się. — Ale gdzie ją ukryjemy? Potrzebuję czasu, żebym mogła ją przeczytać i wymyślić, co dalej. Królowa Fae ma oczy wszędzie, a zasięg kowenu jest daleki. Poza tym nie mogę zagwarantować, że

Aurelius nie wyśle kolejnego anioła, jeśli zniknę na zbyt długo.

Zastanowiłem się, rozważając i odrzucając różne pomysły. — Musimy wyjść z lasów — powiedziałem. — Zbyt wielu moich pobratymców łatwo nas tu znajdzie. Wśród Fae są tacy, którzy potrafią patrzeć oczami dzikich stworzeń. Potrzebujemy miejsca w świecie ludzi.

Oboje spojrzeliśmy na Rafaila, który uśmiechnął się krzywo. — Czyli na mnie spada decyzja, co? Cóż, dobrze mi idzie znikanie na widoku. — Wypolerował paznokcie o kurtkę, lekko się uśmiechając. — I coś mi mówi, że żadne z was nie ma konta w Airbnb założonego na fałszywą tożsamość.

— Air... co, co? — zapytała Careena, a Rafail roześmiał się.

Starałem się wyglądać, jakbym wiedział, o czym mówi, choć w rzeczywistości nie miałem pojęcia. Spędziłem sporo czasu wśród ludzi przez ostatnie stulecia, ale nie w ostatnich dekadach, a technologia pognała naprzód w zawrotnym tempie od chwili, gdy ostatnio stąpałem pośród śmiertelnych.

— W takim razie ruszajmy — powiedział Rafail. — Im prędzej dotrzemy do cywilizacji, tym szybciej złapiemy szybszy transport i się stąd urwiemy. Pociąg, tak myślę. Careena, sprawdzisz najbliższą stację kolejową?

Wyglądała na spragnioną lotu i niemal wystrzeliła w niebo. Była niesamowicie szybka — pomyślałem, patrząc, jak wzlatuje i pomyka w dal. Te wielkie skrzydła potrafiły w mgnieniu oka pokonać ogromne dystanse.

Nie minęło nawet kilka minut, gdy wróciła, opadając przed nami z zadowolonym uśmiechem; jej czarne włosy, potargane od wiatru, opadły falami, gdy składała skrzydła.

— Tam — wskazała. — Niedaleko. Nie uniosę was obojga naraz, ale mogę zabrać jednego, a potem wrócić po drugiego.

Rafail wyglądał na równie spiętego co ja na myśl o tym, by zostać samemu w lesie, podczas gdy Careena zabierze jednego z nas naprzód, ale zmusiłem się, by zrobić krok w tył i pomyśleć logicznie. Księga była przy Careenie; gdyby chciała odlecieć i nas zostawić, mogła właśnie to zrobić przed chwilą. Nie zamierzała tego zrobić, a jeśli Rafail by zwiał — cóż, już dowiodłem, że potrafię go odnaleźć, jeśli zechcę. A on potrafiłby podążać za księgą. Nikt z nas nie zamierzał porzucić pozostałych.

— Weź najpierw jego. — Wskazałem na Rafaila, który aż się zdumiał. — On może załatwić nam bilety i zdecydować, dokąd powinniśmy jechać, podczas gdy ty wrócisz po mnie.

Careena nie zawahała się ani chwili; chwyciła Rafaila pod ramiona i wzbiła się w powietrze, zanim zdążył zaprotestować. Uśmiechając się, ruszyłem w stronę, którą wskazała. Niech tylko skrócę jej czas lotu, ile się da.

Rozdział trzynasty

Rafail

W zaułku panowała cisza, przerywana jedynie dalekim szumem ulicy. Skrzydła Careeny zaszumiały, gdy odstawiła mnie na ziemię i wylądowała obok z gracją, a jej czarne pióra lśniły nieziemską iryzacją.

— Zaczekaj tutaj — powiedziała miękko. To była prośba, nie rozkaz. — Wrócę z Alysterem, jak tylko będę mogła.

Skinąłem głową, nie ufając głosowi. Jednym potężnym uderzeniem skrzydeł Careena wzbiła się w niebo. Patrzyłem, jak przelatuje nad dachami i znika.

Zostałem sam. Oparłem się o zimną ceglaną ścianę i wypuściłem ciężkie westchnienie. Większość życia spędziłem, polegając wyłącznie na sobie. Zaufanie innym zwykle kończyło się zdradą albo zawodem. Ale Careena była inna. Biła od niej szczerość i współczucie, jakich nigdy wcześniej nie doświadczyłem. Prawdziwy anioł, nawet jeśli upadła, obiecująca pomóc przerwać klątwę, która dręczyła mnie tak długo. Brzmiało to aż nazbyt pięknie.

Wpatrywałem się w niebo, wypatrując znaku jej powrotu. Mijały minuty i wątpliwości zaczęły skubać mnie w tyle głowy. A jeśli nie wróci? Jeśli to tylko okrutny żart albo próba wiary? Zacisnąłem pięści, zły na siebie, że ośmieliłem się mieć nadzieję.

Nie. Musiałem w nią wierzyć. Spojrzała mi prosto w oczy i dała słowo. Jeśli nie mogłem zaufać Careenie, to jaki był sens czegokolwiek? Musiałem uwierzyć, że widzi we mnie coś wartego ocalenia. Wartego walki.

Wróci. Powtarzałem to w głowie jak mantrę. A tymczasem miałem robotę do wykonania. Sięgnąłem do kieszeni kurtki i wyjąłem jedną z przedpłaconych kart płatniczych, które zawsze trzymałem na czarną godzinę. Wmieszałem się w tłum przechodniów i ruszyłem do pobliskiego sklepiku, gdzie dzwoneczki zadźwięczały, gdy pchnąłem drzwi.

Świetlówki nad głową brzęczały, gdy szybko przemierzałem alejki, zgarniając smartfon na kartę i parę innych niezbędników. Trzymałem głowę nisko, unikając kontaktu wzrokowego ze znudzoną kasjerką, gdy płaciłem. Kolejna bezimienna twarz, która się przewinęła.

Schowałem telefon do kieszeni i przeszedłem kilka przecznic do dworca. Wziąłem głęboki oddech i wszedłem do środka, a echo kroków w ciężkich butach niosło się po betonie.

Spojrzałem na tablicę odjazdów, rozważając opcje. Może powinniśmy przejechać do Niemiec? Do Włoch? Czy Alyster i Careena w ogóle mieli paszporty? Przez całe stulecia unikałem relacji, a teraz nagle musiałem brać pod uwagę potrzeby dwojga nadnaturalnych istot, których ledwie znałem. Ironia nie uszła mojej uwadze.

Nie, na razie lepiej było postawić na prostotę. Podeszłem do kasy, przywołując na twarz życzliwy uśmiech i mój najlepszy francuski.

— Poproszę trzy bilety do Marsylii.

Agentka skinęła z nudą, palce stukały w klawiaturę. — Służbowo czy dla przyjemności?

Parsknąłem bez wesołości. — Trochę tego, trochę tego, chyba. — Raczej walka o przetrwanie.

Przeciągnąłem kartę, gdy wskazała terminal, a ona wsunęła bilety przez okienko. — Tor 1. Pierwszy pociąg odjeżdża za 20 minut — wyrecytowała.

— Idealnie. Dziękuję. — Schowałem bilety i odwróciłem się, żeby przeskanować wzrokiem zatłoczony dworzec, wypatrując Careeny i Alystera.

Obrazy przesuwały mi się w głowie, gdy krążyłem po peronie. Ukradniemy łódź, uciekniemy wzdłuż wybrzeża, zostawimy ten bałagan za sobą... Kuszące. Ale w głębi serca wiedziałem, że ucieczka nie była odpowiedzią. Już nie.

Mignęły mi czarne włosy i poczułem ulgę, gdy Careena wyłoniła się z tłumu, ciągnąc Alystera za sobą. Jej oczy rozszerzyły się, gdy zobaczyła szczupły srebrny pociąg, który właśnie wtoczył się na stację, a kroki jej zwolniły.

— To... nie to, czego się spodziewałam — wymruczała, przesuwając dłonią po gładkiej karoserii. — Jak to się porusza bez koni?

Alyster uśmiechnął się krzywo. — Mężczyźni szuflują węgiel, ten się pali, a para wprawia koła w ruch. Jeździłem już pociągami.

Ugryzłem się w język, żeby nie parsknąć. Jak na swoją moc, mieli jeszcze sporo do nauczenia o współczesności. Musiało minąć dużo czasu, odkąd Alyster jechał pociągiem, skoro sądził, że nadal je napędza para! — Nie całkiem. Ten jeździ na prąd. — Skinąłem, by poszli za mną. — Chodźcie, znajdźmy nasze miejsca.

Gdy usiedliśmy w przedziale, nie mogłem oderwać wzroku od reakcji Careeny. Oglądała każdy szczegół z dziecięcym zachwytem — składane stoliki, zasuwki okienne, oświetlenie nad głową. Było to ujmujące.

Alyster tymczasem najwyraźniej postanowił zachować pozę nonszalancji. Rozparł się w fotelu, wyciągnął długie nogi, ale palcami nerwowo stukał o udo.

Poczułem nagłą potrzebę rozładowania napięcia i wyciągnąłem nowy smartfon. — Zobaczcie to. Całkiem fajne, co? — Pomachałem im urządzeniem. — To jak maleńki komputer, który możesz nosić przy sobie.

Careena pochyliła się, zaintrygowana. — Co on robi?

— Och, różne rzeczy. Dzwoni, wysyła wiadomości, robi zdjęcia... — Urwałem, zauważywszy zmarszczone brwi Alystera. Patrzył na telefon jak na dziwnego insekta, którego nie mógł rozgryźć.

— Ty... mówisz do tego? — zapytał powoli.

Nie wytrzymałem — śmiech wyrwał mi się z ust. — Nie, nie. Cóż, czasem tak. Ale głównie stukasz w ekran, żeby nim sterować. — Zademonstrowałem, otwierając aparat i pstrykając szybkie selfie naszej trójki.

Careena westchnęła z zachwytu na widok zdjęcia, ale uśmiech Alystera tylko przygasł. — Rozumiem — odparł sztywno, choć wcale nie rozumiał.

Gdy pociąg szarpnął i ruszył, oparłem się w fotelu, patrząc, jak pejzaż miasta rozmywa się za szybą. Odbicia Alystera i Careeny wisiały tam również, nałożone na przesuwające się budynki niczym duchy.

Cóż za dziwna z nas trójka. Anioł, fae i zmiennokształtny, wszyscy uciekający przed przeszłością, wszyscy szukający czegoś, czego nie potrafiliśmy nazwać. Przyszłość była niezapisaną kartą, a ja nie miałem pojęcia, jakie zwroty akcji nas czekają.

Mieszkanie wynajęte dla nas na krótko mieściło się w niepozornym budynku, w cichym zakątku Marsylii. Nie wyglądało imponująco, ale jako tymczasowa kryjówka miało wystarczyć.

Gdy zbliżaliśmy się do wejścia, zauważyłem, że spojrzenia przechodniów jakby ześlizgiwały się po Alysterze i Careenie, jakby ledwie tam byli. Kobieta prowadząca psa przeszła o cal od Alystera i nawet nie mrugnęła.

— Jakiś czar niewidzialności? — mruknąłem pod nosem.

Careena pokręciła głową. — Raczej urok odwracający uwagę. Zachęca ludzi, żeby nie przyglądali się zbyt uważnie.

Uniosłem brew. — Na mnie nie działa.

Srebrne oczy Alystera spotkały się z moimi. — Pewnie dlatego, że już wiesz, kim jesteśmy. Magia nie potrafi cię oszukać.

W środku obadałem nasze skromne warunki. Mały aneks kuchenny, wygnieciona kanapa, stolik kawowy porysowany kółkami po kubkach. W sypialni stały dwa wąskie łóżka i komoda z brakującą szufladą. Uznałem, że dwa łóżka wystarczą — i tak nie mieliśmy spać wszyscy naraz, bo zawsze ktoś musiał czuwać.

Careena popłynęła do okna, a jej ciemne skrzydła niespokojnie się poruszały, gdy patrzyła na miasto. — Jaki mamy teraz plan? — zapytała cicho.

Wzruszyłem ramionami, czując, jak na barki opada ciężar niepewności. — Zniknąć na chwilę z radaru. Wymyślić następny ruch.

Alyster oparł się o ścianę, skrzyżował ramiona. — Nie możemy chować się wiecznie. Sabat będzie szukał tej księgi. A Królowa Fae... cóż, nie słynie z cierpliwości.

— Wiem. — Przeciągnąłem dłonią po włosach, czując, jak we mnie buzuje frustracja. — Ale potrzebujemy czasu, żeby ją rozszyfrować, żeby dowiedzieć się, jak złamać tę klątwę.

Careena odwróciła się od okna, a w jej oczach czarnych jak noc błysnęła determinacja. — Więc tak zrobimy. Znajdziemy sposób.

Wyjęła z kurtki starożytną księgę, jej wytarta skórzana okładka była popękana i wyblakła. Gdy usiadła na kanapie i otworzyła książkę, w pokoju zapadła cisza. Tak mała rzecz, a tyle zamieszania — daleko jej było do wielkiego tomu, jaki wyobraża się przy księdze zaklęć; ledwie większa od dłoni Careeny i niewiele grubsza.

Patrzyłem jak urzeczony, gdy smukłe palce Careeny śledziły skomplikowane hieroglify wyryte na kruchych papirusowych kartach. Zmarszczyła brwi w skupieniu, usta poruszały się bezgłośnie, gdy próbowała pojąć znaczenie tych zagadkowych znaków.

Minuty zmieniły się w godziny, gdy ślęczała nad księgą zaklęć, nie odrywając wzroku od stron. Podziwiałem jej poświęcenie, niewzruszoną koncentrację wobec tak karkołomnego zadania.

Zaburczało mi w brzuchu, przypominając, że nawet pośród nadnaturalnego chaosu podstawowe potrzeby wciąż domagają się zaspokojenia. Ruszyłem do aneksu, przeszukując szafki w poszukiwaniu czegoś jadalnego.

— Coś znalazłeś? — głos Alystera przeciął ciszę.

— Nic. Wyjdę — na rogu była piekarnia, a ulicę dalej mały azjatycki supermarket.

Wzruszył ramionami, najwyraźniej bez preferencji.

— Jakieś życzenia?

Alyster pokręcił głową, ale Careena uniosła wzrok znad książki. — Wolę nie jeść mięsa — powiedziała z lekko przepraszającym gestem ramion.

Szczerze mówiąc, gdy się nad tym zastanowiłem, spodziewałbym się tego. Aniołowie mogą bywać przedstawiani jako wojownicy, ale zabijanie niewinnych zwierząt? To już nie w ich stylu. — Wegetariańsko, zgoda — przytaknąłem.

Niezbyt długo zajęło mi zebranie podstaw: chleb, kilka puszek zupy, serek śmietankowy ze szczypiorkiem, mleko i kawa. Kawy potrzebowałem na pewno. Kusiła butelka wina, ale przez wieki nie raz topiłem smutki w butelkach. Teraz rozsądniej było zachować jasny umysł, więc zamiast tego chwyciłem wodę mineralną z bąbelkami. Wróciłem do mieszkania w piętnaście minut; Careena wciąż ślęczała nad księgą, a Alyster najwidoczniej brał prysznic.

Gdy podgrzewałem zupę na kuchence, myśli znów odpłynęły ku Careenie i niewiarygodnemu ciężarowi, jaki wzięła na siebie. Rozszyfrować starożytną księgę, zdjąć klątwę, i to wszystko, kiedy ścigał nas mściwy sabat. Dużo nawet dla anioła.

Ale jeśli ktokolwiek miał tego dokonać, to właśnie ona. Widziałem ogień w jej oczach, determinację, która w niej płonęła. Znajdzie drogę, za wszelką cenę.

Zapach ciepłej zupy wypełnił mieszkanie. Rozlałem ją do trzech nie do pary misek, pokroiłem chleb i posmarowałem go serkiem.

— Kolacja gotowa — powiedziałem, gdy z sypialni wyszedł Alyster z mokrymi, przyklejonymi do głowy złotymi włosami. Ku mojemu zaskoczeniu podszedł i pomógł przenieść miski i talerze na stół — sądziłem, że uzna taką pracę za poniżej swojej godności. Rycerz królewskiego dworu Fae musiał być przyzwyczajony, że słudzy noszą za niego.

Careena odłożyła książkę i podeszła do stołu, z uśmiechem na ustach, wciągając nosem zapach. — Cudownie pachnie. Uwielbiam ludzkie jedzenie! Jakie to smaki?

— Zupa parmentier, ziemniaczano-porowa.

— Pyszna! — Zanurzyła skórkę chleba w zupie i ugryzła, wydając z siebie odgłos czystej przyjemności.

Nie mogłem powstrzymać się od zerknięć na nią podczas jedzenia, zachwycony, jak gasnące światło z okna igra na jej ciemnej skórze, jak skrzydła zdają się połyskiwać z każdym oddechem.

Wzrok Alystera powędrował do okna, srebrne oczy śledziły ciemniejące ulice poniżej. — Nie możemy zostać tu długo — mruknął nisko, ostrożnym tonem. — Sabat będzie nas szukał.

Skinąłem głową, a żołądek ścisnął mi się na myśl o ponownym starciu z tymi wiedźmami. Ich moc była jak nic, co dotąd napotkałem — starożytna i wykrzywiona.

— Rano ruszamy dalej — powiedziałem, starając się utrzymać głos w ryzach. — Teraz powinniśmy spróbować odpocząć.

Ale gdy położyłem się na wyboistym materacu, sen nie nadchodził. Głowa huczała obrazami ostatnich dni — grozą niekontrolowanych przemian, euforią lotu z Careeną, stałym lękiem przed dopadnięciem.

Cichy półwestchnęty okrzyk z drugiego końca pokoju wyrwał mnie z zamyślenia. Usiadłem i zobaczyłem Careenę pochyloną nad księgą, palce śledziły złożoną ilustrację na zwietrzałej stronie.

— Co się stało? — podszedłem do niej. — Coś znalazłaś?

Skinęła głową, a jej oczy czarne jak noc rozszerzyły się z ekscytacji. — Ten symbol, tutaj — wskazała misterny glif. — Sądzę, że reprezentuje klątwę, która cię wiąże. A ten fragment...

Jej palec przesunął się do bloku hieroglifów, których znaczenie było dla mnie nieczytelne. — To, co ci zrobiono, było tylko połową zaklęcia, tak myślę. Pełne zaklęcie... nie cofnie twoich zdolności przemiany, ale powinno je ustabilizować.

Nadzieja rozkwitła mi w piersi, krucha i nieśmiała. Czy to naprawdę możliwe? Po tylu latach mógłbym wreszcie być wolny?

Careena zmarszczyła brwi, studiując stronę, usta poruszały się bezgłośnie, gdy przekładała starożytne słowa. Patrzyłem na jej pracę, oszołomiony jej umiejętnościami i oddaniem.

— Znalazłaś sposób, żeby mu pomóc? — odezwał się Alyster ostrożnie neutralnym tonem i podniosłem wzrok, by zobaczyć go stojącego w drzwiach sypialni.

Careena skinęła głową. — Wierzę, że tak. Ale zaklęcie wymaga konkretnych składników, z których niektóre mogą być trudne do zdobycia.

Wymieniła listę ziół i olejów, która dla mnie brzmiała jak bełkot. Ale oczy Alystera rozszerzyły się w rozpoznaniu.

Westchnął, sięgnął do torby i wyjął mały pakunek owinięty w jedwab. — Mam tu część tego, czego potrzebujesz — powiedział niechętnie. — Zawsze noszę przy sobie kilka rzadkich komponentów, na wszelki wypadek.

Careena przyjęła pakunek z wdzięcznym uśmiechem. — Dziękuję, Alyster. To zaoszczędzi nam mnóstwo czasu.

Spojrzałem na nich oboje, serce waliło mi mieszaniną oczekiwania i lęku. — A reszta składników? — zapytałem. — Skąd je weźmiemy?

Careena znów zerknęła do księgi. — Większość to zwykłe zioła i przyprawy — stwierdziła. — Powinniśmy znaleźć je rano na lokalnym targu.

Skinąłem. — Ten azjatycki supermarket miał spory wybór ziół i przypraw. — Byli już zamknięci. Przez chwilę rozważałem podważenie zamka i wejście do środka.

Careena jakby wyczuła mój zamiar. — Czekałeś już ile lat? — zapytała łagodnie, kładąc mi dłoń na ramieniu. — Dasz radę poczekać jeszcze parę godzin, Rafail.

Uwięziony w jej spojrzeniu, w końcu skinąłem. — Dobrze.

— Spróbuj się przespać. Chodź. Może ci pomogę. Połóż się.

Jej trudno było odmówić. Położyłem się na jednym z wąskich łóżek, a ona usiadła na brzegu obok. Zastygłem zaskoczony, gdy pochyliła się i musnęła moje usta swoimi. Całe ciało stanęło w gotowości.

Careena uśmiechnęła się wolno i łagodnie, po czym wyszeptała tuż przy moich ustach: — Śpij.

Nie wyobrażałem sobie, żebym mógł zasnąć po takim pocałunku — dopóki jej magia nie uderzyła we mnie i nagle poczułem, jak wszystkie troski i zmartwienia odpływają. Zamknąłem oczy, a nim się obejrzałem, słońce sączyło się przez cienkie zasłony, kładąc ukośne pasy światła na mojej twarzy.

*

Careena spała na drugim łóżku, o długość ramienia ode mnie, sama czarna czupryna i czarne pióra. Spała niesfornie: jedno skrzydło i jedna długa ręka zwieszały się z łóżka, a kołdra była zwinięta w splątany stos wokół jej nóg.

Powstrzymałem się od chęci po prostu siedzieć i się w nią wpatrywać, i wyszedłem do salonu. Alyster odwrócił się od okna i krótko skinął głową.

— Pójdę poszukać reszty tych składników — powiedziałem, narzucając kurtkę i kierując się do drzwi.

Alyster chwycił mnie za ramię, gdy mijałem go. — Uważaj — ostrzegł, a jego srebrne oczy pociemniały. — Nie wiemy, kto może nas obserwować.

Odparłem jego spojrzenie spokojnie. — Dam sobie radę. Wiem, jak wtopić się w tłum.

Skinąłem mu jeszcze raz i wysunąłem się za drzwi, po czym zszedłem na ulicę do małego azjatyckiego sklepu, w którym byłem poprzedniej nocy. Sprzedawczyni, starsza Hinduska o pooranej zmarszczkami twarzy i przenikliwych oczach, podniosła wzrok znad pracy.

— Czy mogę panu pomóc? — zapytała z silnym akcentem po francusku.

Uśmiechnąłem się, włączając czar. — Mam nadzieję — powiedziałem, podchodząc do lady. — Szukam kilku konkretnych ziół. Czy ma pani... — Zerknąłem na listę, którą sporządziła Careena, potykając się na obcych nazwach i mając nadzieję, że Careena dobrze przetłumaczyła z egipskiego na współczesny francuski.

Oczy kobiety zwęziły się, gdy słuchała, i przez moment obawiałem się, że mnie odprawi. Ale potem powoli skinęła, wzięła kartkę z mojej ręki i przebiegła wzrokiem. — Mam to, czego pan potrzebuje — powiedziała. — Proszę zaczekać.

Zniknęła na zapleczu, a ja czekałem, starając się nie wiercić. Po kilku minutach wróciła z małą paczką owiniętą w szary papier.

— Proszę obchodzić się z tym ostrożnie — ostrzegła, podając pakunek. — To potężne rzeczy, w odpowiednich rękach.

Skinąłem z podziękowaniem i szybko zapłaciłem, spragniony powrotu do pozostałych. Kiedy wróciłem do mieszkania, Careena już nie spała i zaczęła przygotowywać zaklęcie. Uprzątnęła miejsce na podłodze i klęczała pośrodku, przed nią rozłożone były składniki, które dostarczył Alyster, a obok stała misa gotowa prz yjąć... cokolwiek zamierzała zrobić.

Podniosła wzrok, gdy wszedłem, a jej nocne oczy błysnęły determinacją. — Masz je? — zapytała.

Bez słowa wręczyłem paczkę, patrząc, jak rozpakowuje zawartość i dołącza ją do pozostałych rzeczy. Potem, wziąwszy głęboki oddech, zaczęła mieszać składniki w misie, zerkając do księgi, gdy odmierzała każdy element, dłoń miała pewną i spokojną.

Poczułem, jak w piersi rozpala się płomyk nadziei, gdy patrzyłem, jak pracuje. Czy to naprawdę mogło być lekarstwo na moją klątwę? Po tylu latach cierpienia mógłbym wreszcie być wolny?

Obok mnie Alyster poruszył się niespokojnie, oczy miał utkwione w Careenie. Czułem jego niepokój, walkę wątpliwości z chęcią pomocy.

Ale teraz nie było już odwrotu. Gdy Careena zaczęła intonować, cichym, melodyjnym głosem, poczułem, jak w pokoju narasta moc. Powietrze zgęstniało, naładowane energią, a na karku zjeżyły mi się włosy.

Zamknąłem oczy, hartując się na to, co miało nadejść. Nie wiedziałem, co to zaklęcie mi zrobi, ale byłem gotów stawić temu czoło.

Bo jeśli istniała choćby szansa, że przerwie moją klątwę, że da mi choć odrobinę normalności, było warto zaryzykować wszystko.

Śpiew nasilał się, stawał się bardziej natarczywy, a po ciele przelało się dziwne mrowienie. Zaczęło się na czubku głowy i spłynęło w dół, aż każdy centymetr skóry zapulsował energią.

Zaczerpnąłem ostro powietrza, oczy otworzyły mi się szeroko, gdy przez ciało przetoczył się nagły przypływ mocy. To było jak nic, czego kiedykolwiek doświadczyłem — dzika, nieokiełznana siła, która groziła, że pochłonie mnie całkowicie.

Ciało zaczęło mi drżeć, mięśnie spazmowały poza moją kontrolą. Czułem, jak moja postać się zmienia, przekształca, gdy magia obejmowała mnie w posiadanie.

Ale tym razem było inaczej. Zamiast zwyczajowego, rozdzierającego bólu przemian, była tylko ulga, poczucie wyzwolenia.

Krzyknąłem, gdy kości przestawiały się na miejsce, a ciało lepiło się na nowo. A potem, równie nagle, jak się zaczęło, wszystko ustało.

Stałem, dysząc, z sercem tłukącym się w piersi. Spojrzałem na dłonie, spodziewając się zobaczyć sierść i pazury, ale ujrzałem tylko ludzką skórę.

Uniosłem wzrok na Careenę, bojąc się uwierzyć. Patrzyła na mnie uważnie, a jej ciemne oczy lśniły czymś na kształt triumfu.

— Zadziałało? — wychrypiałem, głos mi drżał od emocji.

W odpowiedzi tylko się uśmiechnęła i wyciągnęła dłoń. Ująłem ją, zdumiony, jak naturalnie nasze palce się splatają — anioł i zmiennokształtny, dwoje istot, które nie powinny były się spotkać, teraz połączeni przez los.

A gdy spojrzałem w jej oczy, zobaczyłem błysk czegoś, co sprawiło, że serce mi zmiękło. To było więcej niż wdzięczność, więcej niż ulga.

To była nadzieja.

Careena przyciągnęła mnie do siebie, obejmując mocno. Wciągnąłem jej zapach, jaśmin wymieszany z czymś tylko jej właściwym, i poczułem, jak spływa na mnie spokój.

— Udało się — szepnęła miękko, melodyjnie, prosto do ucha. — Jesteś wolny, Rafail. Śmiało. Przemień się i sprawdź.

Odsunąłem się, szukając w jej twarzy choć cienia podstępu, lecz zobaczyłem tylko szczerość. — Dziękuję — powiedziałem cicho, z trudem panując nad głosem. Wziąłem głęboki oddech, zamknąłem oczy i przywołałem swoją ulubioną postać, rudego lisa, przygotowując się na ból.

Mrugnąłem, świat przestawił się na nowo: jaśniejszy niż dotąd, lecz w bardziej stonowanych barwach, pastelach. Spojrzałem w górę na Careenę i Alystera, górujących nade mną, i zapiszczałem z osłupienia.

Careena roześmiała się, opadła na jedno kolano i wyciągnęła dłoń. — Cóż za pięknego lisa z ciebie!

Nie mogłem się powstrzymać i polizałem ją szybko po ręce, po czym sięgnąłem w głąb siebie po człowieczeństwo. Nigdy, przez wszystkie moje lata, nie byłem w stanie tak szybko zmienić się z powrotem. A teraz to było łatwe, jak... jak schodzenie po schodach. I bez bólu!

— Nie bolało — powiedziałem niemal, zanim moje usta zdążyły się do końca uformować. — Nie bolało!

Nawet Alyster się uśmiechał, opierając się o ścianę, ze skrzyżowanymi ramionami, a jego srebrne oczy błyszczały rozbawieniem. — Cóż, choć to wzruszająca chwila, mamy robotę.

Zesztywniałem, a krótkotrwała radość prysła od jego słów. — Co masz na myśli?

Alyster odepchnął się od ściany i podszedł do nas swobodnym, płynnym krokiem. — Sabat, Rafail. Oni wciąż tam są, a my musimy ich powstrzymać.

Pokręciłem głową, cofając się o krok. — To nie moja wojna.

Spojrzenie Alystera stężało, uśmiech zgasł. — A jednak może się nią stać. Twoje zdolności przemiany naprawdę się przydadzą, kiedy będziemy próbować zrozumieć, co knują, i odwrócić wyrządzone szkody.

Zerknąłem na niego, zaskoczony. — Chcesz mojej pomocy?

Careena położyła mi dłoń na ramieniu, dotyk miała delikatny, lecz stanowczy. — Bylibyśmy szczęśliwi, mając cię przy sobie, Rafail. Twoje umiejętności mogą naprawdę wiele zmienić.

Spojrzałem na nich obu, rozdarty. Część mnie chciała uciec, zostawić to wszystko i zacząć nowe życie gdzieś daleko. W końcu byłem przyzwyczajony do samotności. Tak nauczyłem się przetrwać.

Ale inna część, uśpiona od tak dawna, poruszyła się i podniosła na ich słowa.

Nie mogłem zaprzeczyć dziwnemu poczuciu przynależności, które zaczęło zapuszczać we mnie korzenie. Po raz pierwszy w życiu czułem, że jestem częścią czegoś większego niż ja sam. Rodziny — nie z krwi, lecz z wyboru.

Wziąłem głęboki oddech i spojrzałem Alysterowi prosto w oczy. — Dobra. Wchodzę w to.

Uśmiech Alystera wrócił, tym razem szczery. — Doskonale. Będziemy zgraną i groźną drużyną.

Careena ścisnęła moje ramię, a jej oczy rozbłysły ciepłem. — Dziękuję, Rafail. Twoja pomoc znaczy więcej, niż myślisz.

Skinąłem głową, a w gardle uformowała się gula. Przełknąłem ją, starając się zachować fason. — To co, jaki jest nasz następny krok?

Alyster potarł zamyślony brodę. — Musimy zebrać więcej informacji o działaniach sabatu. Ich ostateczny cel, słabe punkty, wszystko, co da nam przewagę.

Careena przytaknęła. — Ja będę dalej studiować księgę. Może kryją się w niej wskazówki, które nam pomogą.

Poczułem przypływ determinacji. — Mogę użyć swoich przemian, by przeniknąć w ich szeregi, zebrać informacje od środka.

Alyster klepnął mnie w ramię, uścisk miał stanowczy. — O to chodzi. Ale uważaj. Nie wiemy, do czego są zdolni.

Skrzyżowałem z nim spojrzenie, a kącik ust drgnął mi w uśmiechu. — Zawsze jestem ostrożny.

Careena uniosła brew z figlarnym błyskiem w oku. — Dlatego właśnie skończyłeś przeklęty?

Roześmiałem się, zaskakując samego siebie. Dobrze było się śmiać, dobrze było poczuć więź z tym dwojgiem niezwykłych istot.

Gdy zaczęliśmy planować kolejne kroki, uświadomiłem sobie, że po raz pierwszy w życiu mam cel. Powód, by walczyć. I wiedziałem, że z Alysterem i Careeną u boku nie cofniemy się przed niczym, by doprowadzić sabat przed oblicze sprawiedliwości i chronić niewinne życia, którym zagrażali.

Rozdział czternasty

Careena

Obskurne drzwi mieszkania zatrzasnęły się za mną, gdy pośpiesznie próbowałam dotrzymać kroku Rafailowi i Alysterowi, sunącym korytarzem skąpym w światło. W powietrzu unosiła się słaba, stęchła woń pleśni.

— Musimy się szybko ruszyć — rzucił Rafail przez ramię. — Używanie magii księgi tutaj zostawi trop, którym sabat będzie mógł pójść. Wkrótce poczujemy im oddech na karku.

Skinęłam głową, wciąż oszołomiona sceną, którą przed chwilą zostawiliśmy za sobą — wiatr szarpiący pokój, gdy zaklęcie brało nas w kleszcze, radość Rafaila, kiedy klątwa wreszcie zelżała, a on stał się w pełni panem zdolności przemiany, z którymi przez stulecia walczył, by je utrzymać w ryzach.

Na zewnątrz do krawężnika podtoczyła się smukła czarna limuzyna, rażąco niepasująca do tej podupadłej dzielnicy. Rafail przytrzymał drzwi i gestem zaprosił mnie do środka.

— Myślałam, że mamy się nie rzucać w oczy — powiedziałam sceptycznie, zerkając na skórzane siedzenia i chromowane detale.

W oczach Rafaila błysnęło psotnie. — Pozory mylą, Careena. Wierz mi, co nieco wiem o tym, jak nie zwracać na siebie uwagi.

Gdy samochód lawirował ulicami, szybko kierując się ku znacznie lepszej części miasta, Rafail rzucił mimochodem: — Tak się składa, że przez stulecia nazbierałem całkiem sporo bogactwa. Taki przywilej bycia skutecznym złodziejem.

Alyster, siedzący obok mnie, zagwizdał przeciągle. — O jakim poziomie bogactwa mówimy?

— Dość, żeby wynająć nam dziś apartament w penthousie w porządnym hotelu. Przyda nam się noc porządnego odpoczynku w bezpiecznym miejscu.

Hotelowe lobby niemal lśniło przepychem — kryształowe żyrandole, puszyste czerwone dywany, pozłacane lustra. Czułam się tu wyraźnie nie na miejscu, podczas gdy Rafail podszedł do recepcji i z pewnością stałego bywalca odebrał klucze, mimo że jego ubranie było nieco sfatygowane. Obsługa okazywała mu tyle atencji, że pomyślałam, iż już tu bywał. A może to po prostu ta pewność siebie, którą emanował.

Na górze Rafail otworzył podwójne drzwi, odsłaniając ogromny apartament urządzony z iście wykwintnym rozmachem. Alyster znów cicho zagwizdał, ogarniając wzrokiem przestrzeń.

— Mógłbym się do tego przyzwyczaić — stwierdził z uznaniem, przesuwając dłonią po rzeźbionym marmurowym gzymsie. — Zdecydowanie lepsze niż spanie na leśnej ściółce.

Błąkałam się po pokojach jak we śnie, zachwycona gęstością nitek jedwabistych prześcieradeł i połyskiem kryształowych karafek na barkarcie. Więc tak żyli bogaci ludzie! Kontrast z surową prostotą Sanctuary był uderzający.

W marmurowej, przesadnie okazałej łazience mój obraz w ogromnym lustrze kazał mi przystanąć. Kim była ta istota stojąca pośród takiego luksusu? Potargane włosy, potłamszone skrzydła — ledwie ją rozpoznawałam. Przez ostatnie dwa dni przeszliśmy tak wiele, że czułam się, jakbym postarzała się o całe życie.

Odkręciłam kran i pozwoliłam, by woda spłynęła po moich dłoniach, podczas gdy myśli wirowały od nadmiaru wrażeń. Moc księgi, wyznanie Rafaila, to miejsce... nic już nie miało sensu. A jednak mała, zdradziecka część mnie czuła dreszczyk ekscytacji. Może wolno mi skosztować odrobiny luksusu, choćby tylko przez jedną noc.

Ochlapałam twarz chłodną wodą, próbując uspokoić gonitwę myśli. Kiedy wyszłam z łazienki, zastałam Alystera i Rafaila przy cichej rozmowie na pluszowej sofie. Obydwaj podnieśli na mnie wzrok — spojrzenia intensywne, nieczytelne.

— Careena — odezwał się miękko Alyster, klepiąc miejsce obok siebie. — Chodź do nas.

Zawahałam się, nagle aż nazbyt świadoma naładowanego napięcia między nami trojgiem. Głębia rosnących we mnie uczuć do obydwu uderzyła we mnie jak cios w splot słoneczny. Ekscytujące i przerażające zarazem.

Rafail musiał wyczuć mój niepokój. — Nie gryziemy — uśmiechnął się krzywo. — No, chyba że ładnie poprosisz.

Przewróciłam oczami na jego żart, wdzięczna za chwilę lekkości. Zbierając się w sobie, przysiadłam na skraju sofy, starając się zachować odrobinę dystansu. Mimo to czułam bijące od nich ciepło, subtelny zapach żywicy sosnowej i piżma otulał mnie jak mgiełka.

— Więc, jaki jest nasz następny ruch? — zapytałam, usiłując skupić się na zadaniu. — Nie możemy tu siedzieć wiecznie.

Alyster pochylił się, a jego srebrne oczy wbiły się w moje. — Nie, nie możemy. Ale dziś w nocy wszyscy zasłużyliśmy na chwilę wytchnienia. Szansę, żeby odetchnąć i zebrać siły, teraz, gdy udało nam się osiągnąć pierwszy cel: złamać klątwę Rafaila.

Słowa zawisły w powietrzu ciężkie od niewypowiedzianych znaczeń. Przełknęłam ślinę, a serce waliło mi o żebra. Ta bezbronność, którą przy nich czułam, była przytłaczająca — jak stanie nad urwiskiem bez skrzydeł, które by mnie uniosły, gdybym spadła.

Dłoń Rafaila musnęła moje kolano, posyłając przez ciało piorunujący dreszcz. — Careena — wymruczał ochryple. — Jesteśmy w tym razem, cokolwiek się wydarzy. Wiesz o tym, prawda?

Skinęłam głową, bo nie ufałam własnemu głosowi. Ciężar sprzecznych emocji niemal mnie miażdżył. Jak mogłam pozwolić sobie zakochać się nie w jednym, a w dwóch mężczyznach, kiedy wszystko wokół było takie niepewne? Kiedy nie wiedzieliśmy nawet, czy dożyjemy kolejnego świtu?

A jednak, gdy siedziałam między nimi, nasze ciała ledwie się dotykały, ale dusze splatały się w jedno — wiedziałam, że nie ma odwrotu. Cokolwiek było między nami, było prawdziwe, potężne i do cna przerażające.

Ale przynajmniej dziś pozwolę sobie się tym upajać. Pozwolę się porwać fali emocji, która uderzała we mnie raz po raz. Jutro przyniesie nowe wyzwania, nowe niebezpieczeństwa.

A dziś? Dziś jest nasze.

— Skupmy się tylko na tu i teraz — zaproponował Alyster, cicho, lecz stanowczo. Jego dłoń odnalazła moją, a z dotyku promieniowało ciepło. Czułam szczerość jego słów, jak balsam na mój wewnętrzny chaos.

— Tu i teraz — powtórzyłam, obdarzając ich obydwu lekkim uśmiechem. — Tak, dam radę.

Rafail pochylił się i przycisnął rozpalony pocałunek do miejsca tętna u podstawy mojej szyi, a ja zadrżałam. Myśli pędziły w szalonym galopie — rozkosz mieszała się z niepewnością, gdy brnęliśmy w tę zmysłową eksplorację.

Alyster przysunął się bliżej, jego usta musnęły moje i przez moment serce jakby się zatrzymało. Nasze połączenie się zintensyfikowało, karmiąc więź, która z każdą sekundą się umacniała. Miałam wrażenie, że brakująca część mnie wreszcie się odnalazła — w ich dotyku i spojrzeniach pełnych czułości.

— Zaufaj nam, Careena — wyszeptał Rafail, jego oddech rozgrzewał mi ucho. — Mamy cię.

I jakoś, pośród tego emocjonalnego huraganu, zaufałam. Ufałam im obydwu z intensywnością, o jaką się nie podejrzewałam. To mnie przerażało, ale niosło ze sobą także spokój, którego nie czułam od bardzo dawna.

— Przenieśmy się pod prysznic — zaproponował Rafail. — Jestem zmęczony i umorusany.

— Oboje... dobrze się z tym czujecie? — upewniłam się. Jeszcze wczoraj zdawało się, że wcale się nie lubią.

— Obojgu nam bardzo odpowiada układ z *tobą* w centrum — powiedział cicho Alyster. Zerknął ponad moim ramieniem na Rafaila, który się uśmiechnął.

— Żyjemy już długo, Careena. Przez tyle lat... eksperymentujesz. Nie pociągają mnie mężczyźni, ale nie budzą też we mnie odrazy i nie mam problemu z myślą, żeby dzielić się tobą z Alysterem. Czuję za to odrobinę zazdrości na myśl o tobie z Alysterem beze mnie.

— A ja czuję jej mnóstwo na myśl o tobie i Rafailu beze mnie — dorzucił Alyster.

Czułam w ich słowach samą prawdę i naprawdę doceniałam tę szczerość. Bycie tak pożądaną było też niesłychanie schlebiające. Owszem, po przybyciu do ludzkiego świata i mężczyźni, i kobiety pożądali mnie, i tak — w spojrzeniach Alystera i Rafaila było pożądanie — ale wyczuwałam tam również coś więcej, coś głębszego. Prawdziwe połączenie serc i dusz. Wierzyli we mnie, ufali mi. Mimo że obaj byli znacznie starsi i lepiej obeznani z ludzkim światem, żaden nie zbywał moich myśli i pomysłów; wręcz przeciwnie — obaj skłaniali się, by częściej niż rzadziej pozwolić mi przewodzić.

Teraz obaj czekali, aż przejmę prowadzenie, dwoje oczu wpatrzonych we mnie. Wzięłam powolny, głęboki oddech.

— Słyszałam propozycję prysznica? Brzmi świetnie. Możecie pomóc mi umyć skrzydła.

Ciepła woda spływała po moim ciele, mieszając się z rozpalonym dotykiem Alystera i Rafaila, gdy tuliliśmy się do siebie pod luksusowym prysznicem. Ich palce kreśliły ścieżki po mojej skórze, zostawiając za sobą żarzące się ślady. Gubiłam się w tych doznaniach, a emocje między nami sięgały zenitu.

— Odpuść, Careena — wyszeptał Alyster, a jego srebrne oczy wpiły się w moje, gdy obejmował dłonią mój policzek. — Zaufaj nam.

Skinęłam głową, serce waliło mi w piersi. Tak długo byłam rozdarta między przyjemnością a niepewnością, ale teraz wybrałam poddanie się tej chwili, przyjęcie więzi, która nas połączyła. Gdy usta Rafaila musnęły moją szyję, a po kręgosłupie przebiegł mi dreszcz, pozwoliłam, by intensywność wszystkiego całkiem mnie pochłonęła.

— Czy tego naprawdę chcecie? — wyszeptałam, spoglądając to na jednego, to na drugiego. Ta bezbronność była przerażająca, a zarazem upajająca.

Alyster uśmiechnął się łagodnie i musnął czoło czułym pocałunkiem. — Bardziej niż czegokolwiek — odparł, z głosem drżącym od emocji.

— Ja też — dodał Rafail, a jego piwne oczy lśniły szczerością. — Jesteśmy w tym razem, pamiętasz?

Skinęłam głową, a serce wezbrało wdzięcznością i miłością do tych dwóch niezwykłych istot, które w jakiś sposób trafiły do mojego życia. Wyciągnęłam ręce, wplatając palce w ciemnozłote włosy Alystera i wodząc nimi po linii szczęki Rafaila, dziwiąc się temu, jak silne było nasze połączenie.

Gdy woda wciąż szemrała wokół nas, zaczęliśmy odkrywać swoje ciała z nowo nabraną, naglącą potrzebą. Dłonie Alystera wędrowały po moich krągłościach, jego dotyk był jednocześnie delikatny i stanowczy, a usta Rafaila znaczyły pocałunki na mojej szyi i obojczyku. Jęknęłam, odchylając się, gdy ich pieszczoty wywoływały we mnie kolejne fale rozkoszy.

Moje skrzydła, dotąd ściśnięte na plecach, zaczęły rozchylać się same z siebie, rozpostarły się w pełnej rozpiętości, gdy oddawałam się doznaniom szalejącym w moich żyłach. Alyster i Rafail na moment zamarli, patrząc na moje skrzydła z mieszaniną zachwytu i pożądania.

— Są piękne — mruknął Alyster, wyciągając rękę, by dotknąć jednego delikatnego pióra. — Jak ty.

Rafail skinął, a jego spojrzenie pociemniało od żądzy. — Pomóżmy ci je umyć — powiedział ochryple.

Skinęłam, niezdolna wydobyć z siebie słowa, gdy każdy z nich ujął po jednym skrzydle, a ich palce z czcią wodzące po piórach wycisnęły mi łzy z oczu. Pracowali w idealnej harmonii, ruchy mieli zsynchronizowane, gdy zmywali brud i kurz naszej podróży.

Kiedy dbali o moje skrzydła, pozwoliłam powędrować własnym dłoniom — badałam twarde płaszczyzny ich torsów i napięte mięśnie ramion. Czułam, jak ich podniecenie napiera na mnie, i wiedziałam, że chcę więcej.

— Proszę — wyszeptałam, ledwie słyszalnie ponad szumem wody. — Potrzebuję was obydwu.

Alyster i Rafail wymienili spojrzenia, po czym ruszyli jednocześnie, z łatwością unosząc mnie w ramionach i niosąc spod prysznica.

Gdy wynosili mnie spod prysznica, nie mogłam przestać się dziwić ich sile. Czułam się w ich objęciach mała i krucha, a poczucie bycia jednocześnie pielęgnowaną i pożądaną przez obu odurzało mnie. Położyli mnie na miękkim, pluszowym łóżku, pochylając się nade mną, gdy dalej czcili mnie dłońmi i ustami.

Srebrne oczy Alystera złączyły się z moimi, kiedy zsuwał pocałunki w dół szyi, a jego palce kreśliły linię mojego biustu. Dłonie Rafaila badały moje ciało; dotyk miał

stanowczy i natarczywy, drażnił moje sutki, aż stward-
niały. Jęknęłam, wyginając plecy, gdy ich pieszczoty
rozbijały się o mnie falami rozkoszy.

— Jesteś przepiękna, Careena — wymruczał Alyster
w moją skórę, a jego głos był ciężki od pożądania. —
Chcę, żebyś czuła się wspaniale.

Rafail przytaknął, jego piwne oczy płonęły żądzą. —
Oboje tego chcemy.

Czułam, jak ich dłonie suną w dół, palce wsuwa-
ją się między moje uda, drażnią i badają. Syknęłam,
gdy odszukali moją łechtaczkę, a ich wprawne dotknię-
cia posłały we mnie serie wstrząsów rozkoszy. Czułam
wilgoć zbierającą się między udami i wiedziałam, że
jestem gotowa na więcej.

— Proszę — wysapałam, niemal bezgłośnie. —
Potrzebuję was obydwu.

Alyster i Rafail wymienili kolejne porozumiewaw-
cze spojrzenie, po czym ustawili się po moich bokach.
Alyster pochylił się, biorąc moje usta w rozpalonym
pocałunku, a palce Rafaila dalej czyniły między moimi
uda miłosne czary. Jęknęłam w usta Alystera, biodra
zatańczyły, gdy Rafail wsunął we mnie palec, a zaraz
potem drugi.

Czułam twardy napór Alystera na swoim udzie,
sięgnęłam więc dłonią i objęłam jego członka. Zajęczał,
biodra drgnęły do przodu, gdy zaczęłam go pieścić, a
palce sunęły po aksamitnej skórze jego członka.

Czułam też twardą długość Rafaila przy moich plecach, więc drugą ręką sięgnęłam za siebie, by ująć i jego.
Rafail jęknął, biodra szarpnęły, gdy zaczęłam go pieścić,
a palce gładziły aksamitną skórę jego członka.

— Już ją miałem — odezwał się Alyster, głosem niskim i chropawym. — Mógłbym nigdy nie mieć dość, ale... tym razem ty ją weź.

— Dzięki — warknął mi do ucha Rafail, jego głos był ledwie pomrukiem, gdy pracowałam dłonią na jego członku. — Careena... — silna dłoń uniosła mój ud, a ja cofnęłam biodra, spragniona go. Zamknęłam oczy w rozkoszy, kiedy zaczął powoli wsunąć się we mnie,

Gdy Rafail poruszał się we mnie, wyciągnęłam rękę do Alystera, palcami obejmując jego członka. Zajęczał, biodra szarpnęły do przodu, kiedy zaczęłam go pieścić w rytmie pchnięć Rafaila. Czułam aksamitną skórę jego członka pod dłonią, żar jego podniecenia płynął przeze mnie.

Alyster pochylił się, odnalazł moje usta w rozpalonym pocałunku, podczas gdy ja dalej pieściłam go dłonią. Jęknęłam w usta Alystera, moje ciało drżało z rozkoszy, gdy Rafail wypełniał mnie do końca. Czułam jego twardą długość w sobie, rytm idealnie zgrywał się z ruchem mojej dłoni na członku Alystera. To, że miałam ich obu tak blisko, ciała splątane z moim, było niemal nie do uniesienia.

Czułam, jak orgazm we mnie narasta, ciało napina się coraz mocniej, gdy Rafail i Alyster pchali mnie ku krawędzi. Chciałam, żeby Alyster czuł się tak dobrze, jak oni sprawiali, że ja się czuję.

— Tutaj — wyszeptałam ochryple do Alystera. Spojrzał pytająco, a ja uniosłam drżącą dłoń i dotknęłam ust. — Twój członek. Tutaj.

Uśmiechnął się, a srebro jego oczu rozjarzyło się jak płynna rtęć. Skinął i przysunął się wyżej, żebym mogła pochylić się i wziąć go do ust.

Alyster jęknął, splątując palce w moich włosach, kiedy zaczęłam działać swoim językiem i ustami. Czułam, jak jego członek pulsuje na moim języku, gdy ssałam i lizałam, a moje ruchy idealnie synchronizowały się z pchnięciami Rafaila. Jego smak był odurzający i traciłam się cała w tej przyjemności.

Czułam, że ruchy Rafaila stają się coraz bardziej niesforne, a jego uścisk na moich biodrach twardnieje, gdy wsuwał się we mnie głębiej. Wiedziałam, że jest blisko, a myśl o nim dochodzącym we mnie, podczas gdy ja doprowadzam Alystera na krawędź ekstazy, była więcej, niż mogłam znieść.

Z okrzykiem, który odbił się od ścian, doszłam, a moje ciało trzęsło się z rozkoszy, podczas gdy Rafail wciąż poruszał się we mnie. Czułam, jak jego członek pulsuje, gdy dochodził, a jego własne okrzyki mieszały się z moimi. A chwilę później doszedł też Alyster, jego nasienie wypełniło mi usta, kiedy wciągnęłam go głębiej, wciąż obejmując palcami nasadę jego członka.

Gdy fale rozkoszy zaczęły powoli opadać, poczułam, jak ogarnia mnie błogi spokój i zadowolenie. Leżałam wciśnięta między dwóch mężczyzn, którzy zdobyli moje serce i duszę, nasze ciała splątane w jeden węzeł kończyn i potu.

Rafail opadł na łóżko obok mnie, dysząc ciężko, próbując złapać oddech. Alyster delikatnie wysunął się z moich ust, zadowolony uśmiech igrał na jego wargach, gdy spojrzał na mnie z góry.

— Jesteś niesamowita, Careena — wymruczał, jego głos drżał od emocji. — Dziękuję.

Rafail przytaknął, wciąż łapiąc powietrze. — Mamy niesamowite szczęście, że cię mamy — powiedział, sięgając, by odgarnąć kosmyk włosów z mojej twarzy.

Uśmiechnęłam się do nich obu, a serce wezbrało wdzięcznością i miłością. — To ja mam szczęście — wyszeptałam niemal bezgłośnie. — Że znalazłam was obu.

Gdy trzymaliśmy się obejmując i dysząc po wszystkim, pojęłam, jak ważne było to, co się między nami wydarzyło. Nasza więź została wystawiona na próbę, ale zarazem się umocniła. Wiedziałam, że razem stawimy czoło wszystkim przeciwnościom, jakie nas czekają.

— Dziękuję — wyszeptałam. — Za to, że znów czuję, że żyję.

— Zawsze, Careena — obiecał Alyster, muskając mój skroń kolejnym delikatnym pocałunkiem.

— Zawsze — powtórzył Rafail, oplatając nas ramionami w ochronnym uścisku.

I gdy leżałam tam, wtulona między Alystera i Rafaila, nie mogłam nie poczuć iskierek nadziei, że może, tylko może, zdołamy odnaleźć sposób, by przejść przez tę skomplikowaną sytuację i wyjść z niej silniejsi, zjednoczeni w naszej miłości do siebie nawzajem.

Gdy leżeliśmy w cichej poświacie spełnienia, myśli zaczęły dryfować ku wyzwaniom, które nas czekały. Rozszyfrowanie księgi zaklęć i konfrontacja z sabatem nie będą łatwe i wiedziałam, że nasza więź będzie po drodze testowana. Ale czułam też determinację, podsycaną miłością i zaufaniem, które ugruntowaliśmy w tej intymnej chwili.

— Hej — mruknął Alyster, przyciągając moją uwagę z powrotem do teraźniejszości. — Wiem, że martwisz się tym, co nadchodzi, ale pamiętaj: jesteśmy w tym razem.

Rafail skinął z aprobatą. — Cokolwiek się wydarzy, stawimy temu czoło jako zespół. Kryjemy sobie nawzajem plecy, bez względu na wszystko.

Kiedy odpływałam w błogi sen, pozwoliłam sobie nasiąknąć komfortem i poczuciem bezpieczeństwa tej chwili, dobrze wiedząc, że niepewna przyszłość czai się tuż za horyzontem. Ale teraz skupię się na więzi, którą dzielimy, gromadząc w sobie rezerwuar siły i wytrwałości na próby, które dopiero nadejdą.

ROZDZIAŁ PIĘTNASTY

ALYSTER

Prześcieradła zaszeleściły, gdy poruszyłem się, budząc się; mrugając, otworzyłem oczy na ciemność sypialni. Careena i Rafail leżeli obok mnie, ich piersi unosiły się i opadały w miarowym rytmie snu. Za oknem wciąż królowała aksamitna noc.

Co my tu robiliśmy, splątani w ten niebezpieczny taniec? Dalsza droga pozostawała spowita, lecz jedno było pewne — teraz nie było miejsca na potknięcia. Zbyt wiele wisiało na włosku.

Westchnąłem, przeczesując dłonią potargane włosy. Obok mnie Careena i Rafail spali dalej, nieświadomi intryg losu, które oplatały nas niczym węże. Jeszcze przez moment pozwoliłem sobie tak trwać, patrząc na nich — upadłego anioła i przeklętego zmiennokształtnego, nieprawdopodobnych sojuszników związanych okolicznościami i tym dziwnym przyciąganiem, które zdawało się trzymać nas troje w niewoli.

Zmarszczyłem brwi, gdy w żołądku osiadło nieprzyjemne przeczucie. Opuściliśmy czujność, wszyscy ulegając wyczerpaniu i chwilowemu azylowi tego luksusowego pokoju. Ale świat poza tymi ścianami krył niebezpieczeństwa, które nie zasypiają — i my też nie mogliśmy.

Usiadłem powoli, uważając, by ich nie zbudzić, i wysunąłem się z łóżka; bose stopy dotknęły chłodnej podłogi. Wciągnąłem spodnie i cicho powędrowałem do łazienki.

Chlust zimnej wody na twarz pomógł rozwiać resztki sennej mgły.

Gdy się wyprostowałem, woda skapując z brody, w lustrze przede mną roziskrzyła się magia. Szkło zafalowało i zalśniło, a w jego miejscu pojawiło się oblicze samej Królowej Maeve, olśniewającej eterycznym pięknem, a zarazem lodowatej jak głębia zimy.

— Alyster — zamruczała, a jej głos brzmiał jak miód z domieszką trucizny, gdy oczy z pogardą prześlizgnęły się po mojej nagiej piersi. — Ufam, że nie zapomniał Pan o swoim obowiązku wobec swojej królowej i swojego ludu.

Skłoniłem głowę, gest uległości, który nawet dla mnie brzmiał już pusto. — Ależ oczywiście, Wasza Królewska Mość. Pozostaję Waszej Królewskiej Mości wiernym sługą.

Jej oczy, blade, srebrzyste i przenikliwe, zdawały się widzieć mnie na wylot. — A jednak Pan zwleka — ostatnie słowo ociekało pogardą. — Czy stracił Pan z oczu to, co naprawdę istotne?

We mnie wezbrała złość, lecz zdusiłem ją. — Zapewniam, moja Królowo, że moje priorytety pozostają niezmienione. Księga zaklęć będzie Wasza, zgodnie z obietnicą.

— Zadbaj o to, żeby tak było — warknęła, a na moment w jej królewskim obliczu pojawiła się rysa. — Mam dość tych gierek, Alyster. Pan zapomina o sobie i o mocy, którą dzierżę. Konsekwencje porażki byłyby... niefortunne.

Groźba zawisła między nami niczym ołów, przypominając o niebezpiecznej grze, w którą się wplątałem. — Nie zawiodę Waszej Królewskiej Mości — powiedziałem, a słowa smakowały jak popiół.

— Dla Pana dobra mam nadzieję, że nie. Czas się kończy, a moja cierpliwość się wyczerpuje. Niech Pan dostarczy księgę zaklęć, w przeciwnym razie stanie Pan wobec gniewu Dworu Fae. Niech mnie Pan więcej nie zawodzi, Alyster Vayir.

Powierzchnia lustra zafalowała i równie nagle, jak się pojawiła, Królowa Fae zniknęła, zostawiając mnie znów sam na sam z własnym odbiciem. Serce biło mi jak oszalałe, a gdy zacisnąłem dłonie na krawędzi umywalki, kłykcie zbielały.

Zamknąłem oczy, biorąc głęboki oddech, by się uspokoić. Słowa Królowej rozbrzmiewały mi w głowie, dobitnie przypominając, w jak kruchej sytuacji się znalazłem. Zawsze byłem dumny ze swojej umiejętności żeglowania po zdradliwych wodach Dworu Fae, ale teraz czułem, jakbym się topił.

Księga zaklęć. Klucz do pragnień Królowej i źródło moich obecnych kłopotów. Byłem tak blisko, by ją zdobyć, ale Careena i Rafail skomplikowali sprawę w sposób, którego się nie spodziewałem. Stali się czymś więcej niż pionkami w tej grze o władzę i kontrolę.

Chlusnąłem sobie na twarz jeszcze trochę zimnej wody, próbując oczyścić myśli. Nie mogłem pozwolić, by emocje zamgliły mi osąd. Za dużo było do stracenia. Groźby Królowej nie były czcze, a aż nadto dobrze wiedziałem, do jakich posunięć się ucieknie, by utrzymać się na tronie.

Lecz gdy wpatrywałem się w swoje odbicie, nie mogłem nie podważyć ścieżki, którą obrałem. Czy cena władzy naprawdę była warta kosztów? Ciężar moich wyborów zdawał się mnie przygniatać, dławiąc swoją intensywnością.

Wyprostowałem się, prostując ramiona. Zaszedłem zbyt daleko, by teraz zawrócić. Doprowadzę to do końca, niezależnie od konsekwencji. Złożyłem przysięgę, że zwrócę księgę zaklęć Królowej Fae, i tak uczynię... ale dotrzymam też obietnicy wobec Careena i Rafail, bo Careena miała rację. Ta księga już wyrządziła zbyt wiele szkód i nie mogłem po prostu odfrunąć z powrotem do Faerie, nie robiąc wszystkiego, co w mojej mocy, by naprawić problemy, jakie tu spowodowała.

Po ostatnim, głębokim oddechu odwróciłem się od lustra i wszedłem z powrotem do sypialni, a w mojej głowie już kłębiły się plany i możliwości.

Rozdział szesnasty

Rafail

Obudziłem się, słysząc przytłumione głosy. Co to było? Spod drzwi łazienki sączyło się blade światło, ale Careena wciąż leżała w moich ramionach, twardo śpiąc, więc z kim rozmawiał Alyster?

Przemknąłem z łóżka i na palcach podszedłem do drzwi łazienki, zerkając do środka: Alyster stał naprzeciw lustra i mówił do zjawy lodowopięknej kobiety z koroną srebrzystych gwiazd na włosach.

Oddech przyspieszył mi, gdy przysłuchiwałem się ich rozmowie, choć starałem się być tak cichy, jak tylko mogłem. W końcu miraż w lustrze zamigotał i zniknął, a Alyster opuścił głowę.

Bezszelestnie umknąłem z powrotem do łóżka i położyłem się obok Careeny, udając sen, gdy Alyster przeszedł z powrotem przez sypialnię, na moment zatrzymując wzrok na nas dwojgu. Kliknięcie drzwi prowadzących do części dziennej jakby rozniosło się echem po ciszy. Odczekałem jedno uderzenie serca, potem drugie, po czym usiadłem i delikatnie potrząsnąłem Careeną, by ją obudzić.

— Careena — wyszeptałem, mój głos ledwie dosłyszalny. Jej powieki drgnęły, otworzyła oczy, wciąż zamglone snem i konsternacją. — Musimy porozmawiać.

Szybko streściłem, co widziałem, mówiąc cicho i z naglącą nutą. Gdy mówiłem, śledziłem emocje przesuwające się po twarzy Careeny — zaskoczenie, gniew, zdrada. Jej spojrzenie stwardniało i widziałem, jak w zaciśniętej linii szczęki osiada determinacja.

— Przez cały czas pracował dla Królowej Faerie — powiedziała cicho, tonem pełnym rozczarowania. — Może tylko czekał na okazję, by zabrać księgę zaklęć.

Oczy mi się rozszerzyły. — Księga...

Oboje spojrzeliśmy na stolik po drugiej stronie pokoju, gdzie Careena odłożyła księgę, gdy wszyscy się rozbieraliśmy przed prysznicem. Wciąż tam była i oboje odetchnęliśmy z ulgą w tym samym momencie.

Careena już miała wstać, ale położyłem dłoń na jej ramieniu, powstrzymując ją. — Poczekaj — powiedziałem, zachowując spokój mimo napięcia dudniącego w moim ciele. — Musimy to przemyśleć. Otwarte starcie teraz niczego nie rozwiąże.

Careena zawahała się, szukając odpowiedzi w moim spojrzeniu. Widziałem w niej zmaganie — pragnienie działania gryzło się z potrzebą ostrożności. Po dłuższej chwili kiwnęła głową i opadła z powrotem na łóżko.

— Masz rację — powiedziała, jej głos był napięty frustracją. — Ale nie możemy tego tak zostawić. Musimy wymyślić, co zrobić dalej.

Skinąłem głową, myślami już rozważając różne możliwości. Sytuacja była delikatna, a jeden zły ruch mógł oznaczać katastrofę. Jedno było jednak pewne — musieliśmy skonfrontować Alystera i poznać prawdę, choćby miała boleć.

— Dobrze — wyszeptałem, niemal bezgłośnie. — Porozmawiajmy z nim razem, ale musimy być ostrożni. Nie wiemy, co planuje ani czy Królowa Faerie nie trzyma go w jakimś uroku.

Careena skinęła na zgodę, a jej kruczoczarne oczy rozbłysły determinacją. Ostrożnie wysunęła się z łóżka, jej krucze skrzydła lekko się rozpostarły, gdy stanęła. Wciągając ubranie gwałtownymi, gniewnymi ruchami, podeszła do drzwi prowadzących do części dziennej.

Poszedłem w jej ślady, naciągnąłem spodnie i wyprostowałem się, nim dołączyłem do niej przy drzwiach. Razem weszliśmy do pokoju i zastaliśmy Alystera stojącego przy oknie, odwróconego do nas plecami. Księżycowe światło oblewało go srebrną poświatą, podkreślając napięcie rysujące się w jego sylwetce.

— Komu służysz, Alysterze? — zapytała Careena, a jej melodyjny głos był ostry i podszyty zdradą. Jej oczy zmrużyły się, gdy go obserwowała, skrzydła rozciągały się za nią jak u mściciela.

Ramiona Alystera zesztywniały i powoli odwrócił się, by stawić nam czoło. Jego srebrne oczy spotkały się z naszymi i przez moment zawahał się. Potem przemówił.

— Wierzcie mi, gdy mówię, że moje intencje są dokładnie takie, jak wam powiedziałem — odezwał się napiętym głosem. — Starałem się uchronić was oboje przed najgorszym gniewem Królowej Faerie.

— Spiskując z nią? — warknęła Careena, a gniew aż iskrzył w powietrzu między nami. — Jak mamy ci ufać po tej rozmowie?

Alyster skrzywił się z bólem, jego oczy błagały. — Proszę, pozwólcie mi wyjaśnić. To bardziej skomplikowane, niż wiecie.

— Dlaczego zgodziłeś się nam pomóc przeciwko sabatowi? Czekałeś tylko na okazję, żeby zabrać księgę i oddać ją jej? — zażądała Careena, a jej głos ociekał podejrzliwością.

— Bo coś się zmieniło — odparł Alyster z przekonaniem w głosie. — Zrozumiałem, że mieliście rację. Zrozumiałem, że panowanie Królowej Faerie naznaczone jest okrucieństwem i strachem oraz całkowitym lekceważeniem każdego, kogo uważała za gorszego. Nie obchodziłoby jej w najmniejszym stopniu żadne szkody, jakie sabat już wyrządził za pomocą księgi zaklęć, i na pewno nie kiwnęłaby palcem, by pomóc. I nie pozwoliłaby mi wrócić, żeby pomóc, nawet gdybym dostarczył jej księgę. Zleciłaby mi kolejne zadanie.

Spojrzałem na Careenę. Słowa Alystera brzmiały dla mnie prawdziwie, ale rzadko miałem do czynienia z Faerie, mimo mojego długiego życia. A z tego, co wiedziałem, kłamstwo było dla nich jak oddech.

Careena jednak wyglądała na niepewną i przygryzła wargę, patrząc na Alystera w milczeniu.

— Proszę — głos Alystera zadrżał, rozpacz wkradła się w jego ton. — Wiem, że to brzmi głupio, ale jestem po waszej stronie. Chcę pomóc wam przeciwko sabatowi i... to pewnie przypłacę życiem, ale zaczynam myśleć, że

Królowa Maeve nie powinna mieć tej księgi. Jest zbyt niebezpieczna.

— To co proponujesz, żebyśmy zrobili? — zapytała Careena niemal szeptem.

— Znajdźmy inny sposób — powiedział, już pewniejszym głosem. — Razem możemy powstrzymać sabat, a potem proponuję, żebyśmy zanieśli księgę do Aureliusza i pozwolili mu negocjować z Królową Faerie. Ufałbym, że Rada Archaniołów nie nadużyje jej mocy. Królowej Maeve — już niekoniecznie.

Uważnie obserwowałem ich oboje, myśli pędziły mi jak oszalałe. Czy naprawdę możemy przeciwstawić się potędze Królowej Faerie? Czy Alyster naprawdę jest po naszej stronie, czy tylko robi z nas głupców? Co stanie się z naszą trójką, jeśli sprzeciwimy się Królowej Faerie? Nie miałem złudzeń co do swoich szans na przeżycie, gdyby tylko śniło jej się, że maczałem palce w udaremnieniu jej planów. Careena może byłaby chroniona dzięki swojemu anielskiemu statusowi, ale Alyster i ja z pewnością bylibyśmy zgubieni.

Gdy staliśmy w napiętej ciszy, a Careena rozważała słowa Alystera, nagle włosy na karku stanęły mi dęba.

— Poczułaś to? — wyszeptała Careena, jej głos lekko drżał. — To tak jakby... coś nadchodziło.

— Coś potężnego — dodał Alyster, pobladły na twarzy.

— Czarownice — syknąłem. Teraz czułem magię i znałem ją aż nazbyt dobrze. Miała ten sam posmak co klątwa, którą dźwigałem przez te wszystkie stulecia — magia księgi zaklęć.

— To nie miejsce na starcie — powiedział Alyster, w chwili gdy Careena popędziła z powrotem do sypialni po księgę. — Musimy się stąd wydostać.

— Masz jakąś formę, która potrafi latać, Rafailu? — zapytała Careena, podczas gdy Alyster i ja w pośpiechu dopinaliśmy resztę ubrań.

Zawahałem się. — Mam, ale... nigdy zbytnio nie ćwiczyłem. Moje przemiany zawsze były zbyt niestabilne. — Wzruszyłem ramionami i krzywo się uśmiechnąłem. — Nazwij mnie tchórzem, ale nie chciałem stracić skrzydeł w locie i nagle runąć pięćset stóp w dół.

— Już nie powinieneś mieć z tym problemu — powiedziała łagodnie Careena. — Jakąkolwiek formę wybierzesz, pozostanie stabilna tak długo, jak zechcesz.

Skinąłem głową, prostując ramiona. — Będzie musiała — prawda? — bo nie uniesiesz nas obojga.

— Nie uniosę — przyznała. — Nawet tylko z tej wysokości na ziemię. Moje skrzydła nie wezmą aż takiego ciężaru.

— Są coraz bliżej — powiedział Alyster z naglącą nutą, przypasując miecz i kierując się ku dużemu przesuwnemu oknu wychodzącemu na mały balkon. Byliśmy na piętnastym piętrze, a wiatr miotał nami, gdy wyszliśmy na zewnątrz; pióra Careeny zafalowały, gdy rozchyliła skrzydła.

Wziąłem głęboki oddech, sięgając głęboko w głąb siebie. Sokół, pomyślałem, ignorując drżenie rąk. Nigdy nie lubiłem wysokości.

Careena wyraźnie na mnie czekała, jej czarne brwi ściągnęły się, gdy na mnie patrzyła.

— Daj mi chwilę — powiedziałem. — Dawno nie próbowałem tej formy.

— Ile tylko potrzebujesz — odparła cicho. — Nie zostawimy cię.

Huk za naszymi plecami oznajmił przybycie sabatu — drzwi do pokoju wyleciały do środka z zawiasów. Skrzywiłem się w duchu, myśląc o opłatach, które bez wątpienia doliczą do mojej karty kredytowej, kiedy nie będzie mnie w pobliżu, by wyjaśnić szkody.

— Najwyższy czas, Rafailu — powiedział przez zaciśnięte zęby Alyster, ale jednocześnie dobył miecza i stanął między mną a nacierającymi czarownicami.

Dasz radę, dasz radę, powtarzałem w myślach, wizualizując pręgowane skrzydła sokoła, złowieszczo zakrzywiony dziób. Syczenie przecięło jednak moją koncentrację i musiałem się uchylić, gdy kula iskrzącej, zielonej magii, rzucona przez czarownicę, odbiła się od uniesionego miecza Alystera i śmignęła tuż obok mojego ucha.

Rozdział siedemnasty

Careena

— Daj mi chwilę — powiedział Rafail, a na jego twarzy wyraźnie malowała się panika. — Dawno nie próbowałem tej formy.

Huk oznajmił przybycie sabatu; drzwi wyleciały do środka w deszczu drzazg i zrozumiałam, że właśnie skończył nam się czas.

— Alyster! — krzyknęłam, zdecydowanie ruszając naprzód. Nie zamierzałam zostawić Rafaila na łaskę sabatu, bez względu na wszystko.

Alyster ponuro skinął głową, a jego srebrne oczy błysnęły, gdy zamachnął się klingą. — Wezmę tych dwóch po lewej, ty weźmiesz resztę!

Przywołałam swoją magię, czując, jak iskrzy po mojej skórze niczym błyskawica. Gdybym tylko miała mój anielski miecz! Ale nie było czasu na marzenia. Czarownice mroku już nacierały, a ich dłonie jarzyły się złowrogim zielonym ogniem.

Musiałam zaufać, że moje wrodzone zdolności wystarczą. Alyster i ja ruszyliśmy jak jedno, skacząc naprzód, by związać napastników i kupić Rafailowi bezcenne sekundy, których potrzebował.

Krzyki i warknięcia czarownic wypełniły powietrze, gdy uchylałam się przed ich czarami. Ciskałam w nie wybuchami fioletowej energii, spychając je w tył. Obok mnie miecz Alystera zamieniał się w srebrną smugę, odpierając klątwy i tnąc ich obronę.

Rozczochrana czarownica rzuciła się na mnie, jej oczy płonęły obłędem. Wykonałam unik i wbiłam pięść spowitą fioletową energią w jej szczękę. Osunęła się, lecz na jej miejsce natychmiast wskoczyła następna, rechocząc.

Wtedy przez potrzaskane wejście wkroczyła nowa postać. Wysoka i onieśmielająca, o kruczych włosach i przeszywających zielonych oczach, emanowała mocą i złośliwością. Selene Nightshade, sama przywódczyni sabatu.

Jej spojrzenie wbiło się we mnie, a na pięknych, lecz okrutnych rysach przemknęło zaskoczenie, gdy dostrzegła moje lśniące skrzydła, których krawędzie jarzyły się fioletem. Lecz zdumienie znikło w mgnieniu oka, zastąpione grymasem czystej nienawiści.

— A więc to Pani... — syknęła, gdy w jej oczach rozbłysło rozpoznanie. — Jest Pani przeklętą anielicą! Myślałam, że wyczuwam niebiańską obecność.

Spotkałam jej spojrzenie wyzywająco, a moje skrzydła rozbłysły. — Nie pozwolę Pani skrzywdzić moich przyjaciół.

Zaśmiała się, ostro i szyderczo. — Myśli Pani, że zdoła mnie Pani powstrzymać, mała anielico? Jej ręce mignęły rozmazanym ruchem, a między ich wnętrzami skupił się zielony ogień. — Zobaczmy, jak Pani lata z przyciętymi skrzydłami!

Kula złowrogiej magii pomknęła prosto w moją twarz, zbyt szybko, bym zdążyła uskoczyć. Ale Alyster już tam był, a jego miecz błysnął, by przechwycić zaklęcie. Jadowita energia rozbryzgnęła się na ostrzu, sycząc i plując jak kwas.

— Uważaj, czarownico — warknął Alyster niskim, groźnym tonem. — Ta anielica ma przyjaciół.

Przyzwałam własną magię, a moje dłonie rozbłysły migotliwym, fioletowym światłem. Powietrze zaiskrzyło mocą, gdy formowałam energię, gotowa cisnąć ją w mroczne czarownice.

Oczy Selene zwęziły się. — Brać ich! — wrzasnęła do swojego sabatu. — Nie pozwólcie im uciec!

Pokój eksplodował ruchem i chaosem. Zaklęcia śmigały, smugi chorobliwych barw przecinały powietrze. Unikałam ich i lawirowałam, a moje skrzydła niosły mnie ponad śmiercionośną magią.

Klątwa syknęła piekąco po moim policzku i obróciłam się, wyrzucając dłoń do przodu. Z mojej dłoni wystrzeliła włócznia fioletowej mocy, trafiła czarownicę w pierś i z trzaskiem wbiła ją w ścianę.

— Careena! — wrzasnął Alyster. — Za tobą!

Odwróciłam się w samą porę, by uniknąć chwytającej dłoni spowitej jadowitymi, zielonymi płomieniami. Czarownica warknęła, jej twarz była maską furii, i rzuciła się ponownie.

Zebrałam moc i uwolniłam ją w oślepiającym błysku. Czarownica krzyknęła, gdy ogarnęło ją święte światło, paląc jej splugawione ciało. Osunęła się, chwilowo oślepiona.

Nie miałam czasu, by zaczerpnąć tchu. Napierały bez wytchnienia i zajadle. Walczyliśmy z Alysterem plecami do pleców, miecz i czary powstrzymywały napór mrocznej magii.

Głos Selene przeciął zgiełk niczym brzytwa. — Dość tej głupoty! — warknęła. — Oddajcie grymuar. Nie macie pojęcia, z jakimi mocami igracie.

Spotkałam jej lodowozielone spojrzenie, nie ustępując ani o krok. — Nigdy — wycedziłam. — Nie pozwolę Pani wypaczyć jego tajemnic dla własnej korzyści.

Oczy Selene błysnęły złośliwością. — Śmie Pani mi się sprzeciwiać? Mnie, która sięgnęła głębiej w arkana niż ktokolwiek inny? Jest Pani nikim, wyklęta i samotna! Jak sądzi Pani, jakie ma Pani szanse przeciwko mnie?

Uniosła dłonie, a między jej palcami trzeszczała ciemna energia. Zaparłam się, zbierając własną moc, by przeciwstawić się temu, co zamierzała uwolnić.

Nagle za moimi plecami rozdarł powietrze przenikliwy pisk. Zaryzykowałam rzut oka za siebie i oczy mi się rozszerzyły. Na balustradzie balkonu siedział smukły sokół wędrowny. Rafail. Udało mu się.

Ulga zalała mnie falą ciepła, lecz nie miałam czasu się nią nacieszyć. Klątwa Selene pomknęła ku mnie jak ryczący wir złowrogich zielonych płomieni. Wzniosłam połyskującą, fioletową tarczę; uderzenie zatrzęsło mi kośćmi.

— Alyster! — krzyknęłam, przekrzykując chaos. — Rafail się przemienił! Musimy lecieć, teraz!

Alyster był jak wirujący derwisz, a jego zaklęta klinga migała srebrem, gdy pojedynkował się z warczącą czarownicą. Na mój okrzyk odskoczył z zaskakującą prędkością, pozostawiając przeciwniczkę chwiejnie zataczającą się.

— Najwyższa pora! — zawołał, zdyszany, ale szczerzący zęby zawziętym uśmiechem. — Już zaczynałem myśleć, że będę musiał rozprawić się z całym sabatem sam!

Razem przebijaliśmy się w stronę balkonu, miecz Alystera i moja magia tkały desperacką obronę. Pot przykleił mi włosy do czoła, a skrzydła bolały od wysiłku walki w ciasnej przestrzeni, lecz krok po kroku odpychaliśmy je w tył.

Krzyki wściekłości Selene odbijały się od ścian. — Zatrzymajcie ich, głupcy! — zawyła do swoich osaczonych popleczników. — Nie pozwólcie im uciec!

W końcu wypadliśmy na balkon, a zaklęcia sabatu prażyły powietrze wokół nas. Sokół poderwał się natychmiast, potężne skrzydła uderzały rytmicznie, gdy Rafail wzbił się w noc.

Już miałam rzucić się w ślad za nim, lecz Alyster przykuł mój wzrok. Przez ułamek sekundy połączyło nas doskonałe zrozumienie, błysk porozumienia. *Zaufaj mi*, zdawało się mówić jego srebrne spojrzenie.

A potem odskoczył do tyłu z balustrady, pikując ku odległej ziemi daleko w dole.

Serce ścisnęło mi się w piersi. — Alyster! Nawet Fae nie przeżyłby upadku z takiej wysokości!

Nie zawahałam się. Złożyłam ciasno skrzydła i runęłam za nim, wiatr wył mi w uszach. Zniknął już w ciemności poniżej, ale sięgnęłam innymi zmysłami, szukając jasnego błysku jego wrodzonej magii Fae.

Jest! Ustawiłam skrzydła pod kątem, wyciskając z nich prędkość. Ziemia pędziła ku nam, a ja mogłam tylko modlić się, by zdążyć do niego na czas...

W ostatniej możliwej chwili moje ramiona zacisnęły się na piersi Alystera. Rozwarłam skrzydła szeroko, zmagając się z jego ciężarem i pędem spadania. Mięśnie pleców zawyły z wysiłku, lecz jakoś, cudownie, utrzymałam nas.

Wyciągnęliśmy z nurkowania, a Alyster krzyknął dziko z uniesienia. Mimo wszystko sama też się uśmiechnęłam — przypływ adrenaliny i nasza ucieczka o włos były upajające.

— Jesteś szalony! — wydyszałam, walcząc o wysokość, z Alysterem zwisającym z moich ramion. — Mogłeś nas oboje zabić!

Alyster tylko się roześmiał, beztrosko, bez cienia skruchy. — Ale nie zabiłem! Wiedziałem, że mnie złapiesz.

Chciałam się na niego wściec, ale wbrew sobie poczułam nieśmiały błysk podziwu. Skok wiary Alystera był skrajną brawurą, lecz kupił nam bezcenne sekundy. Wyciągnęłam szyję, lustrując niebo za nami. Ani śladu złowrogich, zielonych błysków. Wbrew wszelkim przeciwnościom wyglądało na to, że uciekliśmy.

— Zgubili nas — powiedziałam, ledwie śmiąc w to uwierzyć. — Inaczej Selene zmiotłaby nas z nieba.

— Dokładnie. W głosie Alystera słyszałam uśmiech. — Nie ma za co, tak w ogóle.

Przewróciłam oczami, choć i tak nie mógł tego zobaczyć. — Następnym razem ostrzeż mnie, zanim postanowisz skoczyć z budynku, dobrze?

Obok nas przemknęła sylwetka i spięłam się, zanim rozpoznałam cętkowane upierzenie sokoła wędrownego. Rafail nas odnalazł. Część napięcia spłynęła z moich barków. Wszyscy byliśmy bezpieczni, przynajmniej na razie.

Mocno pracowałam skrzydłami, zyskując wysokość. Migoczące światła miasta odpływały poniżej, gdy wznosiliśmy się coraz wyżej, aż zaczęły nas oplatać smugi chmur.

— Spróbuję wyjść ponad chmury — powiedziałam do Alystera. — Ukryjemy się przed ciekawskimi oczami na dole. Świt również był blisko — zwiastujący blask na wschodzie ostrzegał, że wkrótce ludzkie oczy mogą nas dostrzec. Nie chciałam ryzykować użycia magii, by okryć nas iluzją; sabat mógłby nas namierzyć, gdybym użyła aktywnej magii tak blisko nich.

— Dobry pomysł. Alyster wiercił się w moim uścisku, próbując spojrzeć mi w twarz. — Nie zamierzasz mnie teraz po prostu puścić, prawda?

— Nie kusz losu — burknęłam, ale bez przekonania.

Nagle rozdarł powietrze za nami nieludzki wrzask. Krew zamarzła mi w żyłach. Alyster zaklął.

— Co to, do wszystkich piekieł, było? — warknął.

Wyciągnęłam szyję, by spojrzeć przez ramię; moje skrzydła na moment zadrżały, gdy dostrzegłam naszych prześladowców. Dwie skrzydlate sylwetki pędziły ku nam, lecz na pewno nie były aniołami. Skórzaste skrzydła unosiły w powietrzu wychudzone ciała, a nawet z tej odległości widziałam złowieszczy łuk ich ostrych szponów.

— Harpie — wyszeptałam z przerażeniem. — Selene musiała użyć zaklęcia z księgi, by przemienić członkinie swojego sabatu.

I szybko zmniejszały dystans. Ich nietoperze skrzydła były stworzone do prędkości, podczas gdy moje pierzaste — bardziej do wytrwałości. Nie mogliśmy liczyć, że długo im umkniemy w locie.

— Rafail! — krzyknęłam, modląc się, by przemieniony mag usłyszał mnie mimo świstu wiatru. — Mamy towarzystwo!

Sokół wydał przenikliwy, potwierdzający okrzyk. Jego bystre, drapieżcze oczy z pewnością już wypatrzyły zagrożenie.

Gorączkowo przeczesywałam horyzont, szukając czegokolwiek, co mogłoby dać nam przewagę nad harpiami. Lecz tu, wysoko, byliśmy zbyt odsłonięci — dookoła rozciągało się tylko puste niebo po kres wzroku.

Myśli pędziły mi jak szalone. Nie mogłam walczyć, niosąc Alystera, a nawet gdybym mogła, nasze szanse w powietrznej bitwie były marne. Złowieszcze pazury harpii i ich przewaga szybkości rozerwałyby nas na strzępy. Musieliśmy znaleźć osłonę, i to szybko.

Wrzaski narastały, pokręcone twarze harpii wyostrzały się w groteskowych detalach. W ich oczach widziałam obłęd i okrutny głód. Kiedyś były ludźmi, ale nie zostało w nich już nic ludzkiego — tylko potworna żądza krwi.

Zacisnęłam zęby, szykując się do manewrów unikowych. To była nasza jedyna szansa. Jeśli zdołam uchylić się przed ich pierwszym atakiem, może uda się zwiększyć dystans między nami...

Harpie zawyły mrożącym krew w żyłach okrzykiem triumfu, gdy dopadły nas z wyciągniętymi szponami. A potem już były przy nas.

ROZDZIAŁ OSIEMNASTY

CAREENA

Harpie zapiszczały i runęły na nas, z pazurami wyciągniętymi do ataku. Ich skórzaste skrzydła biły powietrze w szalony wir, gdy namierzały swoją zdobycz—nas.

Zrobiłam ostry skręt w lewo, o włos unikając smagnienia pazurem. Moje własne skrzydła jęknęły od wysiłku. Przede mną złote włosy Alystera smagały mu twarz, gdy się skręcał, próbując dojrzeć, co wyprawiają.

Tutaj mieliśmy wyraźnie pod górkę. Harpie rządziły tym niebem, a niosąc Alystera, nie miałam jak się bronić.

— Musimy wylądować! — krzyknęłam ponad rykiem wiatru. Z potężnym pchnięciem skrzydeł skierowałam się w dół, złożyłam je ciasno przy ciele i runęłam jak kamień. Ziemia pędziła ku nam w oszałamiającej plamie zieleni i brązu. Wyciągnęłam skrzydła w ostatniej chwili, twardo lądując na trawiastym wzgórzu i stawiając Alystera na nogach.

Obrzuciłam wzrokiem niebo, szukając jakiegokolwiek śladu Rafaila. Nic. Musiał zostać odłączony w chaosie naszego pionowego nurkowania. Z troski ścisnęło mnie w żołądku.

Miałam nadzieję, że nic mu nie jest, gdziekolwiek był. I że żadni ludzie nie widzieli tych powietrznych akrobacji. Ostatnie, czego potrzebowaliśmy, to doniesienia o dziwnych latających stworzeniach w wieczornych wiadomościach.

— Bądź czujna — ostrzegł Alyster, przywracając mnie z powrotem do nadciągającego zagrożenia.

Harpie okrążały wysoko nad nami, wrzeszcząc ze wściekłości. Strome wzgórza otaczały nas ze wszystkich stron, zamykając w pułapce. Poruszyłam palcami, przywołując niebiańską magię tuż pod skórę.

Zapowiadała się piekielna walka.

Srebrne oczy Alystera błysnęły determinacją, gdy wyciągnął dłonie, wnętrzami w stronę ziemi. Z jego opuszków popłynęła blada, zielonkawa poświata, a grunt zatrząsł się pod naszymi stopami. Nagle z gleby wystrzeliły cierniste pnącza, rosnąc w niemożliwym tempie. Wyginały się i wiły, sięgając ku niebu jak węże gotowe do ciosu.

Skinieniem nadgarstka Alyster posłał pnącza pędem ku harpiom, które nurkowały na nas. Stwory zapiszczały zaskoczone, gdy liany opłątały jedną z nich, ciasno owijając jej nogi i skrzydła. Szarpała się dziko, próbując się uwolnić, lecz im bardziej się miotała, tym mocniej więzy się zaciskały.

— Niezła sztuczka — powiedziałam, szczerze pod wrażeniem Alysterowego kunsztu.

Rzucił mi szybki uśmiech. — Miewam przebłyski. Ale to długo nie potrzyma!

Skinęłam głową, kierując uwagę na drugą harpię, która krążyła ostrożnie tuż poza zasięgiem pnączy. Czas wyrównać szanse. Zamknęłam oczy, czerpiąc z bijącego w moich żyłach źródła niebiańskiej energii. Była częścią mnie, tak naturalną jak oddech, a jednak wciąż budzącą zachwyt swoją surową potęgą.

Otworzyłam oczy, rozbłyskując eterycznym światłem. Podniosłam dłoń, wnętrzem na zewnątrz, i wypuściłam żarzący, czysty strumień energii. Przeciął powietrze jak spadająca gwiazda, trafiając harpię prosto w pierś. Stworzenie zawyło z bólu i odskoczyło do tyłu, ze skrzydłami dymiącymi od uderzenia.

— Masz za swoje, przerośnięty kurczaku — mruknęłam z iskierką satysfakcji.

Harpia miotała skrzydłami jak szalona, próbując odzyskać równowagę. Spiorunowała mnie jadowitym spojrzeniem, obiecując zemstę, po czym cofnęła się na bezpieczniejszy dystans. Wiedziałam, że długo nie wytrzyma, a ta druga już wyrywała się z pnączy Alystera.

— Musimy z tym szybko skończyć — powiedział Alyster, a w jego głosie zabrzmiała nagląca nuta. — Zanim wezwą posiłki.

Skinęłam ponuro. Na myśl o całym stadzie tych potworności po plecach przebiegł mi lodowaty dreszcz. Musieliśmy znaleźć sposób, by unieszkodliwić zagrożenie, i to szybko.

Ale jak? Wytężałam umysł, próbując przebić się przez adrenalinę buzującą w żyłach. Musiał istnieć sposób, by wykorzystać połączone moce na naszą korzyść.

Gdyby tylko Rafail tu był. Jego zmiennokształtność dałaby nam tak potrzebną przewagę. Odsunęłam tę myśl. Nie mogliśmy teraz na nim polegać. To na mnie i Alysterze spoczywało dokończenie tej walki.

Harpie sformowały się ponownie w powietrzu, z oczami lśniącymi złośliwością. Wydały przenikliwy wrzask bojowy i runęły na nas z przerażającą prędkością, z pazurami wyciągniętymi jak połyskujące sztylety.

Alyster zareagował natychmiast. Przetoczył się w bok, o włos unikając brzytwicznych szponów, które przecięły powietrze tam, gdzie ułamek sekundy wcześniej stał. Rzuciłam się w przeciwną stronę, machając skrzydłami, by gwałtownie uskoczyć w dół.

Harpie zawróciły do kolejnego ataku, ich skrzydła mieszały powietrze w istną wichurę. Czułam wiatr smagający mi twarz, szczypiący oczy i targający włosy. Ale nie mogłam pozwolić sobie na rozproszenie. Nie teraz.

Sięgnęłam głęboko w siebie, do źródła niebiańskiej mocy, które pulsowało w moich żyłach. Było częścią mnie, tak naturalną jak oddech, a jednak wymagało wysiłku, by je okiełznać. Skupiłam tę energię w lśniącą tarczę, którą otuliłam Alystera niczym ochronnym kokonem.

Posłał mi wdzięczne spojrzenie; jego srebrne oczy na moment spotkały się z moimi, intensywne i skupione. Potem znów ruszył; jego miecz zamienił się w smużkę ruchu, gdy odpierał ataki harpii z nienaturalną szybkością i gracją.

Patrzyłam z podziwem, zachwycona płynnością jego ruchów, niczym taniec pośród śmiercionośnych figur. Złote włosy połyskiwały w świetle świtu, a twarz miał kamienną w koncentracji, gdy trzymał harpie na dystans.

Ale nawet Alyster nie mógł ich odpierać w nieskończoność. Potrzebowaliśmy planu i to natychmiast.

Przenikliwy krzyk rozdarł powietrze, a ja uniosłam gwałtownie głowę w samą porę, by zobaczyć smugę brązu i bieli spadającą z nieba. To był Rafail, w postaci sokoła, nurkujący na harpie z zapierającą dech prędkością i precyzją.

Wbił się w jedną z nich, a jego szpony przeorały tył jej głowy z obrzydliwym chrzęstem. Harpia zawyła z bólu, skrzydła jej zafalowały, gdy próbowała utrzymać się w powietrzu.

— Rafail! — zawołałam ochrypłym z lęku i uniesienia głosem.

Ranna harpia runęła na ziemię niedaleko, chwilowo oszołomiona, dając nam z Alysterem moment na przegrupowanie i zaplanowanie kolejnego ruchu. Wymieniliśmy szybkie spojrzenie, oboje świadomi, że ta chwila nie potrwa długo.

Druga harpia, widząc upadek towarzyszki, wydarła z siebie wrzask wściekłości i z nową zajadłością rzuciła się do ataku. Gdy szykowała się do kolejnego nalotu, skupiłam energię i wystrzeliłam potężną wiązkę światła wprost w stwora. Powietrze zasyczało od natężenia, gdy promień pomknął do celu, zostawiając za sobą smugę migoczących cząsteczek.

Harpia nie miała czasu zareagować. Wiązka trafiła ją bezpośrednio, przepalając pióra i ciało, brutalnie strącając ją z nieba. Spadła na ziemię z grzmotem, miotając bezskutecznie skrzydłami w rozpaczliwej próbie odzyskania kontroli.

To była nasza szansa. Gdy obie harpie leżały na ziemi i były bezbronne, ruszyliśmy z Alysterem, by zadać ostateczny cios.

— Ja się nimi zajmę, Careena, ty znajdź Rafaila! — zawołał Alyster, pędząc ku powalonym potworom.

Zręcznym zamachem miecza trafił w kark pierwszej harpii, w jednej chwili odsyłając ją do Zaświatów. Jej ciało rozsypało się w pył, nie zostawiając po sobie żadnego śladu.

Uznałam, że mogę bezpiecznie zostawić dobijanie drugiej harpii Alysterowi, więc odwróciłam się, by szukać Rafaila, i wkrótce zobaczyłam go leżącego nieopodal na ziemi. Po uderzeniu zmienił się z powrotem w ludzką postać i wyglądał na oszołomionego, zdezorientowanego.

— Dzięki niebiosom — odetchnęłam z ulgą, rzucając się do jego boku. — Rafail, nic ci nie jest?

— C-co...? — wymamrotał, mrugając do mnie niewyraźnym wzrokiem. Najwyraźniej uderzenie solidnie go zamroczyło.

Nie wahałam się. Skierowałam uzdrawiającą magię, położyłam dłonie na jego piersi i wlałam w niego ciepłe, złote światło. Energia pulsowała pod moimi dłońmi, kojąc i zespalając obrażenia, jakich nabawił się podczas brawurowego ataku na harpię.

Stopniowo kolor wrócił na twarz Rafaila, a jego oddech się wyrównał. Skupił na mnie wzrok i zdołał się słabo uśmiechnąć. — Dzięki, Careena — wyszeptał, podciągając się do siadu. Nadal był chwiejny, ale przynajmniej przytomny i dochodził do siebie.

— Powoli — poradziłam łagodnie, z ulgą, że wraca do formy.

Alyster podszedł do nas, wycierając miecz szmatką. Jego spojrzenie spotkało się z moim; na twarzy miał wykutą stalową determinację. — Nie możemy oddać księgi zaklęć Królowej Fae — oznajmił z przekonaniem. — Nie ufam jej i sądzę, że taka moc w jej rękach mogłaby skończyć się tylko katastrofą.

Rafail spojrzał to na mnie, to na niego; zaskoczenie w jego oczach szybko ustąpiło miejsca trosce. — Co masz na myśli? — zapytał, podpierając się o pobliski głaz, gdy powoli wstawał.

Srebrne oczy Alystera wwierciły się w moje, szukając zrozumienia. — Królowa Maeve od początku zatajała swoje zamiary — powiedział, a w głosie pobrzmiała gorycz. — Gdyby miała władać mocą księgi zaklęć, kto wie, jakie szkody mogłaby wyrządzić? Nie chcę skończyć jak *to*. Wskazał na drobinki kurzu powoli osiadające na kamienistej ziemi, jedyne, co zostało po harpiach.

Rozważałam jego słowa, czując ciężar decyzji, przed którą staliśmy. Jako anioł aż nazbyt dobrze znałam konsekwencje niewłaściwego użycia mocy. Moje własne wygnanie z niebios było tego dowodem.

— Zgoda — powiedziałam stanowczo. — Znajdziemy inne wyjście.

Alyster skinął głową, a na jego ustach pojawił się mały, wdzięczny uśmiech.

— Dobra — mruknął Rafail, pocierając miejsce, w które przyjął zderzenie z harpią. — Musimy trzymać się razem i obmyślić plan.

— Najpierw znajdźmy bezpieczne miejsce, żeby się przegrupować — zaproponował Alyster, odwracając się, by zlustrować strome wzgórza wokół nas. — Musimy zebrać informacje o sabacie i odkryć prawdę o mocy księgi.

— Zgoda — powiedziałam. — Spróbujmy znaleźć bezpieczne miejsce. Jakieś łatwe do obrony, bo nie sądzę, żeby

Selene Nightshade przyjęła tę porażkę bez walki. Ruszy za nami — i jest raczej oczywiste, że potrafi namierzać księgę zaklęć, bo inaczej nie mieliby jak nas znaleźć.

Alyster przytaknął ponuro. — Nadciągnie. Tym razem zastawmy pułapkę.

— Idealnie — uśmiechnął się Rafail, a jego zwyczajowa pewność siebie wróciła, gdy przeciągnął się, unosząc ramiona nad głowę. — Ruszajmy więc. Czeka nas konfrontacja z sabatem.

Rozdział dziewiętnasty

Rafail

Zapach krwi i spalonych piór wciąż szczypał mnie w nozdrza, gdy patrzyłem na Careenę i Alystera, oboje wyglądających na równie znużonych jak ja. Ledwo uszliśmy przed brzytwiennymi szponami harpii, a teraz potrzebowaliśmy bezpiecznego miejsca, by złapać oddech i obmyślić następny ruch.

Mimo zmęczenia szarpiącego mięśnie nie mogłem zignorować narastającego poczucia więzi z tą dwojką nieoczekiwanych sprzymierzeńców. Careena, buntownicza anielica o skrzydłach jak noc i przenikliwych oczach, które zdawały się zaglądać prosto w moją strzeżoną duszę. I Alyster, enigmatyczny Fae, którego urok i spryt zarazem mnie niepokoiły i intrygowały.

Byliśmy teraz związani, czy to z wyboru, czy z przypadku, a ja łapałem się na tym, że chcę ich chronić, dowieść swojej wartości jako część tej niedobranej trójki.

— Przejdę się na zwiad — zaproponowałem, już czując znajome mrowienie pod skórą, gdy ciało przygotowywało się do przemiany. — Zobaczę, czy znajdę nam bezpieczne miejsce, gdzie na chwilę przycupniemy.

Careena skinęła głową, jej skrzydła opadły lekko. — Dobry pomysł. Przyda nam się odpoczynek po tej walce.

— Istotnie — przytaknął Alyster. — Twoje umiejętności dobrze nam posłużą, Rafailu. Ruszymy w tamtą stronę — nie sądzę, by tkwienie w jednym miejscu było rozsądne — i poczekamy na twój powrót.

Rzuciwszy towarzyszom ostatnie spojrzenie, pozwoliłem, by przemiana spłynęła po mnie falą; kości i ścięgna przekształciły się, aż stanąłem na czterech łapach zamiast na dwóch stopach. Świat się wyostrzył, zapachy i dźwięki spotęgowały się do granic moich lisich zmysłów.

Mknąłem w rzadkim podszyciu, moja ruda sierść zlewała się bezszwowo z jesiennym listowiem, gdy szukałem głębszej osłony. Myśli pędziły, przesiewając wydarzenia, które doprowadziły nas do tego punktu. Skradziona księga zaklęć, pościg sabatu, krucha przymierze zawiązane w ogniu bitwy.

Lecz pod niepokojem i niepewnością w piersi zapuszczała korzenie inna iskra. Poczucie przynależności, celu, którego nie czułem od dawna, dłużej, niż chciałem pamiętać. Z Careeną i Alysterem u boku może wreszcie znalazłem sprawę, o którą warto walczyć.

Teraz musiałem tylko znaleźć nam bezpieczną kryjówkę, miejsce, by zebrać siły i zaplanować następne kroki. Popędziłem ciało szybciej, zdeterminowany, by dowieść swojej wartości towarzyszom i rozplątać tajemnice, które nas związały.

Odległy szelest przykuł moją uwagę i zamarłem, napinając każdy mięsień. Powiew niósł zapach, od którego zjeżył mi się grzbiet — nieomylną aurę magii Fae, lecz nie tej o znajomym podpisie Alystera. Ktoś z jego rodu był blisko.

Podczołgałem się naprzód, trzymając się nisko przy ziemi, i zajrzałem przez liście. Tam, krocząc między rzadkimi drzewami z wyraźnym celem, szła uderzająca postać w migotliwych szatach, wysoka i smukła, o charakterystycznie spiczastych uszach. Fae. Wysłannik dworu Królowej Fae, jeśli miałem zgadywać, przyszedł porozmawiać z Alysterem.

Myśli znów przyspieszyły. Musieliśmy wiedzieć, czego chcą od Alystera, ale nie mogliśmy się jeszcze ujawnić. Jeszcze nie.

Zawróciłem i pomknąłem z powrotem tam, gdzie Careena i Alyster powoli wspinali się stromym zboczem, moje łapy ledwie muskały ziemię. Podnieśli gwałtownie wzrok, gdy na nich wpadłem, i płynnie wróciłem do ludzkiej postaci, na moment czując triumf, jak łatwe i bezbolesne stały się już moje przemiany.

— Mamy towarzystwo — wydyszałem. — Nadchodzi inny Fae. Wygląda na oficjalnego wysłannika.

Oczy Alystera zwęziły się, postawa zesztywniała. — Wysłannik Królowej — mruknął. — Traci cierpliwość.

Careena zerknęła między nami, twarz miała napiętą z niepokoju. — Co robimy? Nie możemy pozwolić, żeby nas znaleźli, nie z księgą zaklęć…

W głowie zapalił mi się pomysł i zwróciłem się do niej. — Schowamy się — powiedziałem szybko. — Niech Alyster gada. Zmyli ich trop.

Alyster skinął powoli, w srebrnych oczach błysnął cień aprobaty. — Rafail ma rację. Ja zajmę się wysłannikiem. Wy dwoje trzymajcie się z dala od oczu i dajcie mi działać.

Careena zawahała się, lecz potem zacisnęła szczęki i krótko skinęła. — Dobrze. Ale uważaj, Alysterze. Nie stać nas na potknięcia.

— Poradzę sobie — zapewnił pewnie Alyster. — A teraz idźcie, oboje. Szybko.

Chwyciłem Careenę za rękę i pociągnąłem ku jednemu z masywnych głazów porozrzucanych na zboczu. Kucnęliśmy nisko za nim, ostrożnie zerkając, jak Alyster prostuje sylwetkę, zbierając się, by powitać zbliżającego się wysłannika.

Serce dudniło mi w uszach, gdy na niego patrzyłem, a w piersi kiełkował nowy szacunek. Alyster był dziką kartą, szelmą o motywach, których wciąż nie potrafiłem do końca rozgryźć. Ale w tamtej chwili wiedziałem jedno z absolutną pewnością.

Ufałem mu, bo ufała mu Careena. I mogłem tylko modlić się, by to zaufanie nie okazało się błędem.

Wysłannik zszedł w dół zbocza, imponująca postać w migotliwych, zielonych szatach, które przy każdym kroku falowały jak woda. Alyster stał niewzruszenie, a w kącikach jego ust igrał rozbrajający uśmiech.

— Witaj, Wysłanniku — zawołał głosem gładkim jak miód. — Czemu zawdzięczam przyjemność tej wizyty?

Oczy wysłannika zwęziły się, w ich głębi błysnął rachujący chłód. — Królowa niepokoi się, Alysterze. Zastanawia ją twój powolny postęp w odnalezieniu grymuaru.

Uśmiech Alystera tylko się poszerzył. — Ach, grymuar. Rozmawiałem o nim z Jej Królewską Mością zaledwie parę godzin temu... niecierpliwi się, prawda? — Jego uśmiech zachęcał wysłannika, by podzielił rozbawienie. Tamten pozostał jak z kamienia, więc Alyster wzruszył ramionami. — To niełatwa rzecz do wytropienia, co, jak sądzę, Jej Mość doskonale wie. Ale zapewniam, że z każdą chwilą jestem bliżej.

Wysłannik zrobił krok bliżej, wiercąc Alystera spojrzeniem. — Doprawdy? W takim razie może zechcesz zdradzić, na jakie tropy trafiłeś?

Alyster nie zawahał się ani chwili. — Oczywiście — odparł bez trudu. — Moje źródła twierdzą, że grymuar widziano ostatnio w rękach grupy wędrownych wiedźm. Śledzę ich ruchy. Jeśli szczęście dopisze, księga będzie w moich rękach w ciągu kilku dni, najwyżej tygodnia.

Wysłannik rozważył to, z twarzą nie do odczytania. — Dopilnuj więc tego, Alysterze. Cierpliwość Królowej się wyczerpuje. A konsekwencje porażki znasz.

Alyster szkicowo się skłonił, obraz uległości. — Zawsze jestem na usługach Jej Królewskiej Mości. Grymuar będzie należał do Niej, Wysłanniku. Masz moje słowo.

Wysłannik krótko skinął głową, a jego szaty zawirowały, gdy odwrócił się do odejścia. — Dopilnuj, by tak było. Królowa będzie ci się przyglądać, Alysterze. Nie zawiedź Jej.

Gdy wysłannik zniknął za garbem wzgórza, Careena osunęła się na mnie, a ulga odmalowała się w każdej linii jej twarzy. Objąłem ją ramieniem i na chwilę przytuliłem.

Alyster odczekał, aż wysłannik zniknie z oczu, po czym odwrócił się w stronę naszej kryjówki z triumfalnym uśmiechem na twarzy. — No, poszło lepiej, niż się spodziewałem.

Pokręciłem głową, a wargi drgnęły mi w niechętnym uśmiechu. — Gładko to sprzedałeś, Alysterze. Trzeba ci to oddać.

Puścił do mnie oko, a w jego srebrnych oczach zatańczyła wesołość. — Taki dar. A teraz wynośmy się stąd, zanim Królowa pośle kogoś następnego. Mamy księgę zaklęć do rozszyfrowania.

Gdy ruszyliśmy w las, przyłapałem się na tym, że patrzę na Alystera z nowym uznaniem. Był czymś więcej niż czarującym łotrzykiem — był bystrym strategiem, potrafiącym myśleć w biegu i chronić naszą małą bandę odmieńców.

Rześkie górskie powietrze szczypało mnie w płuca, gdy przez cały dzień wspinaliśmy się coraz wyżej, a drzewa rzedły, odsłaniając postrzępione szczyty i skalne wychodnie. Careena prowadziła, krokiem pewnym i równym mimo nierównego terenu.

— Tam — powiedziała, wskazując ciemną szczelinę w zboczu. — Ta jaskinia powinna dać nam przyzwoite schronienie.

Im bliżej podchodziliśmy, tym bardziej czułem spadek temperatury, co było mile widzianą ulgą po trudzie długiej wspinaczki. Paszcza jaskini ziała przed nami, ciemna gardziel obiecująca wytchnienie od wścibskich oczu.

Wewnątrz powietrze było wilgotne i chłodne, a dźwięk kapiącej wody odbijał się od kamiennych ścian. Delikatny zapach mchu i ziemi wypełnił mi nozdrza, przypominając, że życie trzyma się nawet najbardziej niegościnnych miejsc.

Careena usiadła na płaskim głazie, a księgę zaklęć tuliła na kolanach. Jej palce wodziły po starożytnych symbolach wyrytych na okładce, na twarzy malowała się zajadła koncentracja.

— Mogę użyć mojej niebiańskiej magii, by ukryć księgę — powiedziała, głosem niskim i pilnym. — Ale to długo nie potrwa. Najwyżej kilka godzin, zanim sabat znów wyczuje jej obecność, i będziemy musieli ruszyć dalej, zanim nas dogonią. Nie ma tu drogi poza tą, którą przyszliśmy, albo lotem — a Selene już będzie wiedziała, że zniszczyliśmy dwie harpie. Myślę, że zawaha się, by posłać je przeciw nam ponownie. Będą musieli iść powoli, zwykłą drogą.

Alyster skinął głową, z ponurą miną. — W takim razie wykorzystamy ten czas do cna. Careena, rób swoje. Rafail i ja zabezpieczymy teren i zbierzemy zapasy.

Gdy Careena zaczęła śpiewać inkantację, jej głos wznosił się i opadał w eterycznej melodii, a mnie przeszedł dreszcz. Powietrze wokół niej zadrżało, jakby z samej jej istoty sączył się blady, złocisty blask.

Patrzyłem, jak zahipnotyzowany, gdy światło skłębiło się wokół księgi, oplatając ją ochronnym kokonem. Przez moment świat jakby wstrzymał oddech, a jedynymi odgłosami był równy kap kropel wody i łomot własnego serca.

A potem było po wszystkim, blask zgasł, a Careena osunęła się do tyłu o skałę, blada i wyczerpana.

— Stało się — wyszeptała ochrypłym ze zmęczenia głosem. — Księga jest ukryta. Na razie.

Oderwałem wzrok od twarzy Careeny, czując ukłucie troski o cenę, jaką magia wyraźnie na niej odcisnęła. Ale nie było czasu się nad tym rozwodzić. Mieliśmy pracę do wykonania.

Alyster już był w ruchu, jego kroki niemal bezgłośne na wilgotnym kamieniu. — Chodź, Rafailu — powiedział, głosem niskim i pilnym. — Musimy znaleźć jedzenie i zapasy.

Skinąłem głową, a gdy wyszedłem za nim z jaskini w chłodne, mgliste powietrze, uderzył we mnie przypływ adrenaliny. Zatrzymałem się na krótką chwilę, by nacieszyć oczy widokiem: wzbijające się ponad nami szczyty i zielone doliny w dole.

Alyster zatrzymał się przy niewielkiej trawiastej niecce, jego oczy skanowały podszycie. Potem przykucnął, położył dłoń na ziemi, przymknął powieki i posłał przez grunt puls magii, budząc rośliny do życia.

Patrzyłem z zachwytem, jak ziemia wybucha nowym wzrostem, jak delikatne kiełki przebijają glebę, rozwijając liście i subtelne kwiaty. W kilka chwil wyrosło pnącze obwieszone leśnymi jagodami, dojrzałymi i gotowymi do zebrania.

— Imponujące — mruknąłem, klękając, by zerwać garść soczystych owoców.

Alyster błysnął do mnie uśmiechem, a jego srebrne oczy zapłonęły figlem. — Troszkę magii Fae. Przydaje się, gdy jest się na ucieczce.

Wrzuciłem jagodę do ust, delektując się wybuchem słodyczy na języku. Lecz nawet jedząc, czułem, jak we mnie narasta niespokojna energia, pierwotna potrzeba polowania i zapewnienia pożywienia.

Bez słowa wsunąłem się w wilczą postać, czując, jak wyostrzają mi się zmysły, a mięśnie napinają od mocy. Uniosłem pysk ku wiatrowi, chwytając z powiewem woń zwierzyny.

I już biegłem, skacząc przez podszyt, łapy ledwie muskały ziemię, gdy zamykałem dystans do zdobyczy. Dwa króliki, tłuściutkie i niczego nieprzeczuwające, skubały trawę na skraju strumienia.

W mgnieniu zębów i futra miałem oba, ich ciała zwisały wiotko i bez życia w moich szczękach. Zaniosłem je z powrotem do miejsca, gdzie czekał Alyster, i z zadowolonym warknięciem rzuciłem mu je pod nogi.

— Dobra robota — powiedział z nutą podziwu. — Wygląda na to, że dziś zjemy porządnie, a i dla Careeny starczy. Nie próżnował, gdy mnie nie było; do jagód dołączyły grzyby, słodkie dzikie cebulki i jakieś korzenie, których nie rozpoznałem, ale musiały być jadalne, skoro Alyster je zebrał.

Zebraliśmy nasze zbiory i wróciliśmy do jaskini, a w powietrzu mieszał się zapach świeżej zwierzyny i dojrzałych jagód. Idąc, poczułem dziwną więź z rycerskim Fae, spoiwo wykute we wspólnym niebezpieczeństwie i pierwotnej euforii łowów.

Z powrotem w jaskini zabraliśmy się do rozpalania małego ogniska, poruszając się sprawnie i z wprawą. Alyster wyjął z torby małe metalowe naczynie i przyrządził coś w rodzaju zapiekanki z korzeni i grzybów, podczas gdy ja oczyściłem i nadziałem króliki na rożen. Gdy płomienie lizały mięso, a powietrze wypełniał gęsty aromat pieczonego królika, spłynął na mnie spokój — chwilowe wytchnienie od chaosu i niepewności naszej sytuacji.

Usiedliśmy z Alysterem ramię w ramię, rozdzierając palcami delikatne mięso, aż sok spływał nam po brodach. Przez tych kilka cennych chwil byliśmy po prostu dwoma mężczyznami, dzielącymi posiłek i moment towarzyskości, a ciężar świata na moment spadł nam z barków.

Gdy weszliśmy po posiłku do jaskini, Careena podniosła wzrok znad księgi, a jej zmęczenie było widoczne w opadłych skrzydłach i cieniach pod oczami. Podałem jej solidną porcję jagód i warzywnej zapiekanki Alystera, którą przyjęła z wdzięcznym uśmiechem.

— Powinnaś odpocząć — zasugerował łagodnie Alyster. — Wezmę pierwszą wartę.

Careena zawahała się na moment, po czym skinęła głową i odłożyła księgę. Pomogłem jej ułożyć się na posadzce, a swojej kurtki użyłem jako prowizorycznej poduszki. Ku mojemu zaskoczeniu położyła głowę na mojej piersi, a jej ciało skuliło się przy moim. Ciepło jej obecności było zarazem kojące i niepokojące, przypominając o rosnącej między nami więzi. Jedno potężne czarne skrzydło przykryło mnie, ciepłe i miękkie, a z jego piór uniósł się słodki zapach, który przebił wilgotną woń jaskini.

Gdy oddech Careeny pogłębił się w miarowy rytm snu, bezwiednie zacząłem gładzić jej włosy, jedwabiste pasma przeciekały mi przez palce. Spojrzenie powędrowało ku Alysterowi, który stanął przy wejściu do jaskini, a jego srebrne oczy omiatały ciemność na zewnątrz.

Patrząc na niego, nie mogłem się nadziwić, jak dziwny obrót wzięło moje życie. Jeszcze kilka dni temu byłem samotnym zmiennokształtnym, troszczącym się jedynie o przetrwanie. Teraz byłem częścią tej nieprawdopodobnej trójki — buntowniczej anielicy, poszukującego rycerza Fae i mnie — związanych losem i okolicznościami.

Leżąc tak, z ciepłem Careeny przenikającym moją skórę i czujną obecnością Alystera jak milczącego strażnika, poczułem poczucie przynależności, którego nigdy wcześniej nie znałem. Było to zarazem ekscytujące i przerażające — uświadomienie sobie, że moje życie nie należy już tylko do mnie.

Sen szarpał za brzegi świadomości, ale opierałem się, umysł wirował od myśli o tym, co przed nami. Księga, sabat, rosnąca więź między naszą trójką — to było wiele do uniesienia.

Miękkie kroki Alystera ściągnęły moją uwagę, gdy podszedł, smukła sylwetka odcinała się na tle nikłego blasku ognia. Przykucnął obok nas i odezwał się cicho:

— Odpocznij, Rafailu. Będę czuwał.

Zawahałem się, niechętny oddać choć na chwilę rolę obrońcy. Ale zmęczenie w kościach i zaufanie w oczach Alystera przekonały mnie. Skinąłem głową i oparłem się wygodniej, pozwalając powiekom opaść.

Sen pochwycił mnie szybko, ale daleki był od kojącego. Nękały mnie sny — wizje sabatu, mocy, której pragnęli, i chaosu, jaki nadejdzie, jeśli odniosą sukces. Drgałem i mamrotałem, a umysł nie mógł znaleźć spokoju.

Obudził mnie delikatny dotyk i mrugnąłem do Careeny, której hebanowe oczy zmiękły troską. — Cii, już dobrze — wyszeptała, jej palce wplotły się w moje włosy. — Jesteśmy bezpieczni. Na razie.

Wtuliłem się w jej dłoń, czerpiąc ukojenie z jej obecności. Zerknąwszy ku wejściu, zobaczyłem Alystera wciąż na warcie, plecami do nas, milczącego strażnika. Przypłynęła fala wdzięczności i raz jeszcze zadziwiła mnie siła więzi, która powstała między nami w tak krótkim czasie.

Musiałem chyba znów przysnąć, bo nim się obejrzałem, otwierałem oczy na widok Alystera, który delikatnie potrząsał ramieniem Careeny. — Twoja kolej — mruknął, głosem zachrypniętym ze zmęczenia.

Careena usiadła, przecierając oczy. — Odpocznij — powiedziała mu tonem, który nie dopuszczał sprzeciwu.

Alyster wyglądał, jakby zamierzał zaprotestować, ale zaraz się rozmyślił. Ze zmęczonym skinieniem niemal osunął się obok mnie.

Patrzyłem, jak Careena zajmuje miejsce Alystera przy wejściu do jaskini, a jej skrzydła lekko się rozkładają, gdy je przeciąga. W powietrzu zaszumiało miękko piórami i uznałem ten dźwięk za dziwnie kojący.

Obok mnie poruszył się Alyster, jego ramię musnęło moje. Zerknąłem ku niemu, śledząc, jak światło ognia rzeźbi jego rysy ostrymi cieniami.

Złapałem się na tym, że zastanawiam się nad jego przeszłością, nad wydarzeniami, które ukształtowały go na człowieka, jakim jest. Było tyle rzeczy, których nie wiedziałem, tyle, które pragnąłem zrozumieć.

Jakby wyczuwając mój wzrok, powieki Alystera drgnęły. Przez chwilę po prostu na mnie patrzył, z wyrazem nie do odczytania. Potem odezwał się szeptem: — Dziękuję ci, Rafailu. Za to, że mi ufasz.

Przełknąłem twardą gulę w gardle. — Ja... — urwałem, niepewny, jak odpowiedzieć.

Alyster tylko się uśmiechnął, krótko i smutno. — Śpij — powiedział, echo wcześniejszych słów Careeny. — Będzie nam potrzebna siła na to, co nadejdzie.

Skinąłem głową, oparłem się i pozwoliłem, by powieki znów opadły. Gdy zawisłem na krawędzi snu, usłyszałem, jak oddech Alystera obok mnie się wyrównuje, i wiedziałem, że uległ wyczerpaniu.

Życie było dziwne, ale gdy wreszcie pozwoliłem, by sen mnie porwał, zrozumiałem, że nie ma miejsca, w którym wolałbym teraz być, ani ludzi, z którymi wolałbym mierzyć się z tym, co nadejdzie, niż dwoje niezwykłych istot, które jakoś stały się moją rodziną.

Rozdział dwudziesty

Careena

Noc gęstniała od cieni. Siedziałam samotnie u wylotu jaskini, z ciężkim sercem przewracając pożółkłe karty księgi zaklęć i wpatrując się w starożytne hieroglify przy nikłym blasku ognia. Zamknięte w niej sekrety szeptały o potędze, o mroku. O niebezpieczeństwie.

Mój niepokój rósł z każdym enigmatycznym symbolem, który rozszyfrowywałam. Z jakimi siłami igrałyśmy? Potarłam skronie, czując, jak ciężar odpowiedzialności przygniata mnie do ziemi.

Świt rozdarł mrok, blade światło wpełzło do jaskini. Alyster i Rafail obudzili się i podeszli do mnie, na twarzach mieli posępność i napięte oczekiwanie.

— Co znalazłaś? — zapytał Alyster, wbijając we mnie swoje srebrne oczy.

Zawahałam się. — Moc w tych kartach... jest ogromna. I niebezpieczna.

Rafail zmarszczył brwi. — Niebezpieczna jak? Z czym dokładnie mamy tu do czynienia?

— Starożytna egipska magia. Zaklęcia zdolne do rzeczy straszliwych. — Przesunęłam palcem po wyblakłym hieroglifie. — W niepowołanych rękach mogłaby wyzwolić chaos.

Alyster chodził tam i z powrotem, dłoń zaciśnięta na rękojeści miecza. — Więc sabat chce okiełznać tę moc. W jakim celu?

— W żadnym dobrym. — Dreszcz przeszedł mi po plecach, gdy spotkałam spojrzenie Alystera. — Musimy ich powstrzymać.

Rafail skinął głową, szczęka mu drgnęła. — Zgoda. Ale jak? Nie jesteśmy przecież armią.

Odwróciłam się znów ku księdze, marszcząc czoło, gdy ślęczałam nad starożytnymi tekstami. Enigmatyczne symbole zdawały się tańczyć mi przed oczami, droczyć się ukrytymi znaczeniami — choć znałam język, nadal był pełen zawiłości i wymagał interpretacji. Czułam na sobie spojrzenia Alystera i Rafaila, ich wyczekiwanie było niemal namacalne w napiętej ciszy jaskini.

Im głębiej wnikałam w sekrety księgi, tym silniej w dołku żołądka osiadało narastające poczucie niepokoju. Moc zawarta w tych stronicach przewyższała wszystko, z czym kiedykolwiek się zetknęłam. Była surowa, pierwotna i przerażająca w swoim potencjale zniszczenia.

Myśli pędziły, podsuwając obrazy tego, co sabat mógłby uczynić, mając taką siłę do dyspozycji. Samo wyobrażenie, że puściliby na świat egipską magię sprzed tysiącleci, wywołało ciarki na moich plecach. Wiedziałam, że musimy ich powstrzymać, lecz wątpliwość zaczęła wpełzać do moich myśli.

Czy naprawdę byliśmy w stanie zapanować nad taką potęgą? Co, jeśli próbując pokrzyżować plany sabatu, niechcący uwolnimy coś jeszcze gorszego? Odpowiedzialność za strzeżenie tej wiedzy przygniatała mnie coraz mocniej z każdą mijającą chwilą.

Spojrzałam na Alystera i Rafaila — ich twarze naznaczone troską śledziły każdy mój ruch. Uwierzyli, że rozwikłam tajemnice księgi i poprowadzę nas w misji zatrzymania sabatu. A co, jeśli poprowadzę nas na manowce? Jeśli moje decyzje ściągną jeszcze większy chaos i zniszczenie?

Gdy znów pochyliłam się nad księgą, moja determinacja zachwiała się, ustępując miejsca narastającej niepewności. Przed nami był szlak najeżony niebezpieczeństwami, a ja nie mogłam pozbyć się wrażenia, że stąpamy po ostrzu brzytwy między ocaleniem a potępieniem.

Głos Rafaila przeciął moje posępne rozmyślania. — Careena, zastanawiam się nad różnicami między magią niebiańską a magią Fae. Wyjaśnisz mi to?

Podniosłam wzrok, wdzięczna za tę odskocznię. — Oczywiście — powiedziałam, biorąc głęboki oddech, by zebrać myśli. — W Niebiosach magia niebiańska jest obfita i swobodnie dostępna, jak kaskada wodospadu. To stała obecność, pulsująca energią i potencjałem.

Spojrzenie uciekło mi w stronę doliny skąpanej w porannym słońcu. — Ale tutaj, na Ziemi, jest inaczej. Magia niebiańska jest rzadka, jak krople rosy, które trzeba mozolnie zbierać i gromadzić. Bez mojego anielskiego miecza, który musiałam zostawić, gdy mnie wygnano, moje moce są mocno ograniczone. Muszę polegać na własnej wewnętrznej sile i skąpych okruchach niebiańskiej energii, które zdołam zgromadzić.

— A magia Fae? — spytał Rafail, zerkając na Alystera. — Czym się różni?

Odpowiedział mu Alyster. — Magia Fae jest ściślej związana ze światem natury. Wpleciona w tkankę ziemi, w szepty wiatru i sekrety lasów. My, Fae, mamy głęboką więź z krainą i potrafimy czerpać z niej moc w sposób, który dla niebian jest niedostępny.

Rafail poruszył się niespokojnie, słuchając z natężoną uwagą. Widziałam, jak trybiki pracują mu w głowie, jak przetwarza informacje i rozważa ich konsekwencje.

— Tylko że — podjęłam — magia Fae i niebiańska pochodzą z odmiennych sfer, co oznacza, że tu, na Ziemi, ta staroegipska magia opisana w księdze jest czymś zgoła innym. Czymś, co może być w tym świecie o wiele potężniejsze, i obawiam się, że nawet połączone siły niebian i Fae mogą nie wystarczyć, by ją poskromić.

Zapadła ciężka cisza, gdy moje słowa w nas wniknęły. Waga sytuacji przygniotła nas ponownie, a ja znów poczułam brzemię odpowiedzialności na barkach.

Rafail pochylił się do przodu, brwi ściągnięte w zamyśleniu. — Ale Alysterze — odezwał się z nutą ciekawości — jak wszedłeś w posiadanie niebiańskiego miecza?

Spojrzałam na Alystera, uświadamiając sobie, że Rafail nie widział naszej walki z piekielnym ogarem. Alyster odwzajemnił spojrzenie, a w jego srebrnych oczach mignęła niepewność.

— Stworzyłam ten miecz — wyjaśniłam pewnym głosem, choć w środku czułam niepokój. — Podczas naszej walki z piekielnym ogarem przemieniłam sztylet Alystera w niebiańskie ostrze, żebyśmy mogli go pokonać. Teraz jest z nim związany i tylko on może go dzierżyć.

Oczy Rafaila rozszerzyły się, a na twarzy wypłynęła mieszanina zaskoczenia i fascynacji.

— Miecz działa jak magnes — ciągnęłam — zbiera niebiańską magię z otoczenia. To potężne narzędzie, ale wiąże się z nim ogromna odpowiedzialność.

Alyster pochylił się, mówiąc niskim, naglącym tonem. — Careena, czy jest sposób, żebym mógł tą magią władać? Okiełznać jej moc?

Zawahałam się, gdy myśli popędziły ku możliwym konsekwencjom. Aurelius wpadłby w furię, gdyby odkrył, że dałam Fae anielskie ostrze. Sama myśl o jego dezaprobacie wywołała dreszcz.

Lecz kiedy spojrzałam w oczy Alystera, ujrzałam jedynie pragnienie, by użyć tej nowo zdobytej mocy w dobrym celu.

— Mogę cię nauczyć — wyszeptałam. — Ale musisz pojąć powagę tej decyzji. Władanie magią niebiańską to nie błahostka i wymaga wielkiej dyscypliny oraz kontroli.

Rafail zmarszczył czoło, śledząc naszą wymianę zdań, jego wzrok wędrował między Alysterem a mną. — Careena — odezwał się z ciekawością — czemu po prostu nie stworzysz sobie nowego niebiańskiego ostrza? Nie wyrównałoby to szans?

Nie mogłam powstrzymać chichotu, uświadamiając sobie, że ten pomysł nawet nie przyszedł mi do głowy. Dlaczego właściwie nie? — Wiesz, Rafailu, to wcale niegłupi pomysł — powiedziałam, a usta mimowolnie drgnęły mi w uśmiechu. — Tylko potrzebuję odpowiedniej podstawy. Sztyletu albo noża rzeźbiarskiego. Będę musiała wypatrywać czegoś odpowiedniego.

Ustalone, wróciłam do księgi, a jej wytarte karty zaszeleściły pod moimi palcami, gdy je przekładałam. Starożytne znaki znów zatańczyły mi przed oczami, a ich znaczenia powoli zaczęły się we mnie rozplątywać.

— Coś znalazłam — powiedziałam ponuro, unosząc wzrok na Alystera i Rafaila. — Księga wspomina o Secie, staroegipskim bogu chaosu i przemocy. Ja... myślę, że może zawierać rytuały, by go uwolnić!

Oczy Alystera zwęziły się, szczęka mu stężała. — Set to potężne bóstwo — powiedział nisko i poważnie. — Jeśli sabat zdoła okiełznać choć ułamek jego mocy, konsekwencje mogą być katastrofalne. A jeśli zdołają go uwolnić...

Przełknęłam ze ściśniętym gardłem. Minęły tysiące lat, odkąd Set został odsunięty od tego świata, ale dochodziły do mnie szepty o chaosie, jaki potrafił siać, nawet gdy był związany z krainą Faraonów. Gdyby dziś wyswobodził się — nie chciałam nawet sobie tego wyobrażać.

Wymieniliśmy spojrzenia, porozumienie przeszło między nami bez słów.

— Musimy ich zatrzymać — powiedziałam, głos drżał, ale był pełen determinacji. — Za wszelką cenę nie możemy dopuścić do uwolnienia Seta.

— To znaczy, że nie możemy nigdy pozwolić, by znów dorwali tę księgę — zauważył Rafail. — Gdyby jej już nie potrzebowali do rytuału, nie ścigaliby nas tak zajadle.

Skinęłam głową, czując nikłą iskrę nadziei. Cokolwiek sabat zrobił lub mógł jeszcze zrobić, logicznie biorąc, Rafail musiał mieć rację.

Alyster poderwał się i zaczął krążyć. — Jeśli zniszczymy księgę zaklęć, może to uniemożliwić im dokończenie rytuału. Ale ryzykujemy utratę cennych informacji, które mogłyby nam pomóc ich powstrzymać.

Rafail pokręcił głową. — Zbyt ryzykowne. Nie możemy dopuścić, by znów wpadła im w ręce. Mówię: spalić i mieć to z głowy.

Zagryzłam wargę, rozdarta między tymi dwiema opcjami. Buntownicza część mnie chciała zachować księgę, rozsupłać jej sekrety i obrócić je przeciw wrogom. Ale rozsądek podpowiadał, że Rafail ma rację.

— A gdybyśmy ukryli ją gdzieś bezpiecznie? — zaproponowałam, gorączkowo szukając innych rozwiązań. — W miejscu, o którym w ogóle by nie pomyśleli. Wtedy mielibyśmy dostęp, gdyby zaszła potrzeba, ale poza ich zasięgiem.

Srebrne oczy Alystera spotkały moje, a w ich głębi błysnęła aprobata. — To mogłoby się udać. Ale gdzie? To musiałoby być miejsce dobrze chronione, i fizycznie, i magicznie.

Wzięłam głęboki oddech. — Może powinnam zanieść ją do Aureliusa, tak jak pierwotnie mi kazał.

Obaj spojrzeli na mnie. Alyster przygryzł wargę i widziałam, jak walczy sam ze sobą, by się ze mną nie zgodzić. To jednak Rafail wysłowił nasze obawy.

— Zgadzam się, że jeśli ktokolwiek może zatrzymać sabat, to cały Zastęp anielski. Ale co to znaczy dla Alystera, Careena? Będzie musiał przyznać się Wysokiej Królowej Fae, że zawiódł.

I wszyscy wiedzieliśmy, że to oznaczałoby jego śmierć. Nawet słuszna wymówka, że anioł ubiegł go przy księdze — co było przecież prawdą — nie ocaliłaby go przed gniewem Królowej. Więc mimo że wszyscy wiedzieliśmy, iż to najlepsza opcja, nie mogłam tego zrobić.

Pokreciłam stanowczo głową. — Nie, nie zrobimy tego Alysterowi. Znajdziemy inny sposób. Jesteśmy w tym razem.

Ramiona Alystera się rozluźniły i skinął mi z wdzięcznością.

Rafail westchnął, przeczesał dłonią włosy. — Dobra, czyli ukrywamy księgę. Ale wciąż potrzebujemy planu, by zatrzymać sabat. Nie możemy siedzieć z założonymi rękami i czekać, aż zrobią pierwszy ruch.

— A może właśnie możemy — sprzeciwił się Alyster. — Najpierw oczywiście przenosimy księgę i ją ukrywamy. A potem... pozwolimy sabatowi przyjść do nas i tym razem walczymy na naszym terenie. Na naszych warunkach.

— Zastawić pułapkę? — Na ustach Rafaila pojawił się figlarny uśmiech. — Wiedziałem, że lubię cię nie bez powodu. Jesteś sprytny jak ja.

Na twarz Alystera wrócił łobuzerski uśmiech. — A co to za życie bez odrobiny ryzyka? Poza tym świerzbią mnie ręce do porządnej walki.

Przewróciłam oczami. — Tylko się nie zapędźcie. Musimy podejść do tego z głową.

Alyster i Rafail stulili głowy, mówiąc półgłosem, gdy omawiali możliwe pułapki. Patrzyłam na nich z lekkiego dystansu, nie chcąc przeszkadzać w planowaniu.

Zwykła ostrożność Rafaila jakby stopniała, kiedy pracowali ramię w ramię; ich swobodna koleżeńskość ostro kontrastowała z napięciem, które jeszcze kilka dni temu wisiało między nimi.

A pod czarującą fasadą Alystera wyraźnie widziałam głębię jego rozsądku i zażartą lojalność wobec tych, których uznaje za sojuszników.

Między nimi dwoma było razem niemal dwa tysiąclecia doświadczenia — w walce i przetrwaniu, każde na swój sposób. Czułam się przy nich niemal jak dziecko, mimo moich anielskich mocy.

A jednak to na mnie obaj patrzyli po odpowiedzi.

— A więc gdzie i jak ukryjemy księgę? — zapytał mnie Alyster, a ja zmusiłam się, by strząsnąć z siebie poczucie nieadekwatności.

— Cóż, myślałam o tym. I o tym, co zrobić, jeśli... no cóż, jeśli coś pójdzie nie tak i nie wyjdziemy z tego cało.

Twarze obu spoważniały i skinęli głowami. — Tak. Potrzebujemy planu awaryjnego — przyznał Rafail.

— A jeśli nie wyjdziemy, gniew Królowej Fae przestanie być problemem, więc planem awaryjnym musi być Aurelius. Prawda?

Znów skinęli.

— Napiszę list i wyślę go ludzką pocztą, żeby powiedzieć mu, gdzie znajdzie księgę. Wiem, jak i gdzie ją ukryć, żeby sabat jej nie odnalazł. — Prawie natychmiast, gdy wpadłam na ten pomysł, zobaczyłam idealne miejsce. Archiwa Watykańskie. Osłonięte przed wiekami zaklęciami kamuflażu, których nawet sabat nie zdoła przełamać. Ukryję ją dokładnie tam, skąd ukradłam ten zupełnie pierwszy dokument, po który Aurelius kazał mi się udać — ten, który wyglądał, jakby nikt go nie tknął od stuleci.

— To genialne — powiedział z uznaniem Alyster, gdy wyłuszczyłam swój plan. — Nie sądzę, by nawet najpotężniejsi spośród Fae zdołali ją tam znaleźć.

— Będzie tam bezpieczna, dopóki Aurelius nie dostanie mojego listu i po nią nie ruszy. Albo pokonamy sabat i dotrzemy do niej pierwsi. Obojętnie. — Wzruszyłam ramionami. — Zaklęcie maskujące wytrzyma, aż ją tam doniosę — to niedaleko, jak na lot anioła. Trzysta mil, może trochę więcej. Mogłabym wrócić przed zmrokiem, jeśli wyruszę teraz.

— A potem? — zapytał Rafail.

— A potem wracam tutaj i pozwalamy sabatowi nas znaleźć. — Wzruszyłam ramionami, choć sam pomysł mnie spinał. — A wy w tym czasie zrobicie z tego miejsca śmiertelną pułapkę.

— Podoba mi się — powiedział Alyster, a jego uśmiech stwardniał w drapieżny grymas.

— Pocałuj mnie, zanim pójdziesz — poprosił bezczelnie Rafail, a ja roześmiałam się.

— Oczywiście.

Pochylił się i pocałował mnie wolno i namiętnie, aż zakręciło mi się w głowie. — Tylko przedsmak tego, co nas czeka, kiedy uporamy się z sabatem i tym całym bajzlem — powiedział z uśmiechem.

— Trzymam cię za słowo. — Musnęłam dłonią jego policzek, przynajmniej dopóki Alyster nie nachylił się z nadzieją po mojej drugiej stronie. Roześmiana pocałowałam i jego, a my troje objęliśmy się w uścisku, który trwał zdecydowanie zbyt krótko.

— Wrócę tak szybko, jak się da — obiecałam, wsuwając księgę za pazuchę. Serce ścisnęło mi się na myśl o rozstaniu, ale musiałam ukryć księgę, zanim sabat nas odnajdzie.

Lot do Rzymu nie był długi i było już dobrze po południu, kiedy spiralą opadłam na plac św. Piotra, trzymając mocno iluzję maskującą, by ukryć się przed turystami i miejscowymi. Przemknęłam obok zakonnic i księży, odtwarzając w pamięci drogę w dół do Archiwów, i już zmierzałam do wybranego schowka, kiedy poczucie znajomej obecności zatrzymało mnie jak wryte.

Aurelius.

Co on tu robił? Ostrożnie wyjrzałam zza rogu i ujrzałam go z złożonymi równo za plecami szarymi skrzydłami; dla sędziwego księdza, z którym rozmawiał, były rzecz jasna niewidoczne.

Cholera.

Rozważałam, czy iść dalej, ale jeśli Aurelius wyczuje, że tędy przechodziłam, będzie w stanie podjąć mój trop. Znajdzie księgę, dużo wcześniej, niż bym chciała. Nawet kiedy patrzyłam, jego skrzydła drgnęły, a on lekko odwrócił głowę, jakby wyczuwał moją obecność.

Muszę się stąd natychmiast zabrać!

Odwróciłam się i popędziłam z powrotem tą samą drogą. Musiałam wzbić się w niebo i zniknąć, zanim Aurelius ruszy w pościg. Nie było czasu, by się zatrzymać, nie było czasu, by ukryć księgę. Tylko biec, inaczej mnie znajdzie, a Alyster będzie stracony. Rafail też, bo sabat dopadnie ich na długo, zanim Aurelius pozwoli mi do nich wrócić.

Byłam już w połowie drogi do zbocza gór, gdzie ich zostawiłam, kiedy dotarło to do mnie.

Wciąż miałam księgę.

Nie miałam już żadnego planu awaryjnego, gdzie ją ukryć. I nie miałam czasu.

Nie mogłam zostawić Rafaila i Alystera, by stawili czoła sabatowi sami. Musiałam wracać i walczyć u ich boku... ryzykując, że księga wpadnie w ręce sabatu, bo schowanie jej gdziekolwiek indziej groziło wykryciem.

Nadchodząca walka nagle nabrała zupełnie innego ciężaru. Musieliśmy wygrać, bo stawką nie było tylko nasze życie.

Chodziło o los całego świata.

ROZDZIAŁ DWUDZIESTY PIERWSZY

RAFAIL

MIGNĘŁY MI KRUCZOCZARNE SKRZYDŁA Careeny, lśniące w gasnącym świetle, gdy wylądowała tuż przed wejściem do jaskini. Właśnie z Alysterem kończyliśmy zastawiać ostatnie pułapki — niemiłą niespodziankę dla nieproszonych gości. Uśmiechnęliśmy się do siebie, aż nas świerzbiło, by pochwalić się jej naszym dziełem.

Lecz gdy Careena wpadła do jaskini, natychmiast poczułem, że coś jest nie tak. Jej zwyczajną, płynną grację zastąpiły szarpane, nerwowe ruchy. Panika biła od niej falami.

— Co się stało? — zapytałem ostro, podchodząc, by wyjść jej naprzeciw.

— Chłopaki, mamy problem — wysapała, a w jej głosie słychać było napięcie.

Figlarny wyraz twarzy Alystera zniknął, zastąpiony troską. — Co się stało?

Careena przełknęła ślinę, próbując dobrać słowa. — Aureliusz... był w Archiwach Watykańskich. Nie mogłam zostawić księgi — ścisnęła niewielki tom przy piersi.

— Cholera — mruknął Alyster. — I to nie wszystko, prawda?

Poznałem po jej wahania, że jest coś więcej. Instynkt wrzeszczał, żebym przygotował się na to, co zaraz usłyszę.

— Nie, nie wszystko — przyznała, drżąc. — W drodze powrotnej widziałam sabat. Rozbili obóz kilka mil stąd. Najwyraźniej czekają, aż zapadnie mrok, żeby zacząć atak. Nie mamy już czasu, żeby ją ukryć.

— Cholera — zakląłem, czując, jak ciężar sytuacji przygniata nas do ziemi. Spojrzałem na Alystera i Careenę, ważąc możliwości.

— Dobrze — powiedziałem równym głosem. — Musimy być gotowi. I potrzebujemy więcej informacji.

Gonitwa myśli przyniosła ryzykowny plan. Taki, który wymagał wszystkich moich umiejętności — i sporej dozy szczęścia. Spojrzałem Careenie w oczy.

— Zakradnę się do ich obozu. Wypatrzę ich plany i liczebność.

Careena i Alyster jednocześnie zaczęli protestować, ale uniosłem dłoń, by ich uciszyć. — Potrzebujemy informacji, jeśli mamy to przeżyć. Moje zdolności przemiany dają mi największą szansę, by wejść i wyjść niezauważony.

— Nie, Rafailu — zapleła Careena. — To zbyt niebezpieczne.

— Zgadzam się — przytaknął Alyster, a jego zwyczajny łobuzerski uśmiech zniknął, zastąpiony surowym wyrazem. — Nie masz szans z ich mroczną magią. To zbyt ryzykowne.

— Posłuchajcie — odparłem, starając się mówić spokojnie. — Nie mamy wyboru. Oni zaatakują, a nam potrzebny jest każdy atut — zacisnąłem pięści, karmiąc się determinacją.

— Twoje zdolności przemiany są imponujące — przyznała Careena, zaciśniętą miała szczękę. — Ale nie jesteś niezwyciężony.

— Nikt z nas nie jest, Careena — przypomniałem jej, patrząc w to intensywne spojrzenie. — Ale jeśli dowiem się czegoś, co pozwoli nam odwrócić losy starcia, warto zaryzykować.

Alyster westchnął, przeczesał palcami włosy i szarpnął je ze złością. — Dobrze — wymamrotał w końcu. — Ale będziemy tu, gotowi cię osłonić, jeśli zajdzie potrzeba.

— Dzięki — odparłem, kiwając obojgu. Wiedziałem, że się martwią, ale to była nasza najlepsza szansa na przeżycie. Zbierając się w sobie, skupiłem się do wewnątrz, przywołując moce zmiennokształtnego.

Ciało zaszczypało, gdy się przeobrażałem; ludzka postać ustępowała smukłej i zwinnej sylwetce lisa. Zmysły natychmiast się wyostrzyły, a ja poczułem, jak siła nowej formy pulsuje we mnie.

— Czekaj — rozkazała Careena w chwili, gdy szykowałem się do wyjścia. Wyciągnęła dłoń, a jej palce zatańczyły skomplikowanymi wzorami; pod nosem szeptała inkantacje. Z każdym sylabą z jej palców sączył się nikły fiołkowy blask, który otulił mnie ciepłem.

— Uważaj na siebie, Rafailu — szepnęła, schylając się i przesuwając delikatnie palcami po gęstym futrze na karku. — Ten czar powinien zamaskować twoją magię przed sabatem, ale nie sprawi, że będziesz całkiem niewidzialny.

— Rozumiem — warknąłem cicho. — Postaram się trzymać w ukryciu. Oby to wystarczyło.

Skinąwszy im po raz ostatni, wymknąłem się z jaskini w szybko zapadającą ciemność. Nocne powietrze chłodziło futro, gdy bezszelestnie sunąłem ku obozowi sabatu, a moje czujne uszy wyłapywały dalekie szepty i szelest liści.

Gdy się zbliżałem, mijałem ich mroczne rytuały — zakapturzone sylwetki tulące się wokół migoczących ognisk, skandujące jednym głosem, podczas gdy cienie tańczyły po ziemi. Przez luki między drzewami widziałem, jak przyzywają demony z podziemi — ich pokręcone kształty wyłaniały się w pióropuszach dymu i płomienia.

Przycisnąłem się bliżej, serce dudniło, usiłowałem wychwycić strzępy rozmów między członkami sabatu. Ich głosy były ostre i gorączkowe, przecinane gardłowymi inkantacjami. Słuchałem uważnie, próbując poskładać ich plany, a sam pozostawałem ukryty pod osłoną zaklęcia Careeny.

— Selene prawie skończyła rytuał — mruknął ktoś, a w jego głosie wyczułem namacalny strach. — Wkrótce nasza moc będzie bezprzykładna.

— Istotnie — odparł inny, chłodnym, wyrachowanym tonem. — Gdy księga zaklęć będzie w naszym posiadaniu, nikt nie odważy się nam przeciwstawić.

Zesztywniałem, pojmując, że to może być szansa na zdobycie kluczowych informacji. Skupiłem się na oddechu, starając się być jak najcichszy, podczas gdy myśli pędziły, a uszy wyławiały każde słowo czarownic.

— Ale — pierwsza z nich zawahała się — Selene zdołała rozszyfrować tylko część wcześniejszych zaklęć z księgi. Końcówka wciąż jej się wymyka. Musimy ją odzyskać, żeby mogła kontynuować badania!

— Cierpliwości — zganiła druga. — Wkrótce zniszczy naszych wrogów i otworzy jej sekrety. Musimy ufać naszej przywódczyni.

— Oczywiście — przyznała pierwsza. — Ale musimy też być gotowi na wszelkie przeszkody.

Czułem ich niepokój niemal namacalnie, ciężką jak ołów napiętą atmosferę. To było to, na co czekałem — idealna chwila, by wślizgnąć się głębiej w obóz i wynieść jeszcze cenniejsze informacje.

Przesuwałem się bliżej, kryjąc się za kępą krzaków, i wytężałem wzrok, by dostrzec samą Selenę. Stała tam — ciemnozłote włosy spływały po plecach, zielone oczy płonęły determinacją.

— Gdy tylko będę mieć tę księgę zaklęć — powiedziała do stojącej obok młodszej czarownicy — sam Set stanie po naszej stronie, a ja będę jego służebnicą. Wtedy nawet aniołowie nie odważą mi się sprzeciwić!

Selene uniosła ręce; smukłe palce kreśliły w powietrzu arkana, gdy zaczęła rzucać czar. Jej głos wirował wokół mnie jak upiorna melodia, a ja czułem, jak moc jej magii nabrzmiewa w powietrzu.

Gdy zaklęcie nabierało kształtu, uderzyło we mnie niespodziewane wrażenie — moje zdolności zmiennokształtnego rezonowały z energią czaru, tworząc dziwne połączenie, którego nie pojmowałem. Nim zdążyłem to przetrawić, oczy Selene zatrzasnęły się na mnie — przenikliwe spojrzenie przeszyło cienie, w których się kryłem.

— Kto tam? — zażądała, a jej melodyjny głos nabrzmiał grozą. — Pokaż się!

Serce łomotało — zrozumiałem, że zostałem wykryty. Na subtelność nie było już czasu — trzeba było działać. Zryw adrenaliny porwał mnie; przyzwałem moce przemiany i przeistoczyłem się w potężnego niedźwiedzia brunatnego, ciało spuchło od mięśni i siły.

— Atak! — rozkazała Selene, a członkowie sabatu rzucili się do działania, miotając we mnie czary, gdy wyskoczyłem z kryjówki.

Zaryczałem, rzucając się naprzód, tnąc czarownice potężnymi łapami i jak mogłem unikając zaklęć. W głowie gorączkowo układałem plan ucieczki, by wrócić do Careeny i Alystera z tym, czego się dowiedziałem.

— Twoje sztuczki cię nie ocalą, intruzie! — warknęła Selene, a w jej oczach zapłonęła furia.

— Macie tu całkiem zgrabny sabat — wychrypiałem gardłowo w niedźwiedziej formie. — Ale obawiam się, że nie zostanę na kolację.

Zacisnąłem zęby i naparłem mocniej, korzystając z niedźwiedziej zwinności i surowej siły, by przetrwać magiczną nawałnicę. Walka była zażarta, ale nie mogłem pozwolić sobie na porażkę — życie Careeny i Alystera wisiało na włosku.

Kakofonia inkantacji i gardłowych warkotów wypełniła powietrze, gdy walczyłem z członkami sabatu pazurem i kłem. Jedna z czarownic doskoczyła do mnie — odpowiedziałem potężnym zamachem łapy, posyłając ją wprost na towarzyszkę.

— Daj spokój, zmiennokształtny! — syknął czarodziej, mierząc we mnie strzałą zielonej energii. Warknąłem z bólu, gdy spaliła futro, ale odwinąłem się, trąc go brutalnym uderzeniem łbem i wytrącając z równowagi.

Czułem, że słabnę, lecz myśl o Careenie i Alysterze, zdanych na mnie, podsycała upór. — To wszystko, na co was stać? — prowokowałem, kryjąc zmęczenie.

— Bezczelna bestio! — syknęła Selene, mrużąc oczy. Wskazała mnie, a niewidzialna siła porwała moje masywne ciało, unosząc w powietrze.

— Zobaczmy, jak poradzisz sobie z tym! — wrzasnęła, ciskając mną przez polanę. Lecąc, wiedziałem, że muszę działać szybko, inaczej zmiażdży mnie własna masa.

W locie zmieniłem się w wilka, znacząco zmniejszając ciężar i lądując znacznie zgrabniej. Łapy dotknęły ziemi w biegu — przemknąłem między drzewami, zdając się na czujne zmysły, by lawirować przez las i gubić pościg sabatu.

— No dalej, Rafailu — ponagliłem się, pchając obolałe mięśnie do granic. — Doszedłeś już tak daleko. Nie odpuszczaj.

Serce dudniło, pędziłem przez mroczne ostępy, zdeterminowany, by dotrzeć do przyjaciół, zanim sabat mnie dopadnie.

Wpadłem do pieczary, płuca płonęły, mięśnie bolały po desperackim biegu. Careena i Alyster odwrócili się do mnie gwałtownie, na twarzach odmalowały się zdumienie i niepokój. Wróciłem do ludzkiej postaci, łapiąc łapczywie oddech.

— Nadchodzą — wydyszałem. — Sabat. Przyzwali demony, piekielne ogary. A Selene... — przełknąłem głośno. — Planuje wskrzesić Seta. Zostać jego służebnicą i oblubienicą.

Oczy Careeny, czarne jak noc, rozszerzyły się z przerażenia. — Set? Bóg Chaosu? Zwariowała?

— Najwyraźniej — rzuciłem ponuro. — Żądna władzy i obłąkana.

Srebrne spojrzenie Alystera pofrunęło ku wejściu do jaskini, a on sam spiął się cały. — Ile mamy czasu?

— W najlepszym razie kilka minut. Ledwo im uciekłem — adrenalina wciąż huczała mi w żyłach po dzikiej gonitwie.

Careena rozpostarła krucze skrzydła z cichym świstem. Po piórach przebiegł fiołkowy blask. — W takim razie stajemy do walki tutaj. Razem.

Alyster szarpnął ostrym uśmiechem, ale była w nim dzikość, drapieżny błysk w oku. — No to dobrze. Niech przyjdą. Mamy dla Selene i jej zgrai parę niespodzianek.

Skinąłem głową, poruszyłem barkami i strzeliłem karkiem. Skóra aż swędziała, by znów się odmienić — bestia we mnie krążyła niespokojnie. — Cokolwiek się stanie, nie możemy pozwolić, by wskrzesili Seta.

— Zgadza się — powiedziała Careena uroczyście. — Los światów wisi na włosku.

Do naszych uszu dobiegły dalekie wycia i wrzaski, z każdą chwilą głośniejsze. Sabat się zbliżał. Spojrzałem towarzyszom w oczy i dostrzegłem w nich własną determinację.

Bitwa nadeszła.

Powietrze przecięły przeraźliwe wrzaski, gdy sabat runął na nas — wijąca się masa czarnych szat i świecących oczu. Demony śmigały nad głowami na skórzastych skrzydłach, a piekielne ogary warczały i kąsały, z paszcz sączył się siarkowy ichor.

Alyster uniósł dłonie, a wokół palców zapłonęła zielona poświata. Z ziemi wytrysnęły pnącza, oplatając najbliższe ogary. Obok niego Careena wzbiła się w powietrze kłębem obsydianowych piór, a z jej dłoni błyskała niebiańska, fiołkowa magia, gdy starła się z demonami.

Sięgnąłem głęboko w siebie, do źródła pierwotnej energii, która zawsze mnie przerażała intensywnością. Tym razem nie hamowałem. Przyjąłem ją, pozwoliłem jej przepłynąć przeze mnie, aż ciało zatrzęsło się z potrzeby przemiany.

Padłem na czworaki, kręgosłup się wydłużył, skóra stwardniała w grube, szare płyty. Mięśnie spuchły, kości przestawiły się, a świat skurczył się wokół mnie, gdy rosłem i rosłem.

Ziemia zatrzęsła się od impetu przemiany. Nigdy wcześniej nie próbowałem tak olbrzymiej formy, ale desperacja i wściekłość dodały mi sił. Gdy przemiana dobiegła końca, górowałem nad polem bitwy — dorosły nosorożec gotów do szarży.

Zaryczałem tak, że powietrze pękło, i runąłem naprzód, rozorując szeregi sabatu niczym niepowstrzymany taran. Czarownice wrzasnęły i rozbiegły się, a ich czary bezradnie odbijały się od mojego pancernego grzbietu. Kopyta tratowały ciała, gdy zawracałem i brałem kolejną szarżę, nadziewając demony na róg.

Kątem oka widziałem Alystera władającego mieczem — wokół ostrza drżał nikły fiołkowy blask. Poruszał się płynnie i z gracją, tańcząc pośród chaosu. Nad nami Careena była smużką ciemnych skrzydeł i błyskającej magii, a jej okrzyk bojowy brzmiał dziko i wyzywająco.

Walczyliśmy wszystkim, co mieliśmy: magią i siłą, mocą i celem. Los światów chwiał się na ostrzu brzytwy, a my byliśmy jedyną zaporą między szaleństwem Selene a mocami, które pragnęła uwolnić.

Ale sabat wciąż napierał — niekończąca się fala mroku. Za każdego powalonego wroga trzech kolejnych zajmowało jego miejsce, spychając nas krok po krwawym kroku.

— Wycofać się! — przekrzyczał zgiełk Alyster, głos miał napięty. — Pułapki, teraz!

Wróciłem do ludzkiej postaci, ciało bolało od wysiłku. Razem z Alysterem uruchomiliśmy misternie przygotowane pułapki, nad którymi ślęczeliśmy godzinami. Przez moment los się odwrócił.

Eksplozje zatrzęsły ziemią, gejzery ziemi i poszarpanych ciał wzbiły się w górę. Piekielne ogary skowyczały, gdy wpadały w sprytnie zamaskowane doły i nadziewały się na zaostrzone pale. Demony wrzeszczały, gdy plątały się w sieci z pnączy, przetykane nitkami zaczarowanego srebra Fae — tam, gdzie metal dotykał ich ciała, skóra skwierczała i kopciła.

Ale to wciąż było za mało. Zasoby sabatu wydawały się niewyczerpane, a za każdą istotę, którą uwięziliśmy, tuzin następnych parł naprzód, głodny krwi.

Nad nami Careena krzyknęła z bólu i frustracji. Podniosłem wzrok — była związana w powietrzną walkę z trzema harpiami, ich okrutne szpony i postrzępione dzioby pruły jej skrzydła. Radziła sobie, ale ledwo, a kolejne latające poczwary już leciały w jej stronę.

— Nie utrzymamy ich! — wrzasnąłem, głos aż chrypiał z desperacji. — Jest ich za dużo!

Alyster spojrzał mi w oczy, a na jego twarzy każda linia wyrażała ponurą determinację. — Do jaskini — rozkazał, a jego miecz mignął, gdy sparował cios wściekłego demona. — To nasza jedyna szansa.

Nie damy rady, wyszeptał głos w tyle głowy, gdy przebijaliśmy się ku rozwartej paszczy pieczary. *Zginiemy tu, rozszarpani przez potwory, a świat spłonie.*

Ale odepchnąłem tę myśl, zaciskając zęby, gdy zmieniłem się w tygrysa bengalskiego, a potężne szczęki zatrzasnęły się na gardle skaczącego na mnie ogara. Nie poddam się. Nie teraz, nigdy. Albo znajdziemy drogę, albo zginiemy, próbując.

W trójkę wycofaliśmy się do jaskini, a siły sabatu napierały za nami jak przypływ koszmaru, który przybrał ciało.

Alyster odwrócił się do wejścia, złote włosy miał zlepione krwią i potem. — Careena! — zawołał. — Dalej!

Podniosłem wzrok w porę, by zobaczyć, jak Careena odrywa się od harpii; jej skrzydła pracowały jak szalone, gdy wpadła za nami do jaskini. Razem popędziliśmy pod tylną ścianę.

— Kryć się! — wrzasnął Alyster, co mnie zbiło z tropu. Nie zastawiliśmy żadnych pułapek przy wejściu do jaskini.

Wyciągnął dłoń z mieczem w stronę wejścia i wlewających się demonów, po czym upuścił... kamyk?

Ach.

Magia sympatyczna Fae. Musiał wziąć kawałek skały ze sklepienia przy wejściu.

Strop jaskini eksplodował — tony kamieni i odłamków runęły z ogłuszającym łoskotem, grzebiąc nadciągające demony. Może i nas by zasypało, gdyby nie druga ręka Alystera, wyciągnięta ku sufitowi tuż nad nami, która utworzyła bezpieczną kieszeń, w której mogliśmy stać.

Przez dłuższą chwilę nie było nic, tylko ciemność i dźwięk mojego urywanego oddechu. Potem, powoli, pył opadł i zdołałem dostrzec nikły fiołkowy poblask miecza Alystera, który rozświetlał jaskinię zasłaną gruzem.

— Wszyscy cali? — zapytał, ochrypłym z troski głosem.

— Jestem — wychrypiałem, podnosząc się. — Careena?

— W porządku — odparła, choć wcale nie była; krew smugami spływała po skórze, a odzienie miała w kilku miejscach poszarpane. — Ale utknęliśmy. To było jedyne wyjście.

Rozdział dwudziesty drugi

Careena

Ścisnęłam pradawną księgę zaklęć; spękane papirusowe karty szeleściły pod opuszkami moich palców. Powietrze pulsowało mroczną energią, demony drapały i wrzeszczały przy zwaliskach skał, które były jedyną barierą między nami. Jak sępy zlatujące się do świeżej padliny. Serce biło mi jak oszalałe, skrzydła drżały. Spojrzałam w oczy Rafaila i Alystera, dostrzegając w nich to samo ponure zrozumienie.

— Nie możemy dopuścić, by Selene położyła na tym łapę — powiedziałam drżącym głosem. — To zbyt niebezpieczne.

Rafail skinął głową, szczękę miał zaciśniętą do bólu. — Zgoda. Lepiej to zniszczyć, niż wypuścić tę moc na świat.

— Zrób to, Careena — ponaglił Alyster, ściskając miecz. — Będziemy ich powstrzymywać tak długo, jak zdołamy.

Zawahałam się jeszcze chwilę, gdy ostateczność tej decyzji runęła na mnie jak lawina. Ale nie było innego wyjścia. To był nasz ostatni bastion. Jeśli mieliśmy polec, książka poleci razem z nami.

Wciągnęłam głęboko powietrze, skupiając moce, i pozwoliłam sobie na jedną, tęskną myśl o moim niebiańskim mieczu, pozostawionym, gdy wygnano mnie z niebios. Z nim w dłoni wszystko byłoby o wiele prostsze. Może mogłabym użyć miecza Alystera? Ale to była złudna nadzieja. Jego klinga związała się z jego wolą na długo, zanim przeistoczyłam ją w ostrze niebiańskie; nie odpowiedziałaby na mój głos.

Nie, musiałam zrobić to trudniejszą drogą — taką, o której wiedziałam, że teoretycznie jest możliwa, choć nigdy wcześniej jej nie próbowałam. Każdy anioł ma moc tworzenia, choć nie możemy stwarzać z nicości; użyłam na przykład srebrnego noża Fae, by uczynić z niego miecz Alystera. I tak jak mamy moc kreacji, mamy też moc *de*kreacji. Mogłam obrócić tę księgę z powrotem w zwykły pęk trzcin papirusu.

— Cofnijcie się — ostrzegłam Alystera i Rafaila, a oni odsunęli się tak daleko, jak pozwalała na to ciasnota pułapki, w której tkwiliśmy. Odwróciłam się do nich plecami i rozpostarłam skrzydła, licząc, że osłoni ich to przed tym, co miało nastąpić.

Skierowałam moc, czując, jak pędzi w moich żyłach niczym płynny ogień. Moje oczy rozbłysły nieziemskim żarem, gdy skupiłam całą energię na księdze zaklęć, którą ściskałam w dłoniach. Powietrze wokół mnie iskrzyło surową, nieokiełznaną siłą; drobne włoski na przedramionach stanęły mi dęba.

Księga drżała w moim uścisku, starożytne karty trzepotały w dzikim pędzie, jakby porwał je huragan. Z tomu biła upiorna, pulsująca poświata, która oblewała mój profil eterycznym światłem. Czułam, jak moc księgi stawia opór, jak wytrwale sprzeciwia się moim próbom od-stworzenia.

Zacisnęłam zęby i naparłam mocniej, wlewając w zadanie każdą kroplę niebiańskiej siły. Krople potu wystąpiły mi na czoło, gdy zmagałam się z pradawną, mroczną magią wplecioną w samą tkankę księgi zaklęć.

Papirusowe karty skwierczały i syczały, ich krawędzie zwijały się i czerniały, gdy moja moc przez nie przepływała. Powietrze zgęstniało zapachem spalenizny, a księga rozgrzała się tak, że niemal parzyła mnie w dłonie.

Ale nie ustąpiłam. Zaszedł mnie zbyt daleko, poświęciłam zbyt wiele, by pozwolić, by ta księga wpadła w nie te ręce. Ostatnim, desperackim zrywem energii uwolniłam potężny wybuch.

Księga zaklęć targnęła się konwulsyjnie; karty pruły się i rwały, gdy pradawna magia, która trzymała je w jedną całość, rozplatała się na nitki. Nieziemska poświata wzmogła się, zalewając całe miejsce oślepiającym, palącym blaskiem.

Czułam, jak moc błyskawicznie mnie opuszcza; cena od-stworzenia tak potężnego artefaktu żłobiła głębokie bruzdy w moich niebiańskich zasobach. Ale trwałam, zdeterminowana doprowadzić to do końca, choćby nie wiem, jaką zapłatę przyszło uiścić.

Nagle z księgi buchnęła eksplozja czystego, białego światła, pochłaniając nas wszystkich. Intensywność była porażająca, paląc nawet przez zaciśnięte powieki. Odruchowo uniosłam ramię, by zasłonić twarz, odwracając się od tej jaskrawości.

— Careena! — krzyknął Alyster, jego głos był spięty do granic. — Co się dzieje?

Nie zdołałam odpowiedzieć; ryk energii zagłuszył wszystkie inne dźwięki. Nawet z zamkniętymi oczami czułam, jak światło przeszywa mnie na wskroś, sięgając głębi mojego jestestwa.

Pośród chaosu poczułam, że energia spowijająca księgę zmienia się. Pradawna magia, która niegdyś pulsowała w jej kartach, przetapiała się, przeobrażając w coś nowego i nieznanego.

Tak nagle, jak się zaczęło, światło zgasło, pogrążając nas w upiornej ciszy. Powoli opuściłam przedramię i zamrugałam, odganiając powidoki tańczące pod powiekami.

Odebrało mi dech, gdy spojrzenie padło na księgę — a raczej na to, czym była przed chwilą. W jej miejscu, unosząc się w powietrzu, tkwił lśniący miecz, inny niż wszystkie, jakie kiedykolwiek widziałam.

Ostrze miało barwę migoczącego złota, a jego powierzchnia falowała nieziemską energią. Głowicę zdobiły misternie ryte hieroglify, które zdawały się zmieniać na moich oczach, pulsując hipnotycznym rytmem.

Wpatrywałam się w miecz; umysł usiłował pojąć przemianę, która tu zaszła. Surowa, nieujarzmiona moc bijąca od klingi była niemal namacalna; dreszcz przebiegł mi po kręgosłupie.

— Czy to...? — wyszeptał Alyster, w jego głosie brzmiały i zachwyt, i niedowierzanie.

Skinęłam powoli, nie mogąc odczepić wzroku od eterycznej broni. — Księga zaklęć — wyszeptałam. — Stała się mieczem.

Rafail parsknął półśmiechem, a w jego oczach, mimo grozy chwili, błysnęło rozbawienie. — No proszę. Czyż przed chwilą nie życzyłaś sobie miecza, Careena?

Odwróciłam się do niego, marszcząc brwi w osłupieniu. — Co? Nie, ja nic takiego...

Rafail uniósł brew, a kąciki jego ust drgnęły w uśmiechu. — Doprawdy? Bo doskonale pamiętam, jak mówiłaś coś o broni, żeby odpędzić te demony.

Pokręciłam gwałtownie głową, skrzydła zadrżały z niepokoju. — Nie, nie o to mi chodziło. Nie chciałam, żeby do tego doszło.

Rafail wzruszył ramionami, znów zerkając na migoczącą klingę. — Cóż, intencje nie mają znaczenia — wygląda na to, że wszechświat odpowiedział na twoje wezwanie.

Przygryzłam wargę; mieszanina niepewności i strachu zawirowała mi w piersi. Moc emanująca z miecza była zarazem pociągająca i przerażająca, i nie mogłam przestać się zastanawiać, czy naprawdę jestem godna, by taką broń dzierżyć.

— Nie wiem, czy dam radę — wyszeptałam, a mój głos nieznacznie drżał. — Nie jestem wojowniczką, Rafailu. Jestem tylko upadłym aniołem, który próbuje odnaleźć swoją drogę.

Wyraz twarzy Rafaila złagodniał. Zbliżył się o krok i położył mi dłoń na ramieniu. — Careena, może i jesteś upadłym aniołem, ale z pewnością nie „tylko". Masz w sobie siłę, której jeszcze nawet nie dostrzegłaś.

Spojrzałam na niego, szukając w jego oczach choć śladu wahania czy podstępu. Zobaczyłam tylko niezachwianą wiarę we mnie — zaufanie, którego nie rozumiałam, a którego w tej chwili rozpaczliwie potrzebowałam.

— Naprawdę uważasz, że dam radę? — spytałam niemal szeptem.

Rafail skinął głową, a na jego wargach zatańczył drobny uśmiech. — Wiem, że dasz. I nie będziesz sama. Alyster i ja będziemy przy tobie na każdym kroku.

Wciągnęłam w płuca głęboki oddech, czując, jak we mnie roznieca się iskra nadziei. Może Rafail miał rację. Może byłam zdolna do więcej, niż kiedykolwiek przypuszczałam.

Z nowo odnalezioną determinacją odwróciłam się znów ku mieczowi; palce aż świerzbiły, by zacisnąć się na rękojeści i uwolnić drzemiącą wewnątrz moc.

Gdy opuszki dotknęły chłodnego metalu rękojeści, nagły przypływ energii popłynął mi w żyły; skrzydła zadrżały mimowolnie. Jakby sam miecz żył — pulsował siłą, która rezonowała gdzieś głęboko we mnie, lecz była to moc zupełnie inna niż niebiańskie energie, którymi posługiwałam się całe życie.

Zawahałam się na moment; serce łomotało mi z niepokojem. A jeśli nie zdołam jej okiełznać? A jeśli mnie pochłonie — tak jak zakazana wiedza, której niegdyś pragnęłam, doprowadziła mnie do upadku?

Lecz gdy stałam tak z dłonią zawieszoną nad mieczem, ogarnęło mnie delikatne ciepło, kojąca obecność, jak szept przy samym uchu, zachęcająca, by zaufać sobie i ścieżce, która rozpościerała się przede mną.

Wzięłam głęboki oddech i zacisnęłam palce na rękojeści. Miecz zawibrował od mocy, jakby dopasował się do mojego chwytu. Miałam wrażenie, że został wykuty właśnie dla mnie — piękne, śmiercionośne przedłużenie mojego jestestwa.

Gdy wzniosłam miecz w górę, poczułam, jak nowa siła rozlewa się po moim ciele, a skrzydła rozciągają się za plecami, jakby i one budziły się do nowego celu. Moc bijąca od ostrza była upajająca; przez ułamek chwili poczułam się niezwyciężona — jakby nic nie mogło stanąć mi na drodze.

Uniosłam miecz wysoko nad głowę; jego świetlisty blask rozjaśnił okolicę, oblewając eterycznym światłem moich towarzyszy i sabat, podczas gdy demony zaczęły przebijać się przez rumowisko. Powietrze strzelało iskrą za iskrą, a ja czułam, jak moc miecza pulsuje mi w żyłach, stapiając się z moją własną, niebiańską istotą.

Rafail i Alyster stali przy mnie, z twarzami zamarłymi w zachwycie, gdy pojmowali, jaką potęgą teraz władałam.

Demony, wyczuwając zmianę układu sił, zaczęły zbijać się wokół nas; ich odrażające sylwetki ślizgały się cieniem, oczy żarzyły się złowrogim głodem. Czułam, jak ich mrok napiera na moją moc, usiłując zdusić światło, które właśnie zapłonęło we mnie pełnym blaskiem.

Ale nie ustąpiłam. Zamachnęłam się i przecięłam powietrze ostrzem, wlewając w cios całą siłę i determinację. Uderzenie energii pomknęło na zewnątrz falą; demony cofnęły się i rozpadły, ich kształty rozsypały się w nicość, gdy obmyła je potęga miecza.

Poczułam przypływ triumfu, patrząc, jak demony znikają, a ich esencja zostaje odesłana z powrotem do podziemi. Ale nawet w tej chwili uniesienia wiedziałam, że to dopiero początek. Moc miecza była bronią obosieczną; jeśli chciałam chronić tych, którzy byli mi drodzy, musiałam nauczyć się władać nią z rozwagą i precyzją.

Sabat, naoczny świadek manifestacji mojej nowej mocy, zaczął w popłochu pierzchać. Oczy czarownic rozszerzyły się z przerażenia, w panice rzucały się do ucieczki przed gniewem upadłej, z którą przyszło im stanąć twarzą w twarz. Ich ruchy stały się gorączkowe; pewność siebie, którą chełpiły się przed chwilą, rozsypała się na proch, gdy pojęły, z jaką potęgą mają do czynienia.

W tym chaosie Selene, przywódczyni sabatu, nie drgnęła. Jej przeszywające, zielone oczy wbiły się w moje spojrzenie — żarzący się płomień furii i determinacji. Nie zamierzała kulić się jak reszta; duma i ambicja podsycały jej zuchwałość.

— Może wygrałaś tę bitwę, upadła — syknęła Selene, a z jej głosu kapał jad. — Ale zapamiętaj moje słowa: to jeszcze się nie skończyło. Nasze ścieżki znów się przetną, a kiedy to nastąpi, sprawię, że pożałujesz, iż kiedykolwiek weszłaś mi w drogę.

Nie odwróciłam wzroku. Moc miecza wciąż dudniła mi w żyłach, dając mi nowo odnalezioną pewność i cel. — Będę gotowa, Selene — odparłam spokojnie.

Wargi Selene wygięły się w pogardliwym grymasie, w oczach błysnęła ledwie powściągana wściekłość. — Zobaczymy, upadła. Zobaczymy. — Odwróciła się na pięcie i rozpłynęła w noc, zostawiając po sobie złowieszczą ciszę.

Dreszcz przebiegł mi po plecach; groźba Selene zawisła nad nami ciężarem. Wiedziałam, że z pewnością nie widziałyśmy się po raz ostatni. Nawet jeśli księga zaklęć przepadła jej bezpowrotnie, a wraz z nią nadzieja na wskrzeszenie Seta i zostanie jego służebnicą, Selene wciąż była niebezpieczną przeciwniczką, dysponującą zdecydowanie zbyt wielką mocą.

Gdy bezpośrednie zagrożenie przycichło, opuściłam miecz; jego eteryczny blask nieco przygasł. Serce tłukło mi się w piersi; przez żyły wciąż płynęła mieszanina triumfu i niepewności. Groźba mocy księgi wciąż się tliła — niczym stałe przypomnienie o odpowiedzialności, którą teraz dźwigałam.

Wzięłam głęboki oddech i zwróciłam się ku Rafailowi oraz Alysterowi. Ich spojrzenia spotkały się z moim; w cichej wymianie migotał cały wachlarz emocji — wdzięczność, determinacja i wspólne zrozumienie wyzwań, które nas czekały.

Rafail, z brwiami ściągniętymi troską, przerwał milczenie. — Careena, nic ci nie jest? — W jego głosie brzmiał szczery niepokój — świadectwo więzi, jaką wykuliśmy w ogniu prób.

Uśmiechnęłam się blado, mocniej zaciskając dłoń na rękojeści. — Wszystko ze mną w porządku, Rafailu. Tylko... to wszystko mnie przytłacza. — Ciężar mojej nowej mocy osiadł na ramionach — brzemiona, które wiedziałam, że muszę dźwigać.

Alyster zrobił krok naprzód; wpatrywał się w miecz ze zdumieniem graniczącym z nabożnością. — To było... niewiarygodne — wyszeptał. — Ale co to dla nas znaczy?

Wiedziałam, o czym myślał. Księga zaklęć już nie istniała, a Królowa Fae będzie tym wściekle zawiedziona. Alyster nie mógł już wrócić do domu — i on sam też to wiedział.

A ja? Moim celem było odnaleźć księgę i odesłać ją do Sanctuary. Co powie Aurelius, gdy wręczę mu w zamian miecz?

Pozwoliłam sobie na chwilę oddechu, by oswoić ogrom tego, co zaszło. Przemiana księgi w miecz była czymś, czego nigdy bym nie przewidziała, a jednak dziwnie wydawało się to właściwe. Jakby właśnie taka była ścieżka, którą miałam kroczyć.

— Nie wiem dokładnie, Alysterze — przyznałam. — Ale wiem jedno: nigdy cię nie opuszczę. Nawet jeśli przyjdzie mi stanąć twarzą w twarz z samą Królową Fae.

— Oby nie — powiedział cicho Alyster. — Ale... dziękuję. Jestem z tobą, Careena. Cokolwiek się stanie.

— I ja — dodał Rafail, zaskakując i Alystera, i mnie.

— Nie musisz zostawać — powiedziałam, odwracając się do Rafaila. — Klątwa została zdjęta. Jesteś wolny.

Wzruszył jednym ramieniem, półuśmiech przemknął mu po twarzy. — Wiem. I jestem bardziej wdzięczny, niż zdołałbym to ubrać w słowa. A jednak... chyba zostanę.

Nie mogłam zaprzeczyć, że mnie to cieszy. Sięgnęłam i ujęłam go za ramię w bezsłownym podziękowaniu, a jego uśmiech się poszerzył.

— Musimy się stąd zabierać — zasugerował Alyster, jego głos był niski i naglący. — Na wypadek, gdyby sabat wrócił. Musimy się przegrupować i zaplanować kolejny ruch.

Rafail skinął głową na znak zgody, jednocześnie omiatając wzrokiem okolicę. — Jesteśmy tu zbyt odsłonięci. Musimy się stąd oddalić.

Wzięłam głęboki oddech, mocniej ściskając rękojeść miecza. — Zgoda. Ruszajmy. Dasz radę się przemienić, Rafailu?

Skinął. — A ty? Dasz radę lecieć i unieść Alystera?

— Tak. — Nie powinnam — przemknęło mi przez myśl. Podczas powietrznej bitwy z harpijami zebrałam ciężkie razy, a do tego zużyłam ostatni skrawek niebiańskiej mocy, próbując od-stworzyć księgę. Lecz w chwili, gdy dotknęłam rękojeści, napłynęła we mnie nowa siła. — Wynośmy się stąd.

Im szybciej, tym lepiej. Nie tylko sabat mógł ściągnąć tu ilość magicznej energii, która przed chwilą została tu uwolniona. Aurelius najpewniej prędzej niż później wyśle kogoś, by to sprawdził — a ja nie chciałam tu być, kiedy przybędą.

Rozdział dwudziesty trzeci

Alyster

Bitwa dobiegła końca, lecz zniszczenie pozostało. Lustrowałem zwęgloną ziemię, przenosząc wzrok z jednego poległego wroga na następnego. Zaciskałem dłoń na rękojeści zaczarowanego miecza — zaklęcie Careeny przemieniło starożytną księgę w potężną broń, ale jakim kosztem? Niepokój kotłował się we mnie. Miecz ciążył odpowiedzialnością. Skoro księgi już nie było, moja misja od Królowej Maeve niewątpliwie zakończyła się porażką.

Careena stała u mego boku, z rozpostartymi hebanowymi skrzydłami. Odwróciła się do mnie, w jej ciemnych oczach błyszczała determinacja. — Nigdy cię nie porzucę.

Nawet jeśli będę musiała stanąć twarzą w twarz z samą Królową Fae.

Wdzięczność wezbrała we mnie na jej słowa. Na samą myśl, że miałbym stanąć przed Maeve i przyznać, co się stało, robiło mi się niedobrze. Zabiłaby mnie za tę porażkę, co do tego nie miałem wątpliwości. Pytanie tylko, jak długo by to trwało i jak bardzo by bolało.

Nigdy nie mogłem już wrócić do domu, ale co dziwne, ta myśl nie napawała mnie żalem. Moja lojalność nie należała już do Królowej Maeve ani do Dworu Fae. Wybrałem swoją drogę — i prowadziła ona za upadłym aniołem u mego boku, który już postawił wszystko na jedną kartę w mojej sprawie.

Jeszcze przez moment wpatrywałem się w lśniące złoto ostrze w dłoni Careeny. Dziwna, starożytna w odczuciu magia, która od niego biła, przeszył mnie dreszczem. Jakimi mocami teraz władał ten miecz? I jaką cenę przyjdzie zapłacić temu, kto go dzierży?

Cokolwiek niosła przyszłość, nie miało to znaczenia. Podjąłem decyzję i stawię czoło wszystkiemu, co nadejdzie, stojąc o własnych siłach, z mieczem w dłoni.

— Powinniśmy się stąd zabrać — powiedziałem. — Na wypadek, gdyby sabat wrócił. Musimy się przegrupować i zaplanować następny ruch.

Careena skinęła głową, lecz jej spojrzenie wciąż było utkwione w mieczu. Palce mocniej ścisnęły rękojeść, a przez twarz przemknął cień niepokoju. — Ten miec z... Nie rozumiem. Próbowałam unicestwić księgę, ale przemieniła się...

Zbliżyłem się, wzrok przyciągały misternie wyryte hieroglify biegnące wzdłuż głowni. — Rozgryziemy to razem. Ale najpierw musimy zadbać, by był zabezpieczony.

Rozejrzałem się i dostrzegłem skórzaną kurtkę Careeny, podniszczoną w walce, leżącą na ziemi. Podniosłem ją i pociąłem na długie pasy. Careena przyglądała się z zaciekawieniem, gdy podszedłem, wyciągając rękę.

— Mogę? — zapytałem, wskazując na miecz.

Po chwili wahania podała mi go. Ostrożnie owinąłem ostrze skórzanymi pasami, tworząc prowizoryczną pochwę i pas, żeby Careena mogła go nosić, nie trzymając w dłoni. Nie było to idealne, ale na razie wystarczy.

Gdy pracowałem, dołączył do nas Rafail, z brwiami ściągniętymi troską. — Nie możemy tu zostać. Ta bitwa była jak latarnia, przyciągająca uwagę z każdej strony. Musimy ruszać.

Skończyłem mocować miecz i podałem go z powrotem Careenie. Wzięła go ostrożnie, jej palce musnęły moje. Wyglądała wtedy bardzo młodo, gdy posłała mi wdzięczny uśmiech, i nagle ogarnęła mnie chęć, by przyciągnąć ją do siebie, zapewnić, że wszystko będzie dobrze.

Ale odsunąłem to pragnienie na bok. Mieliśmy pilniejsze sprawy.

— Rafail ma rację — powiedziałem, odwracając się do nich obojga. — Musimy wyjechać i wynieść się z Francji. Sabat będzie nas szukał, a Aurelius nie zostanie daleko w tyle.

Rafail zmarszczył się niespokojnie. — Ale dokąd pójdziemy? Nie możemy błąkać się bez celu.

Mój umysł podsuwał różne możliwości, ale każdą natychmiast odrzucałem jako zbyt łatwą do wyśledzenia przez Fae. — Coś wymyślimy. Na razie musimy tylko oddalić się od tego miejsca. Chodźmy.

Careena zmarszczyła brwi, rozważając opcje. — A Hiszpania? — zaproponowała. — Jest dość daleko stąd i od ostatniego znanego miejsca pobytu Aureliusa w Watykanie. Dałoby nam to trochę czasu, żeby się przegrupować i zaplanować kolejny ruch.

Jej słowa zawisły w powietrzu, a ja sam przytaknąłem powoli. Hiszpania. Miało to sens. Musieliśmy wyprzedzać wrogów o krok, a porządny dystans między nami a Francją był rozsądną strategią.

Skrzyżowałem wzrok z Careeną, która szukała w moich oczach potwierdzenia. — Hiszpania zatem — powiedziałem, a mój głos brzmiał pewnie mimo ciężaru sytuacji. — Musimy jednak uważać. Królowa Maeve będzie nas szukać, tak jak Aurelius i sabat, a my nie możemy pozwolić sobie na opuszczenie gardy.

Ramiona Careeny odrobinę się rozluźniły, przez jej nieziemskie rysy przemknęła ulga. — Zgoda. Musimy działać z głową i trzymać niski profil.

Gdy dopinaliśmy plany, nie mogłem powstrzymać podziwu dla odporności Careeny. Przeszła już tak wiele, a jej determinacja ani na chwilę nie osłabła. To była cecha, którą i podziwiałem, i jej zazdrościłem.

Rafail przybrał postać sokoła, wyraźnie rwąc się do lotu. Wiedziałem, że ma rację — musieliśmy działać szybko. Każda chwila zwłoki była chwilą, którą nasi wrogowie mogli wykorzystać, by nas dogonić.

Pogodziłem się z tym, że Careena znowu będzie mnie nieść. Jej silne ramiona objęły mnie w pasie i, przy potężnym uderzeniu kruczoczarnych skrzydeł, wznieśliśmy się w powietrze. Podmuch wiatru smagał mi włosy, gdy szybowaliśmy wyżej, zostawiając pole bitwy za sobą.

Obraliśmy kurs na wybrzeże, a potem nad morze, lecąc wysoko, by złapać prądy. Przed nami rozciągał się bezkres

Morza Śródziemnego, a białe grzywy fal połyskiwały w świetle księżyca.

Niedługo potem wyłonił się duży kontenerowiec, którego masywny kadłub przecinał fale, kierując się na południe i zachód. Rafail zatoczył krąg i dał znak, że to może być tymczasowe schronienie, płynące we właściwą stronę. Opadliśmy w dół, lądując bezszelestnie pośród labiryntu kontenerów.

Metalowe skrzynie piętrzyły się nad nami, dając poczucie osłony i anonimowości. Nie mogłem jednak pozbyć się ukłucia niepokoju — wiedziałem, że w gruncie rzeczy jesteśmy na tym statku na gapę. Ale rozpaczliwe czasy wymagają rozpaczliwych środków.

Rafail wrócił do ludzkiej postaci, jego spojrzenie omiatało naszą prowizoryczną kryjówkę. — Pójdę zdobyć trochę jedzenia z mesy — powiedział półgłosem. — Wy zostańcie i miejcie oczy otwarte.

Zanim zdążyliśmy odpowiedzieć, już go nie było; jego kroki nie wydawały dźwięku, gdy rozpłynął się w cieniach. Spojrzałem na Careenę i dostrzegłem zmęczenie wyryte na jej twarzy. Wydarzenia ostatnich dni odcisnęły piętno na nas wszystkich.

Usiedliśmy w milczeniu, plecami oparci o chłodny metal kontenera. Powolne kołysanie statku było niemal kojące — chwilowa ulga od chaosu, który stał się naszą codziennością.

Rafail wrócił, objuczony zapasami jedzenia. Rozdzielił je między nas i jedliśmy po cichu, każdy pogrążony we własnych myślach. Ciężar sytuacji mocno ciążył mi na umyśle.

Gryząc kawałek chleba, nie mogłem przestać się zastanawiać, co czeka nas dalej. Byliśmy w ucieczce, ścigani przez potężnych wrogów, a zaklęta księga, która stała się mieczem, pozostawała zagadką, której wciąż nie rozwikłaliśmy.

Rafail sięgnął do kieszeni kurtki i wyjął telefon na kartę oraz kartę kredytową, a jego palce śmigały po ekranie.

— Jesteśmy wystarczająco blisko wybrzeża, mam zasięg. Załatwię nam miejsce, gdzie się przyczaić — powiedział, nie odrywając oczu od telefonu. — Prywatna willa, z dala od utartych szlaków.

Skinąłem głową, wdzięczny za jego zaradność. Potrzebowaliśmy bezpiecznej przystani, miejsca, w którym moglibyśmy się przegrupować i zaplanować następny krok.

Rafail zrobił swoje i w kilka minut dopiął formalności. Posłał nam uśmiech, a w jego oczach zamigotała znajoma iskra psoty.

— No dobra — powiedział, wsuwając telefon i kartę do kieszeni. — Mamy kryjówkę, ciche miejsce, kawałek w górę wybrzeża od Barcelony.

Careena skinęła głową, ale nie podniosła się. — Poczekajmy do świtu — zaproponowała, gdy spojrzałem na nią pytająco. — W dzień łatwiej będzie to znaleźć, jestem pewna.

Rafail już otwierał usta, pewnie żeby powiedzieć, jak jego nowoczesna technologia doprowadzi nas tam i w ciemno, i za dnia, ale trąciłem go szybko łokciem i pokręciłem głową.

Rafail spojrzał znów na Careenę, osuwającą się na kontener z opuszczonymi skrzydłami i półprzymkniętymi oczami, i zamknął usta, po czym skinął. — Brzmi jak dobry pomysł, Careena.

Posłałem mu szybki, wdzięczny uśmiech i bez słów usiedliśmy obaj, po dwóch stronach Careeny, biorąc ją w ramiona naszego ciepła. Oparła głowę na moim ramieniu i westchnęła głęboko.

— Spróbuj się zdrzemnąć — szepnąłem, muskając pocałunkiem gęste fale jej ciemnych włosów. — Tutaj jesteśmy bezpieczni. Śpij.

Pierwsze światło świtu pełzło po horyzoncie, malując niebo odcieniami pomarańczu i różu. Mrugnąłem i obudziłem się w pełnej gotowości, z każdym mięśniem napiętym.

Rafail przeciągnął się, a stawy mu strzeliły. — Czas ruszać — mruknął, jeszcze zaspany.

Careena skinęła głową, a jej ręka odruchowo sięgnęła po miecz, który spoczywał jej na kolanach, gdy spała. Widziałem napięcie w jej barkach — ciężar naszej nowej rzeczywistości osiadał na niej.

Rafail przybrał postać sokoła, skrzydła rozpostarły się szeroko, gdy poderwał się w niebo.

Careena objęła mnie ramionami, a ja przygotowałem się na wrażenie lotu. Gdy unieśliśmy się znad statku, wiatr targnął mi włosami i mimo ponurych okoliczności nie mogłem powstrzymać dreszczu ekscytacji.

Lecieliśmy godzinami, nad migoczącym błękitem Morza Śródziemnego, które rozciągało się pod nami. Wybrzeże Hiszpanii wyłoniło się z oddali i Rafail poprowadził nas do miasteczka na północ od Barcelony, do willi, którą wynajął na jego obrzeżach.

Gdy zbliżaliśmy się do naszej tymczasowej ostoi, nie mogłem pozbyć się wrażenia, że nasza droga daleka jest od końca. Miecz pulsował u boku Careeny, nieustanne przypomnienie o mocy, którą nieśliśmy, i o niebezpieczeństwie, które deptało nam po piętach.

Wylądowaliśmy przed willą, uroczym, bielonym budynkiem otoczonym bujnymi ogrodami. Rafail wrócił do ludzkiej postaci, z zadowolonym uśmiechem, gdy ogarnął wzrokiem nasze kwatery.

— Nieźle, co? — rzucił, unosząc do mnie brew.

Musiałem przyznać, że to niebo a ziemia w porównaniu z naszymi poprzednimi noclegami. — Rafail, to jest idealne. Dziękuję.

Careena skinęła głową, jej głos był cichy, lecz szczery. — Tego nam było trzeba. Miejsca, by odpocząć i zaplanować następny krok.

Gdy weszliśmy do willi, nie mogłem nie podziwiać zaradności Rafaila. Pomyślał o wszystkim — od ustronnej lokalizacji po w pełni zaopatrzoną kuchnię.

Pukanie do drzwi wyrwało mnie z zamyślenia. Rafail znalazł się przy nich w mgnieniu oka, cały napięty, gotów do walki.

Ale to była tylko dostawa — torby ze świeżymi ubraniami, pudła z jedzeniem, nawet nowy laptop. Rafail naprawdę pomyślał o wszystkim.

Kiedy rozgościliśmy się w willi, zauważyłem, że Careena jest nieswoja. Zostawiła miecz w salonie i poszła pod prysznic, lecz po chwili wróciła, blada i ściągnięta na twarzy.

Podszedłem do niej, z troską wypisaną na twarzy. — Careena, wszystko w porządku?

Spróbowała się uśmiechnąć, lecz wyszedł z tego grymas. — Nic mi nie jest, Alyster. To nic.

Ale wiedziałem swoje. Widziałem, jak co chwilę zerkasz na miecz. — Boli cię — powiedziałem łagodnie, dotykając jej ramienia. — Kiedy jesteś od niego dalej.

Careena westchnęła i opuściła ramiona w geście rezygnacji. — Myślałam, że dam radę — przyznała. — Ale ból... jakby brakowało mi części mnie.

Zmarszczyłem brwi, a myśli popędziły w niewesołych kierunkach. — Co masz na myśli?

Pokręciła głową, wzrok miała nieobecny. — Gdy miecz nie jest na tyle blisko, żebym mogła go dotknąć, czuję, jakby rozrywano samą moją istotę. Jakbym była niepełna.

Przełknąłem ślinę, a w żołądku osiadł ciężki niepokój. Cóż my wypuściliśmy w świat tamtym desperackim zaklęciem?

— Rozwiążemy to — obiecałem, choć sam miałem wątpliwości. — Razem.

Careena skinęła głową i znów sięgnęła po miecz. Gdy jej palce zacisnęły się na rękojeści, widziałem, jak napięcie uchodzi z jej ciała, zastąpione ulgą.

Patrzyłem, jak Careena przesuwa palcami po ostrzu, a na jej twarzy mieszały się zachwyt i niepokój. Miecz zdawał się brzęczeć pod jej dotykiem, a jego moc była wyczuwalna nawet z daleka.

— Co my teraz zrobimy? — wyszeptała. — Skoro nie mogę go zniszczyć i nie mogę się od niego oddzielić...

Pokręciłem głową, gorączkowo szukając rozwiązań. — Znajdziemy sposób, żeby przerwać więź — powiedziałem, starając się brzmieć pewniej, niż się czułem. — Jakiś sposób musi istnieć.

Ale nawet wypowiadając te słowa, wiedziałem, że to nie będzie proste. Magia tak potężna, tak stara, nie poddaje się łatwo. A jeśli sama istota Careeny była teraz związana z mieczem...

Odepchnąłem tę myśl, nie pozwalając, by lęk mnie pożarł. Już wcześniej stawaliśmy wobec niemożliwych przeciwności i wychodziliśmy z nich zwycięsko. Teraz nie będzie inaczej.

— Na razie skupmy się na tym, żeby wyprzedzać naszych wrogów o krok — powiedziałem stanowczo. — Aurelius i sabat będą nas szukać, a nie możemy dopuścić, by ten miecz wpadł im w ręce.

Careena skinęła głową, mocniej zaciskając dłoń na rękojeści. — A co z Królową Fae? — zapytała, spotykając mój wzrok. — Miałeś przynieść jej księgę zaklęć, nie miecz.

Westchnąłem, przeczesując dłonią włosy. — Teraz priorytetem jest, żebyś ty i miecz byli bezpieczni — odparłem, omijając sedno. Podejrzewałem, że i tak zna odpowiedź — że resztę życia spędzę w ucieczce przed gniewem Maeve.

Careena uśmiechnęła się łagodnie, wolną dłonią muskając mój policzek. — Dziękuję ci, Alyster — wyszeptała. — Za wszystko.

Pochyliłem się w jej dotyk, a moja ręka nakryła jej dłoń. — Jesteśmy w tym razem — obiecałem. — Niezależnie od tego, co nas czeka.

ROZDZIAŁ DWUDZIESTY CZWARTY

CAREENA

Stałam na balkonie willi, wiatr targał mi włosy, gdy patrzyłam na rozległe ogrody poniżej. Moje połyskujące skrzydła drgnęły, lśniąc blado fioletem w szarówce wieczoru. W ostatnich dniach wydarzyło się tak wiele. Alyster, Rafail i ja przeszliśmy od podejrzliwych sojuszników rzuconych sobie przez los do czegoś znacznie głębszego. Mimo naszych skrajnie różnych natur—Fae, zmiennokształtny i upadły anioł—zrodziła się między nami więź zaufania, a może i czegoś więcej.

Za moimi plecami rozsunęły się szklane drzwi. Wyczułam magię fae Alystera, mrowiącą, iskrzącą się aurę, od której skóra mi śpiewała. Stąpał bezszelestnie, podchodząc, by stanąć obok mnie, a jego złote włosy połyskiwały.

— O czym tak myślisz? — Ton miał lekki, ale srebrne oczy wnikliwie badały moje.

Westchnęłam. — Po prostu rozmyślam o ostatnich wydarzeniach. O tym, jak daleko zaszliśmy... razem.

Skinął głową, a mocna szczęka napięła się pod skórą. — Istotnie. Nigdy nie przypuszczałem, że zaufam tak bez zastrzeżeń upadłemu aniołowi i zmiennokształtnemu złodziejowi.

Kąciki moich ust uniosły się lekko. Wysoka pochwała z ust przebiegłego, faeńskiego rycerza.

— Myślałem — podjął Alyster. — Te ogrody—mogę użyć magii Ziemi, by postawić wokół willi zabezpieczenia. Dadzą nam znać, jeśli ktoś się zbliży.

— Dobry pomysł — przytaknęłam. — Wzmocnię je też niebiańskimi pieczęciami, które będą strzec nieba.

Zabraliśmy się do pracy: on poprowadził przez bujne rabaty smugi trzaskającej, zielonej magii fae, a ja wzniosłam się na krótki oblot po obrzeżach ogrodu, kreśląc w powietrzu świetliste, fioletowe symbole szerokimi pociągnięciami skrzydeł. Nasze moce spleciły się i zmieszały, tworząc nad posiadłością połyskującą kopułę ochrony.

Gdy wylądowałam, drzwi balkonowe znów się rozsunęły i wyszedł Rafail, poruszając się z drapieżną gracją, nawet w ludzkiej postaci. Jego oczy, w tym wcieleniu ciepłe jak whisky, przebiegły między nami.

— Wszystko w porządku? — Jego głos był niski i kojący, z ukrytą w tle stalą. Zawsze obrońca.

— Po prostu wprowadzamy dodatkowe zabezpieczenia — uspokoiłam go, skinieniem wskazując pieczęcie.

— Mądrze — przesunął się bliżej; szorstka od odcisków dłoń musnęła moją, a dreszcze przebiegły mi po ramieniu. — Przezorności nigdy za wiele.

Nagle aż do bólu uświadomiłam sobie naszą bliskość, żar bijący od ciał i naelektryzowane powietrze skrzące się pożądaniem. Jakaś część mnie cofnęła się na myśl o ryzyku, ale upojna fala żądzy wygrała.

Wzięłam głęboki oddech, a pierś napięła się pod materiałem świeżej bluzki. — Alyster...

Uniósł brew, a srebrne oczy błysnęły oczekiwaniem. — Tak, Careena?

— Ja... myślałam... — urwałam, czując, jak policzki płoną.

— Myślałaś? — podpuścił Alyster, a jego uśmiech poszerzył się jak u kota z Cheshire. — No dalej.

— Cóż... zastanawiałam się... czy może dziś, wieczorem ... moglibyśmy... we troje...

Oczy Rafaila rozszerzyły się ze zrozumieniem. — Masz na myśli...?

Skinęłam głową, niezdolna ująć tego w słowa.

Uśmiech Alystera poszerzył się jeszcze bardziej. — No proszę, wygląda na to, że nasz upadły aniołek ma niegrzeczne pragnienia.

Uśmiech Rafaila dorównał jego. — Pamiętaj tylko, Careena—tego już się nie cofnie.

A jednak skinęłam głową, pewniejsza swojej decyzji niż kiedykolwiek.

Ostatnie spojrzenie, rzucone pomiędzy nas troje, i wszelkie pozory przyzwoitości runęły. Koszula Alystera poleciała pierwsza, odsłaniając wyrzeźbiony tors, zahartowany życiem w krainach Fae. Dłonie Rafaila drżały ledwie widocznie, gdy rozpinał guziki mojej bluzki, obnażając jędrną, aż bolesną z tęsknoty skórę dla ich głodnych spojrzeń.

Dłonie Alystera spoczęły na moich biodrach, przyciągając mnie tak blisko, że poczułam sztywną długość jego nabrzmiałego członka przyciśniętą do mojego uda. Jego usta odnalazły moją szyję, znacząc ją drażniącymi pocałunkami aż po obojczyk, a palce powędrowały pod pas spodni, zsuwając je na moje uda. Poczułam, jak rozwiązuje skórzany pas mocujący miecz przy biodrze i zesztywniałam, lecz skinął porozumiewawczo, jakby doskonale rozumiał mój niepokój.

— Chodź — szepnął, prowadząc mnie przez drzwi balkonowe do wystawnej sypialni gospodarzy. — Połóżmy go tu. Blisko, pod ręką. — Ułożył miecz na stoliku nocnym, a ja wypuściłam powietrze z ulgi.

Przez przymknięte powieki zobaczyłam, jak Rafail się rozbiera, a jego smukła sylwetka odsłania twardość, od której zaparło mi dech.

— Dziś — zamruczał mi do ucha Alyster — chodzi wyłącznie o twoją rozkosz.

Alyster ukląkł u moich stóp, rozsznurował i zdjął mi buty, podczas gdy Rafail pozbawiał mnie reszty odzieży; jego usta paliły moje, gdy łaknęłam jego pocałunku. Jęknęłam w jego wargi, gdy Alyster wtulił się między moje uda, delikatnie je rozchylając, i lekko musnął językiem mój guziczek.

— Taka mokra — zamruczał ochryple z pożądania. — Czekałaś na to, prawda, Careena?

Nie zaprzeczyłam. Zamiast tego przygryzłam dolną wargę, wyginając się ku jego pieszczocie.

— Spójrz na nią — warknął Rafail, oczy ściemniały mu od żądzy. Na jego wargach zatańczył drapieżny uśmiech. — Dziś jest nasza.

Alyster się zaśmiał, a jego palce zanurzyły się we mnie, wysyłając mnie w wir doznań, gdy zagiął je delikatnie. — Och, moja droga Careena — mruknął — przygotuj się. Mamy całą wieczność, by poznać każdy cal tego rozkosznego ciała. — Potem umilkł, pozwalając przemówić ustom w inny sposób, gdy jego język raz za razem chłostał moją łechtaczkę.

Rafail zacharczał śmiechem, gdy moje oczy niemal wywróciły się do tyłu. — Chyba jej się to podoba, Alysterze. Nie przestawaj. — Jego silne dłonie objęły moje piersi, tocząc bolesne z tęsknoty sutki między palcami, po czym pochylił głowę, by wziąć jeden wrażliwy czubek do ust.

Gdy moi dwaj kochankowie nie ustawali w pieszczotach, zatraciłam się w odczuciach, a moje jęki odbijały się od ścian. Skrzydła rozwinęły mi się szeroko, świadectwo podniecenia, a pokój wirował dookoła w zawierusze rozkoszy.

Nigdy dotąd nie znałam takiej niepowściągliwości.

Gdy język Alystera wciąż czynił czary, Rafail wypuścił moją pierś i przesunął się za mnie; jego dłonie zjechały w dół kręgosłupa, aż dotarły do krągłości pośladków. Ujął je lekko, palcami kreśląc linię szczeliny między nimi, a dreszcze oczekiwania przebiegły mi po plecach. Wiedziałam, czego pragnie—and ja też tego chciałam.

— Tak — wyszeptałam, zerkając na niego przez ramię. — Proszę, Rafailu.

Jego oczy pociemniały jeszcze bardziej i skinął głową, muskając miękkim pocałunkiem moją łopatkę. Palce sunęły naprzód, zbierając wilgoć z mojej szczeliny, po czym wróciły do tyłu i zaczęły delikatnie drażnić ciasny, drżący pierścień mięśni, gdy zaczął mnie dla siebie przygotowywać.

Alyster uniósł na mnie wzrok, a jego srebrne oczy płonęły. — Na pewno tego chcesz, Careena? — zapytał ochrypłym z pragnienia głosem.

Skinęłam głową, łapiąc oddech krótkimi haustami, podczas gdy palce Rafaila czyniły swoje. — Chcę was obu — zdołałam wydusić. — Razem.

Łajdacki uśmiech Alystera poszerzył się, gdy wstał; jego członek był twardy i gotowy. Schwycił moje usta w rozpalającym pocałunku, splatając język z moim, podczas gdy Rafail wciąż mnie rozciągał i przygotowywał. Czułam, jak we mnie narasta napięcie, a wyczekiwanie tego, co miało nadejść, pcha mnie coraz bliżej krawędzi.

Wreszcie palce Rafaila zastygły. — Chodź — wyszeptał, a ja posłusznie usiadłam na łóżku, tak jak mnie prowadził, lądując na jego udach, gdy przyciągnął mnie w tył. — Właśnie tak. Dobra dziewczynka. Teraz się rozluźnij...

Jęknęłam, gdy poczułam główkę jego członka przy moim ciasnym tylnym wejściu. Zaczerpnęłam głęboko powietrza, zmuszając ciało do rozluźnienia, gdy zaczął powoli wsuwać się do środka. Przez moment było to niekomfortowe, lecz szybko ustąpiło poczuciu wypełnienia tak pełnego, że niemal przytłaczającego.

Dłoń Alystera znowu odnalazła moją łechtaczkę; palce zataczały na niej kręgi, podczas gdy Rafail wciąż spokojnie zagłębiał się we mnie. Te doznania razem były niemal nie do zniesienia i krzyknęłam, wbijając palce w ramiona Alystera, chwytając się go dla oparcia.

— Spokojnie, kochanie — zamruczał Alyster, kojąco. — Oddychaj. Trzymamy cię.

Wzięłam głęboki oddech, potem kolejny, czując, jak ciało rozluźnia się wokół najazdu Rafaila. Zajęczał, gdy jego biodra przywarły do moich pośladków, wypełniając mnie całkowicie.

— Bogowie, Careena — wysapał ochryple. — Jesteś niewiarygodna.

Uśmiechnęłam się, zerkając na Alystera spod przymkniętych powiek. — Jestem gotowa — wyszeptałam.

Uśmiech Alystera był grzeszny do cna, gdy ujął mnie za biodra, ustawiając się przy moim wejściu. Poczułam, jak główka jego członka napiera na mnie, a potem wsunął się do środka, wypełniając mnie centymetr po rozkosznym centymetrze.

Uczucie, gdy obaj byli we mnie, było nie do opisania. Czułam się rozciągnięta do granic, całkowicie wypełniona, całkowicie posiadana. A jednak to było idealne. Wszystko, czego nie wiedziałam, że mi potrzeba.

Alyster i Rafail zaczęli się poruszać, ciała pracowały w doskonałej zgodzie, gdy raz po raz wślizgiwali się we mnie i wysuwali. Czułam każdą wypukłość, każdą żyłkę ich członków, gdy poruszali się we mnie. Tarcie było niewiarygodne, wysyłając przez moje ciało fale rozkoszy.

Czułam, jak mój orgazm się zbliża, jak napięcie coraz ciaśniej zwija się w rdzeniu, gdy wznosili mnie coraz wyżej.

— Blisko — wysapałam, drżąc od wysiłku, by się powstrzymać. — Tak blisko.

Uścisk Rafaila na moich biodrach się wzmocnił; palce wbiły się w skórę, a on zawarczał. — Ja też... Kurwa, długo już nie wytrzymam.

Oczy Alystera wpiły się w moje; jego srebrne spojrzenie płonęło żarem i miłością. — Dojdź z nami, Careena — wychrypiał. — Daj się ponieść.

I z okrzykiem, który zdawał się nieść echem po pokoju, puściłam. Moje ciało skurczyło się spazmatycznie, wnętrze zacisnęło się na nich, gdy fala za falą rozkoszy zalewała mnie bez reszty. Czułam też, jak oni dochodzą, jak ich gorące nasienie wypełnia mnie, podczas gdy przeżywali własne spełnienie.

Gdy ostatnie drżenia rozluźnienia wygasały, opadliśmy na łóżko splątani ramionami i nogami, wciąż intymnie złączeni. Czułam, jak ich serca biją w rytm mojego, a oddechy mieszają się z moim, gdy schodziliśmy z wysokości naszego zbliżenia.

Nigdy nie czułam się tak pełna, tak absolutnie szczęśliwa. W tamtej chwili wiedziałam, że już nigdy nie będę taka sama. Oddałam się tym dwóm niezwykłym mężczyznom—ciałem i duszą—i w tym oddaniu odnalazłam cząstkę siebie, o której nie wiedziałam, że jej brakuje.

Alyster i Rafail, wyczerpani, powoli wysunęli się ze mnie; ich ciała błyszczały potem, a spojrzenia tliły się nasyconą żądzą.

Byłam bez sił, zupełnie wyczerpana, i omdlała opadłam na łóżko. Usłyszałam niski śmiech Alystera, nim przytulił mnie do siebie, a potem Rafail ułożył się po drugiej stronie—obaj twardzi jak skała i cudownie ciepli. Sen przyszedł szybko, wciągając mnie pod siebie jak potężna fala.

Moje sny były wirującym pejzażem ciemności, cienie przesuwały się i zmieniały przede mną. Czułam się skołowana, niepewna, gdzie jestem i jak się tu znalazłam. Ciemność oplatała mnie, dusiła chłodnym uściskiem.

Gdy próbowałam pojąć pustkę, która mnie otaczała, z cienia wysunęła się postać. Ciało miał muskularne, męskie, lecz głowa była bez wątpienia szakala, i wiedziałam z przerażającą pewnością, że stoi przede mną Set. Jego czarne futro lśniło nawet w mroku, a złote oczy z pionowymi źrenicami wwiercały się we mnie intensywnością, od której przebiegały mnie dreszcze.

Strach rozszarpywał mi wnętrzności, gdy wpatrywałam się w przenikliwe spojrzenie tego prastarego boga. Wiedziałam, że nasze spotkanie będzie czymś więcej niż zwykłą rozmową. To była walka woli, której nie mogłam przegrać. Serce dudniło mi w piersi, przełknęłam ślinę, próbując zebrać odwagę, by stawić mu czoła.

— Ach, moja droga służebnico — głos Seta rozległ się w ciemności, głęboki i rezonujący, jakby wibrował wewnątrz samej mojej duszy. — Wreszcie do mnie przyszłaś.

Chciałam się cofnąć, uciec i ukryć, ale nie mogłam się poruszyć; jego spojrzenie trzymało mnie w bezruchu jak wąż mysz.

— Służebnica? — wyplułam słowo, mój głos drżał od buntu mimo strachu, który przeze mnie płynął. — Nie jestem twoją służebnicą.

— Doprawdy? — Oczy Seta zwęziły się, a przez zwierzęce rysy zdawał się przemknąć cień zaskoczenia, gdy patrzył na moje skrzydła. — Nie jesteś Królową Maeve ani wiedźmą Seleną — jego ton był chłodny i wyrachowany. — Nieważne. Powiedz mi, aniele, co wiesz o ich zamiarach?

Myśli pędziły, gdy dotarło do mnie, co znaczą jego słowa. Zarówno Królowa Maeve, jak i Selene próbowały uwolnić Seta i zaszły na tyle daleko, by nawiązać z nim kontakt.

— Tyle, by wiedzieć, że twoją nikczemność trzeba powstrzymać — odparłam, starając się utrzymać głos na wodzy.

Set wydał z siebie niski, złowrogi śmiech. — Głupia dziewczyno — wysyczał. — Naprawdę sądzisz, że zdołasz się ze mną mierzyć? Z potęgą boga?

— Może nie sama, ale nie jestem bez sojuszników — odcięłam.

— Ach tak — zamyślił się Set, a jego uśmiech poszerzył się, odsłaniając ostre, drapieżne kły. — Twoi ukochani. Tak kruche istoty, łatwo popychane śmiertelnymi pragnieniami. Upadną, tak jak ty.

— Nigdy! — krzyknęłam, a mój głos poniósł się echem w pustce, która nas otaczała. — Nasza więź jest silniejsza niż wszystko, co możesz na nas rzucić!

— Tak sądzisz? — Spojrzenie Seta przewiercało mnie na wylot i poczułam, jakby zaglądał w najgłębsze zakamarki mojej duszy. — Zobaczymy, Careena Seraphiel. Zobaczymy.

Na te lodowate słowa ciemność zaczęła się wokół mnie zaciskać, dławiąca i przytłaczająca. Panika ścisnęła mi pierś i zaczęłam wyrywać się z uścisku Seta. Nie pozwolę mu wygrać. Nie mogłam mu pozwolić. *Skąd zna moje imię? Siedzi w mojej głowie? Jak mam z tym wygrać?*

Zbierając całą determinację, stawiłam opór i nagle jego pysk wykrzywił się w furii. Wyrzuciłam go z umysłu, jakoś, choć to, czy zdołam go trzymać na zewnątrz, było już inną kwestią.

— Bunt ci do twarzy — przeciągnął Set, a każdy wyraz ociekał jadem. — Ale nic ci nie da. Nie uciekniesz przed więzią, która nas splata. Jesteś moja, służebnico. Twoja wola jest podrzędna mojej.

O nie, do diabła. Zaśmiałam mu się w pysk wyzywająco. — Do nikogo nie należę, a już najmniej do zapomnianego boga, który chwyta się postrzępionych resztek dawnej chwały.

— Próbuj, ile chcesz, służebnico, ale wiedz jedno: nasze losy są teraz splecione. Co spotka jedno z nas, dotknie drugiego — słowa Seta przeszyły mnie lodem, lecz nie pozwoliłam, by zobaczył mój strach.

— Twoje groźby nic dla mnie nie znaczą — wyplułam, kanałując całą moją niebiańską moc w wyrwanie się z jego uścisku. Pot lał mi się po skroniach, gdy zapierałam się przeciw napierającemu mrokowi, a serce dudniło mi w uszach.

— Dobrze więc — ton Seta stwardniał, nagle zimny i lekceważący. — Nauczysz się, jeśli musisz, w twardy sposób. Ale pamiętaj, Careena Seraphiel: zostałaś ostrzeżona. — Pochylił się, unosząc dłonie, a ja poczułam, jak fala jego mocy przygniata mnie do ziemi. — Ugnij się — rozkazał. — Ugnij się, a okażę łaskę.

Nacisk dookoła mnie wzrósł, ściskając ze wszystkich stron, grożąc zduszeniem istoty mego jestestwa. Oddech rwał mi się w krótkich, szarpanych haustach, gdy desperacko starałam się utrzymać wolę.

— Łaska? Od pana chaosu i swarów? Daruj sobie kłamstwa, Secie. Nigdy ci się nie poddam — niemal wykrzyczałam mu w szakalą mordę, nieustępliwa.

I tym ostatnim okrzykiem przyzwałam każdą iskrę siły, jaka we mnie została, i naparłam na ciemność. Kruchy uścisk Seta zaczął się chwiać, a przez ułamek chwili dostrzegłam cień zaskoczenia na jego pysku.

— Niemożliwe — wyszeptał w chwili, gdy mrok rozprysnął się wokół mnie jak odłamki szkła.

Nagle otworzyłam oczy i obudziłam się z krzykiem. Ta gwałtowność wytrąciła mnie z równowagi; echo mojego krzyku wciąż dźwięczało mi w uszach. Serce waliło jak oszalałe, gdy próbowałam pojąć, gdzie jestem.

— Careena! — Głos Alystera drżał niepokojem, gdy odrzucił sen i znalazł się przy mnie. Jego przeszywające, srebrne oczy szukały odpowiedzi, a zwykłą psotną swadę zastąpiła szczera troska.

— Spokojnie, kochanie — mruknął Rafail. Wyciągnął pewną dłoń i położył mi ją delikatnie na ramieniu. — Jesteś bezpieczna. Jesteśmy bezpieczni.

Gdy łapałam oddech, uderzyło mnie to niczym taran: dusza Seta była teraz spętana w mieczu i związana ze mną. Lodowaty lęk osiadł mi w trzewiach, gdy rozważałam konsekwencje tego odkrycia. Jaką moc niechcący wypuściłam w świat?

— Coś... się stało — wyszeptałam drżącym głosem. — We śnie... To był Set.

— Set? — Alyster zesztywniał, cień grozy przemknął mu po twarzy. — Czego chciał?

— Kontroli — odparłam, starając się uspokoić głos. — Powiedział, że nasze losy są splecione i że to, co spotka jedno z nas, dotknie drugie. Nazywał mnie swoją *służebnicą*.

— Jego groźby nic nie znaczą — zapewnił mnie Rafail, wciąż trzymając dłoń na moim ramieniu. — Ochronimy cię, Careena. Bez względu na wszystko. I nie zmusi cię do niczego, czego nie chcesz.

Mimo otuchy, jaką dawali mi Alyster i Rafail, nie potrafiłam strząsnąć z siebie uczucia grozy, które przywarło do mnie jak druga skóra. Jeśli w słowach Seta była choć iskra prawdy, nie sposób było przewidzieć, jakie niebezpieczeństwa nas czekają. Wiedziałam wtedy, że muszę znaleźć sposób, by przeciąć więź między duszą Seta a mieczem—nie tylko dla siebie, lecz dla bezpieczeństwa tych, na których najbardziej mi zależało.

Leżałam, serce dudniło, a resztki strachu ze snu groziły, że mnie zaduszą. Słowa otuchy Rafaila i Alystera brzmiały daleko, przytłumione ciężarem objawienia, z którym przyszło mi się mierzyć. A jednak, mimo zamętu, nie mogłam nie poczuć ciepła ich ciał po obu moich stronach—słodko-gorzkiego przypomnienia o więzi, która nas łączyła.

Myśli pędziły, rozdzierane między pragnieniem ochrony najbliższych a niepewnością, czy powinnam władać mocą miecza. Dusza Seta była w nim spętana i szukała nade mną władzy, ale co jeszcze mógł w sobie kryć? Te możliwości zarazem mnie pociągały i przerażały.

— Może zdołamy wypędzić duszę Seta z miecza — zaproponował Alyster.

Jego optymizm poruszył we mnie jakąś strunę, lecz sama myśl, że mogłabym utracić panowanie i ulec złowrogim podszeptom Seta, wywołała na moich plecach lodowate ciarki. Co, jeśli nie zdołam mu się oprzeć? Co, jeśli stanę się pionkiem w jego chorej grze?

— Może... może powinniśmy zniszczyć miecz — wymamrotałam, a myśl zapuściła korzenie. — Gdybyśmy przecięli więź między jego duszą a ostrzem, może Set zostałby pokonany raz na zawsze.

— Zniszczyć go? — powtórzył Rafail, marszcząc brwi. — Przecież już raz próbowaliśmy, Careena. A teraz jesteś z nim związana... konsekwencje mogą być poważne.

— A jednak to może być nasza jedyna szansa — upierałam się, czując, jak z każdą sekundą rośnie we mnie pilność sprawy.

— Albo dokładnie to, czego chce Set — odparł ostro Alyster. — Musimy wiedzieć więcej, zanim podejmiemy jakiekolwiek decyzje.

Mieli rację. Potrzebowaliśmy odpowiedzi, ale gdzie ich szukać? Początki Seta były spowite tajemnicą, jego prawdziwy cel nieznany. Jak mogłam liczyć, że rozwikłam jego sekrety i stawię czoła ciemności, która groziła, że nas wszystkich pochłonie?

— Najpierw musimy zebrać informacje — powiedziałam z nową determinacją. — Musi istnieć sposób, by zrozumieć moc miecza i nauczyć się ją kontrolować.

— Jasne, że tak — skinął Rafail, a jego twarz spoważniała.

— Im szybciej znajdziemy rozwiązanie, tym lepiej! — zgodził się Alyster.

Serce wezbrało mi wdzięcznością za niezachwiane wsparcie Alystera i Rafaila. A jednak, mimo że ich obecność podnosiła mnie na duchu, nie zdołałam strząsnąć natrętnej wątpliwości czającej się na skraju myśli. Co, jeśli w poszukiwaniu wiedzy, której tak rozpaczliwie pragnęłam, tylko przypieczętuję nasz los?

EPILOG

SET

OTWORZYŁEM GWAŁTOWNIE OCZY, A z gardła wyrwał mi się tryumfalny okrzyk, gdy moc wezbrała w mojej duszy. Tysiąclecia wspomnień zalały mój pradawny umysł — wzloty i upadki imperiów, cześć oddawana przez lękliwych śmiertelników, chwalebny chaos, który siałem na ziemi.

Jestem Set, bóg burz i nieładu, i powróciłem.

Poczułem, jak zawiązuje się więź, jak macki magii znów wiążą mnie ze światem żywych. Moja służebnica dokonała tego — dopełniła świętych rytuałów, by mnie przywrócić. Lecz czegoś brakowało. Połączenie było kruche, niepełne.

Niezadowolenie zabrzmiało we mnie głuchym pomrukiem. — Cóż to za sztuczki? — warknąłem, a mój głos poniósł się echem przez otchłań mego bezcielesnego więzienia. — Dlaczego nie kroczę znowu wśród śmiertelnych? Gdzie jest ciało, które mi obiecano?

Wyciągnąłem myślą dłoń, szukając mojej wiernej służebnicy, lecz znalazłem tylko pustkę. Więź sięgała w cienie, ponętnie wymykając się z mego uchwytu. Wpadłem w szał, a moja furia zatrzęsła nicością wokół mnie.

Po wieczności uspokoiłem się. Nieważne. Potrafię być cierpliwy. Dowiem się, co poszło źle. A gdy już to uczynię, świat znów zatrzęsie się przed potęgą Seta. Chaos panować będzie niepodzielnie.

Wydobył się ze mnie mroczny chichot i ułożyłem się do wyczekiwania, starożytne oczy łapczywie wlepione w odległe światło świata żywych, w nikły sygnał umysłu mojej służebnicy. Mój czas nadejdzie. A biada każdemu, kto odważy się stanąć mi na drodze.

Zaszywając się w mrocznych zakamarkach mego bezcielesnego umysłu, napiąłem wolę, szukając nici mocy, które teraz wiążą mnie ze światem powyżej. Oto — migotanie, puls życia na drugim końcu więzi. Moja służebnica.

Chciwie popłynąłem świadomością wzdłuż eterycznej liny, sięgając jej umysłu. By widzieć jej oczami, wypełnić jej myśli moimi pragnieniami i żądzami. Miała stać się narzędziem mego wyniesienia.

Lecz gdy musnąłem jej psychikę, cofnąłem się, jakby mnie sparzyło. Nieprzeniknione mury płonącego, fioletowego światła otaczały jej umysł, odrzucając mnie z powrotem w cienie. Zasyczałem z frustracji, czując, jak aż jeży mi się kark.

— Kim jest ten śmiertelnik, który śmie mi się przeciwstawiać? — warknąłem, przemierzając bezkresną pustkę mego więzienia. Nigdy dotąd nie natknąłem się na tarcze umysłu o takiej mocy.

Skupiłem swą moc i raz za razem miotałem się na jej bariery, wypatrując choćby najdrobniejszej szczeliny, przez którą mógłbym się przecisnąć. Jej umysł pozostawał uparcie zamknięty, a więź między nami pulsowała wyzywającym oporem.

— Zuchwałe stworzenie! — ryknąłem, a głos pochłonęła żarłoczna ciemność. — Nie będziesz mnie negować w nieskończoność. Znajdę drogę do twojego umysłu. A gdy to uczynię...

Pozwoliłem, by groźba zawisła w ciszy, złowroga i kipiąca. Ta służebnica, kimkolwiek by była, *ulegnie* mi. Jestem Set, Potężny i Straszliwy. I nie będę znosił sprzeciwu.

Na razie jednak nie pozostawało mi nic prócz czekania. Przeczekać, aż mury umysłu mojej służebnicy opadną w bezbronności snu. Dopiero wtedy będę mógł wsunąć się do jej wnętrza i nagiąć ją do mojej woli.

Krążąc po cieniach mego eterycznego więzienia, rozmyślałem, która z moich potencjalnych wyznawczyń zdołała częściowo dopełnić rytuału. Starannie pielęgnowałem kilka kandydatur, każdą potężną na swój sposób.

Silną kandydatką była Królowa Maeve z Fae — rozważałem. Jej magia była pradawna i potężna, jej przebiegłość niezrównana. Rządziła swym dworem żelazną ręką, równocześnie budząc lęk i uwielbienie. Gdyby to ona była moją służebnicą, wszystkie krainy Fae byłyby na moje skinienie.

A jednak była jeszcze inna, która mnie intrygowała. Selene Nightshade, wschodząca gwiazda sabatu czarownic. Młoda i ambitna, jej władztwo nad mroczną magią przeczyło jej latom. Płonęła żądzą mocy, dorównującą mojej. Z nią u boku świat śmiertelnych drżałby przed nami.

Dreszcz oczekiwania przeszył mnie na myśl o możliwościach. Niezależnie, czy Królowa Fae, czy Mroczna Wiedźma — moja służebnica miała być kluczem do mego triumfu. Razem spuszczalibyśmy chaos na krainy i kształtowali je na mój obraz.

Lecz najpierw potrzebowałem dostępu do jej umysłu. By szeptać jej do ucha mój jad i patrzeć, jak zapuszcza korzenie. Ułożyłem się do czuwania, jak drapieżnik gotów do skoku.

— Śpij, moja uczennico — zamruczałem, a moje słowa poniosły się przez pustkę. — Niech Pani opuści czujność, abym mógł uczynić Panią moją. Bo gdy się Pani przebudzi, Pani padnie na kolana przed Setem, Bogiem Burz i Chaosu odrodzonym!

Rozbrzmiał mój śmiech, mroczny i niosący obietnicę nadchodzącej zagłady.

Czas płynął, a każda chwila była wiecznością, gdy czekałem, aż moja służebnica zaśnie. Niecierpliwość drapała mnie od środka, podżegając do działania, do przejęcia kontroli. Lecz czekałem już eony; kilka godzin nie znaczy nic.

Wreszcie poczułem zmianę. Jej umysł odpłynął, obrony opadły, gdy sen ją pochwycił. Chciwie wyciągnąłem się ku niej, gotów spowić jej świadomość własną, i wtedy stanęła w murach mego więzienia, z oczami rozszerzonymi, gdy jej się ukazałem.

Lecz gdy spojrzałem na moją służebnicę, o mało nie cofnąłem się z osłupienia. To nie była żadna czarodziejka z Fae ani śmiertelna wiedźma. Wysoka i ciemnoskóra jak starożytni Egipcjanie, którzy niegdyś mi służyli, nie była śmiertelniczką — i nigdy nią nie była — nie z tymi czarnymi skrzydłami o fioletowo połyskujących krawędziach, które wznosiły się za jej plecami, gdy stawała przede mną odważnie. Promienna istota jej jestestwa niemal mnie oślepiła — stałem w obecności anioła.

— Niemożliwe — wysyczałem, usiłując to pojąć. Aniołowie byli rzadkim gatunkiem, istotami czystego światła i dobra. Co jeden z nich robił z moim tomem chaosu i mroku?

Wniknąłem głębiej, gdy próbowała kwestionować moje roszczenia, szukając odpowiedzi w zakamarkach jej umysłu. Na powierzchnię wypłynęło jej imię... Careena Seraphiel. Upadły anioł, ale wciąż istota przeogromnej mocy.

Ostrożnie badałem dalej — i natrafiłem na zdumiewające odkrycie. Ten upadły anioł żywił głębokie uczucie do dwojga innych — rycerza Fae i ludzkiego zmiennokształtnego. Ich twarze trwały w jej pamięci, splecione z całą gamą złożonych emocji. Nawet teraz, pojąłem, spali obok jej ciała w świecie powyżej.

Zawahałem się, kalkulując. Anioł zakochany w istotach magii i cienia? Niesłychane. Nienaturalne.

A jednak właśnie tutaj mogła kryć się okazja. Miłość to słabość, którą można wykorzystać — szczelina w jej świętym pancerzu.

Zębatki mego umysłu ruszyły, knując intrygę w intrydze. Rozplączę zagadkę tego anioła i nagnę ją do moich celów. Tak czy inaczej, Careena będzie mi służyć.

Wtedy krainy staną w płomieniach, a z popiołów wyłoni się nowa era — wiek Seta, nieokiełznany i niepowstrzymany.

Wycofałem się z umysłu Careeny, rozważając następny krok. Była zagadką, ten anioł — i taką zamierzałem ją rozwiązać. Lecz najpierw musiałem dowiedzieć się więcej o jej kochankach — Fae i zmiennokształtnym. Mogli okazać się kluczem do odkrycia jej tajemnic.

Skupiając moc, posłałem macki myśli, które wirowały na zewnątrz, szukając wszelkiego śladu tych dwóch mężczyzn. Fae łatwo było namierzyć; jego rodzaj zawsze pozostawia na planie astralnym połyskujący ślad. Zmiennokształtny okazał się bardziej nieuchwytny, jego aura skryta pod bestią wewnątrz.

Ale jeśli czegoś mi nie brakowało, to uporu.

Wreszcie uchwyciłem mgnienie obecności zmiennokształtnego. Był blisko Careeny, jego sny splatały się z jej snami. Wślizgnąłem się w jego śpiący umysł, uważny, by nie zaalarmować go swoim wtargnięciem.

Przemknęły przede mną fragmenty niedawnych wspomnień — księżycowy las, ciemna jaskinia i zawsze, zawsze anioł u jego boku. Careena, zawzięta i promienna, walcząca z gracją, która maskowała jej śmiertelną biegłość.

A przez to wszystko — nierozerwalna więź miłości i lojalności. Głębia ich połączenia oszołomiła mnie.

Wycofałem się, wstrząśnięty. To nie było zwykłe zauroczenie ze strony Careeny. Anioł, Fae i zmiennokształtny byli związani czymś znacznie głębszym.

Czy mógłbym ich rozdzielić?

Zwątpienie wpełzło we mnie, zdradliwe i niechciane. Odepchnąłem je. Jestem Set, bóg chaosu i zwady. Nie kłaniam się nikomu — a już najmniej upadłemu aniołowi i jej zbieraninie kochanków.

Ich więź stanie się ich zgubą. Dopilnuję tego.

Ponownie zanurzyłem się w umyśle Careeny, zamierzając przeistoczyć jej sny w koszmary. Zasiać ziarna zwątpienia i nieufności, które będą gnić i rosnąć, wbijać klin między nią a jej ukochanych towarzyszy.

Lecz w chwili, gdy przekroczyłem próg jej świadomości, stanąłem twarzą w twarz z samą anielicą. Jej nocne oczy płonęły furią, krucze skrzydła rozpostarły się w geście nieugiętego sprzeciwu.

— Ma Pan czelność wtargnąć do mojego umysłu, Secie? — głos Careeny zatrzaskał jak bat gniewu. — Zbyt wiele Pan sobie wyobraża.

— Ta przekora Pani do twarzy — rzekłem, mimo woli podziwiając jej zawzięte piękno. — Ale nic Pani na niej nie zyska. Nie ucieknie Pani przed więzią, która nas łączy. Jest Pani moja, służebnico. Pani wola jest podporządkowana mojej.

Roześmiała się wtedy, dźwiękiem jak trzask tłuczonego szkła. — Nie należę do nikogo, a już najmniej do zapomnianego boga, który chwyta się postrzępionych resztek dawnej chwały.

We mnie wezbrał gniew, gorący i gorzki. Pchnąłem naprzód umysłem, pragnąc zmiażdżyć jej opór ciężarem mej boskiej mocy.

Lecz Careena odpierała cios za ciosem, a jej własna moc płonęła jaśniej z każdym starciem naszych wol. Niedoceniłem jej — uświadomiłem to sobie z rosnącym ciężarem. To nie był zwykły anioł, lecz istota wykuwana w tyglu buntu i hartowana w ogniu własnych przekonań.

— Niech Pani ustąpi — rozkazałem, a mój wzrok i głos nasyciły się przymusem boga. — Niech Pani ustąpi, a okażę łaskę.

Usta Careeny wygięły się w kpiącym uśmiechu. — Łaskę? Od władcy chaosu i waśni? Oszczędź mi kłamstw, Secie. Nigdy Panu nie ustąpię.

Nagłym przypływem mocy, który aż mną zachwiał, Careena roztrzaskała więzy snu, wyrzucając mnie ze swojego umysłu siłą, od której aż się zatoczyłem.

Ocknąłem się w bezkształtnej pustce planu astralnego, z dumą równie poturbowaną co psychika. Careena nie tylko mi się sprzeciwiła — doszczętnie mnie rozgromiła, wypędzając z własnej świadomości z łatwością, która mną wstrząsnęła.

To miało być o wiele trudniejsze, niż przewidywałem. Anielica była silnej woli i zajadle niezależna, a jej lojalność wobec kochanków — niezachwiana. By ją nagiąć do mojej woli, potrzebne będą subtelność i podstęp, nie brutalna siła.

Ale ja jestem Set, wielki szalbierz, siewca niezgody. Znajdę sposób, by ją złamać, by roztrzaskać więzy, które wiążą ją z Fae i zmiennokształtnym.

A gdy to uczynię, gdy Careena uklęknie przede mną w uległości, rozsmakuję się w zwycięstwie tym bardziej, im większe stawiła mi wyzwanie.

Gra dopiero się zaczynała.

Careena, Alyster, Rafail i Set powrócą w *Zbuntowana anielica*, drugiej części dylogii *Upadła Anielica*!

Inne książki autorki Caryssa Cole

Projekt Chimera

Mroczne narodziny
Nienaturalna selekcja
Zbuntowana ewolucja

Upadła Anielica

Upadła anielica
Zbuntowana anielica

Za Dużo Magii na Jednego Faceta (tylko dla subskrybentów newslettera)

Poznaj wszystkie publikacje Shenanigans Press, odwiedzając naszą stronę internetową, https://www.shenaniganspress.com/pl!

Możesz też obserwować nas w mediach społecznościowych – jesteśmy na Facebooku i Instagramie (@ShenanigansPressPolska)

I nie zapomnij zapisać się do naszego newslettera, aby otrzymywać informacje o nowościach, promocjach, konkursach i wiele więcej!

www.ingramcontent.com/pod-product-compliance
Lightning Source LLC
Chambersburg PA
CBHW030604170726
48283CB00002B/456